あがり

松崎有理

舞台は、〈北の街〉にあ[illegible]の古い総合大学。語り手の女子学生と同じ生命科学研究所に所属する幼馴染みの男子学生が、ある日、一心不乱に奇妙な実験を始めた。亡くなった心の師を追悼するためだ、と彼はいうのだが……。夏休みの閑散とした研究室で密かに行われた、世界を左右する実験の顛末とは？　少しだけ浮世離れした、しかしあくまでも日常的な空間——研究室を舞台に起こるＳＦ事件の数々。第１回創元ＳＦ短編賞を受賞した表題作にはじまる、大胆な発想と軽快な語り口が魅力のデビュー作品集。

あ　が　り

松　崎　有　理

創元ＳＦ文庫

PERFECT AND ABSOLUTE BLANK:

by

Yuri Matsuzaki

2011, 2013

目次

あがり

あがり

Which Won?

ジェイ先生が死んでしまってからイカルのようすがおかしい、ということはわたしもとっくに気がついていた。

「だからアトリ、彼に伝えてくれないか。きみのいうことならきくだろうから」

イカルとわたしの共通の指導教官である助教は、実験だこのついた白い指で細ぶちのめがねを押しあげた。

「卒論の研究にうちこむのはいいけど、設定式温度反復機が占領されてみんな困っている、ってね。だいいち体をこわしてしまう。あいつここ数日、下宿にさえ帰っていないだろう」

学生用研究室の自分の席に座ったまま、わたしは助教をみあげてうなずいた。

わたしだち四年生と十もちがわない若い教官は軽くほほえみ、それじゃあ頼んだよ、といって部屋を出ていった。窓ぎわのわたしの位置からみて、扉にむかって縦に数列並ぶ机のほとんどはからっぽだった。すでに夏休みで、仲間はみな帰省しているからだ。

助教の背中をみおくってから、机の上に目を落とした。つがいのめだかが入った水槽、いや古式ゆかしい硝子《がらす》の金魚鉢が置かれていた。この鉢は壱番丁《いちばんちょう》の雑貨屋をあまねくめぐってみつけだしてきたものだ。成人男性の両手にすっぽりおさまってしまうくらいの丸い鉢のなかで、二匹のめだかは窓から入る夏の日差しを受け、ときおり光りながら水草のまわりを忙しそうに泳いでいた。

さて、いつまでもめだかをみてなごんでいるわけにはいかない。任務を遂行しなくては。意を決して立ちあがると、ななめむかいの席に座った修士課程の大学院生と目が合った。いまこの部屋にいるのはわたしと彼だけだ。長髪で肉づきの薄い顔をした相手はこちらをみて、ふん、といってからふたたび卓上の作業に戻った。

わたしは無言で廊下に出て、生物学実験室へむかった。あの男にあまりよく思われていないのはわかっている。自分の席で愛玩用にめだかを飼ってみたり、廃棄された恒温槽を修理して三十七度に設定したうえうずらの卵を入れてみたりするような学部学生は異端者だ。そもそも女、というだけでじゅうぶんめだってしまっている。ここ生命科学研究所で男じゃないのはわたしともうひとり、わたしの恩人のような親友のような存在であり助教の妻でもある博士課程の院生だけだ。

しかもわたしはイカルのおさななじみだ。つまり、研究室いちの問題児の同類とみなされている。

暗くてせまい廊下は、つかわれていない機器類が置かれているせいでさらにせまくなっている。研究室を出て助教の部屋の前をすぎ、まっすぐ実験室へ進むとちゅうに、いまや孵卵器となった古い恒温槽がある。そういえば今日は転卵がまだだったな、と思い返し、腰ほどの高さがあるほぼ立方体の機械の前にかがみこんだ。

正面の扉を手前に倒して開き、なかをのぞく。

一週間前に自室ちかくの食料品店で購入した四十個のうずらの卵は、今日もやっぱり表面にまだらもようをくっつけて、床網の上にだまって座っていた。

割らないように注意しつつ、卵のむきをひとつひとつ変えながら、三日前のできごとを回想した。

いつものように昼になろうかというころようやく研究室にやってきたイカルは、長髪の院生に朝刊を手わたされた。まだあきらかに眠そうだった彼の表情は、紙面を一瞥して瞬時に変わった。

訃報欄に、イカルが尊敬してやまない偉大な生物学研究者、ジェイ先生の名前があった。八十九歳、死因は老衰。

彼は新聞をたたんで院生に突き返し、自分の席、つまりわたしのとなりに座った。癖のあるやわらかい髪をかきむしりながら紙片になにやら数字を書きつけていたが、やがて立ちあがり、脇目もふらずに研究室を出ていった。

以来、彼は生命研究棟に泊まりこみ、実験室に六台ある設定式温度反復機を休みなく動かしつづけている。

わたしはふだんより時間をかけてうずらの卵の世話をしていた。自分でもわかっていた、できればイカルのじゃまはしたくない、と思っているからだ。

ひどい悲しみに直面したとき、ひとはしばしば転位行動をとる。数研の連中ならば多額の懸賞金がかかった未解決問題にとりくみ、地史研はつるはしと岩石破砕用鉄槌をかかえて野外に化石を探しにゆく。そして生命研の人間は、実験する。

ジェイ先生はイカルにとって特別な存在だった。十年前、先生の著書を読んだイカルは子供らしい素直な、しかし稚拙な感動をそのまま手紙に書いて送りつけた。驚いたことに返事がきた。すでに高名な研究者であったジェイ先生は、みしらぬ少年からの大胆な質問に対してひとつひとつていねいな回答をつけてくれていた。

ついにすべての転卵をおえ、恒温槽の扉をしずかに閉めた。機械正面で光る数字が設定温度までゆっくり戻ってゆくようすをながめながら、この卵について考える。鶏よりもずっと体がちいさいためか、うずらの雛の雌雄鑑別は完璧ではない。だから、養鶉場《ようじゅんじょう》のうずらにはまれに雄が混じっている。よって、市販のうずらの卵には有精卵が入っている可能性がある。ゆえに、じゅうぶんな数の卵をあたためれば、いくつかはかならず孵化するはずだ。殻を破って出てくるであろう雛を想像して頬がゆるんだ。雉《きじ》の親戚であるうずらの雛は、孵《かえ》った直後に目が開き、立ちあがり、親鳥のあとをついて歩く。孵化当日にみまもっていれば、きっとかれらはわたしを親と認識し、かぼそい声をあげながらまっすぐむかってくるにちがいない。

ずっとやってみたかった。鳥の卵をみずからの手で孵化させることを。

頭のなかで日付をかぞえる。なにも問題がなければ、あと十日ほどで雛たちに会えるはずだ。

さて、いつまでも卵となごんでいるわけにもいかない。頭をいちど振り、中古の恒温槽の前を離れて歩きだした。めざす生物学実験室は廊下のつきあたりだ。

飾り気のない扉の前で息をゆっくり吐いた。取っ手を回し、室内をのぞく。

生命棟二階にある実験室は、太陽光が入らないようすべての窓が覆われていた。かわりとして天井に人工灯があり、部屋の手前から奥まで横むきに列をなす実験卓や壁ぎわの試薬棚や巨大な試料用冷蔵庫を、不自然なほどあかるく照らしだしている。学生用研究室と同様、ひとけがなかった。この時間帯にはふつう、学生や教官が装置類の前にはりついていたり微細分注器を片手に実験卓の前に座っていたり操作中に試薬を冷やしておくための氷箱に砕氷を入れていたりしているのだが。

機械が発するごくかすかな作動音と、室外からの蟬の声だけがきこえていた。このあたりの蟬は北方性で、昼間でも夕暮れみたいにさびしげな鳴きかたをする。

入ってすぐの実験卓の上では、両手でかかえられるくらいの大きさの機械が六台、樹脂製表面の両がわから廃熱を吐きだしつづけていた。助教のいったとおり、すべてが稼動している。装置の列のいちばん右に、みなれた背中がかがみこんでいる。もちろんイカルだ。

ちかづいていっても彼は顔をあげなかった。八連細管用の九十六穴試料箱を片手に持ち、装置手前の画面表示をにらんでいる。わたしも画面をのぞきこんだ。本体温度をあらわす数値がみるまに上昇していく横で、操作者が設定した温度反復回数の数字が光っている。四十回、適切な条件をたもったままでもっとも多く遺伝子を増幅できる上限値だ。

画面が最高温度を示した瞬間、イカルはあいたほうの手ですばやく機械上部のふたを開け、八連細管を十二本、ならべ入れた。作業をおえてぶじにふたを閉めたところで、ようやくこちらをふりかえってくれた。

「アトリか。なにか用なの」

目が赤い。髪の乱れも無精ひげも、ふだんよりずっとひどいことになっている。頬に影ができ、さらにやせたようにみえた。

「先生が心配してるよ。そろそろ、こんな実験はやめて」

相手はきっぱりいった。「いやだ」

予想どおりの返事だった。ひとにいわれてあっさり意志を変えるような男ではない。昔から。

苦笑なのかあきらめなのか自分でもよくわからないためいきをつき、用意してきた提案をする。

「それならせめて、納得のいく説明をきかせてよ。温度反復機をぶっつづけで独占しているのはどういうつもり」あのことがとてもこたえてる、っていうのはわかるけど。

イカルはわたしの背後に視線を泳がせ、声を低くした。「だめだ、ここじゃ話せない」

つられてふりかえる。半分開いた扉のむこうを人影がよぎっていった。あの長髪の院生だ。

了解のしるしにうなずいてから、できるだけやさしくいってみた。「壱番丁に出ようか。二丁目の『ゆきわたり』で、どう」

三日ぶりに彼の笑顔をみた。あの店の白玉あんみつは彼の大好物だ。

壱番丁商店街をななめにみおろす窓ぎわの席で待っていると、あたったばかりの顎を片手でなでながらイカルが店内に入ってきた。いいつけどおりいったん下宿に戻り、風呂を使って服も替えてきたようだ。

彼はわたしのいる黒い木製卓までやってきて、差しむかいに座った。「待った?」

べつに、と返事をする。通りを歩く人間たちも生物の一種とみなして観察するのが趣味だし、『ゆきわたり』はいごこちのよい店だ。ここならば無限に時間をつぶせる。

わたしは手をあげて白黒制服の給仕をよび、約束していたあんみつと、自分のためには二杯めの珈琲を注文した。暦の上ではじき盛夏になるのに、あたたかい珈琲にまったく違和感のないこの街の気候には、四年めをむかえたいまでもなじむことができない。北の街はわたしたちの郷里よりもやはりずっと寒い、進学のためみずから選んだ場所なのだが。

あいた珈琲碗を持って給仕が去るとすぐに、目的の質問を投げてみた。

「それじゃあ話してもらえるかな。あの温度反復機でいったいなにをしてるの」

相手は逡巡するように大きな硝子窓をみて、それからまたこちらに視線を戻した。「まあ、アトリにならおしえてやってもいいか。あんみつもおごってもらえることだし」

「あんみつもおごってやることだし、ね」苦笑を返す。『ゆきわたり』の甘味はうまいが高い。貧乏学生には痛手だ。

「三日前、ジェイ先生が死んだ」ついにイカルは話しはじめた。「もちろん、すこし前から覚悟はしてたよ。高齢で、長年勤めた中央の大学はとっくに退職してる。最近は入退院をくりかえしているという噂もきいてた」彼の言葉はそこで切れた。

わたしはイカルの目をみてうなずいた。予想していたからといって、死のもたらす衝撃はいささかも弱まるわけではない。

「いちど、お会いしたかったな。あのとき手紙をよこした小僧は生物学研究者をめざしていますよ、って」ひとりごとみたいな口調でいって、まただまった。

進路決定の時期、なぜジェイ先生の住む街である中央に行かないの、ときいてみたことがある。彼はいった、だってあのひとはもう教鞭をとっていないんだ。だから、アトリといっしょに北の街へいくよ。あそこにだって古くて立派な大学と付属の研究施設があるし。

消極的な理由にきこえた。いい大学と研究施設ならばほかの街にもある。

彼はなぜ北を選んだのか。いまだ釈然としなかった。

わたしのばあいははっきりしている。ひとつには都会がきらいだからだ。何年も住むのならこの街くらいの規模がちょうどいいと思う。

そしてもうひとつ。受験の前の年におとずれて、この街の夏の姿にほれたせいだった。

冬の積雪はひどいようだが、対する夏はさわやかな風と光に満たされた美しい季節だった。地元のひとたちは、ようやく訪れた短い夏を祝うために毎年壮麗な夏祭りを行う。祭り期間中は壱番丁はじめ主要な繁華街が伝統的な紙製の飾りで彩られる。首をあげてながめながら歩くだけ、というたってしずかな催しだが、じゅうぶんにたのしい。

今年もまたあの祭りが近づいている。

「ジェイ先生は論文でも著書でも、講演会でもくりかえし述べていた。生物進化の原動力となる自然淘汰は、あくまで個体に対してはたらく、と」イカルは気をとりなおしたらしく、ふたたびしゃべりだした。

わたしは回想から引き戻された。「そうだね。それがいまの学界での主流な考えだし」

「ところが」イカルはわたしの目をのぞきこむようにみた。「一部の急進的な研究者は、淘汰のはたらく単位は遺伝子だ、と主張してきかない。遺伝子の数を最大に増やすことこそが進化上での勝利の定義だ、生物個体なんて遺伝子のたんなる乗り物にすぎない、っていうのがあいつらのいいぶんだ」

遺伝子淘汰論者が引き起こした騒ぎを思い返した。かれらの説は斬新かつ衝撃的で、一般からも強い関心を集めた。門外漢もまきこみ、活発な論争はいまだにつづいている。

「だけどあいつらが正しいなんてありえない」彼は語気を強めた。「遺伝子は進化の単位にはなれない、だって淘汰は遺伝子に直接作用することができないんだから。たとえば腕や脚をつくるための単一の遺伝子みたいなものは存在しない。腕どころか指いっぽんだって、多数の遺伝子がかかわる複雑な制御により発生し、調整されているんだ。しかも同じ遺伝子が、体のべつの部分をまた制御していたりもする。つまり生物は網の目状の複合体なんだ、遺伝子によって各部分を領地みたいに分割されてるんじゃない」そこまでいってから、こちらの理解度をうかがうようにみつめた。

しっかりうなずきを返す。たしかにどちらの説が正しいのか決着はついていないが、個体淘汰のほうがはるかに説得力がある。だからこそ主流といえる。

珈琲がきた。給仕は湯気のあがる碗をわたしの前に置き、あんみつはもう少々お待ちください、といって微笑を浮かべ、また階下に戻っていった。

白い陶器のふちに唇をつけ、ひとくちすする。ここはただの甘味屋ではない。珈琲だって老舗の専門店から新鮮な豆をとりよせている。品書きにのせたものすべてに手を抜かない、という客のためなのか意地なのかよくわからないこだわりを持つめずらしい店だ。

それで、と、わたしはつづきをうながす。

「ジェイ先生を追悼することにしたんだ」

おさななじみは湯気のむこうからまっすぐわたしをみていた。

「彼の敵、遺伝子淘汰論者に反駁する方法を考えついた。十年前はそんなこと思いもよらなかったけど、いまならできる。知識も技術も、設備も試薬もそろっている」

ここでまた給仕があらわれた。お待たせしました、白玉あんみつ赤えんどう豆多めです、といって楕円の鉢がのった黒塗りの角盆をイカルの前にすえた。伝票を裏返して卓に置き、立ち去った。

イカルは鉢のなかをみて破顔した。やはり黒塗りの匙《さじ》をとり、赤えんどう豆をひとつ、すくいとって幸せそうに口に入れる。そんなにその豆がすきなら乾物屋でひと袋買ってぜんぶ炊けばいいのに、と提案したことがあったのだが、そうじゃないんだ、と一蹴された。どうちがうのか。わたしにはわからない。

子供の親指くらいありそうな豆をつづけていくつか食べてから、彼は話を再開した。

「くりかえすけど、遺伝子淘汰論者はこう主張している。個々の遺伝子はその数を最大にするために生物体を利用している、と」たったいま気づいたかのように盆の上の小瓶を持ちあげ、黒みつを鉢全体に回してかけた。いつものように全量だ。

「そこで、おれは考えた。もしかれらのいいぶんが正しいならば、あるひとつの遺伝子がものすごくたくさん、ほかの遺伝子たちが追いつけないくらいたくさん増えたとしたら、そこであがり、というわけで進化はおわっちゃうのか、ってね。なにかあがりのしるし、みたいなものがあらわれて、生物進化の競争はそこで終着点、おしまいですよ、ってことになるのか」

あがり。

ある遺伝子が大量に増えたら、進化の終着点がやってくる。さいころと盤の遊びみたいに、あがって、おわる。

二重鎖遺伝子増幅法の実験原理図が思い浮かんだ。生体内で通常行われている遺伝子複製を、試薬と機械でより効率よく模倣するしくみだ。二重鎖遺伝子は加熱すると一本ずつにわかれる、そして一本になった鎖はそれぞれが鋳型《いがた》となって新しい鎖を合成できる、というふたつの性質を利用する。鋳型となる二重鎖遺伝子と必要な酵素、試薬を用意し、人為的に一連の温度変化を与えてやると、そのたびに鎖の本数は二の累乗で増えていく。増幅開始配列組を設計すれば、長大な二重鎖遺伝子のうちのほしい部分だけを大量に得ることができる。たとえば温度変化回数を四十回に設定すれば、二の四十乗個だ。設定式温度反復機は、この反応に特化した機械だった。

この原理を考えだした研究者は、世界中でもっとも栄誉ある科学賞を受けた。それくらいすごい発明だった。

イカルの意図は読めた。「だから、温度反復機を全機、常時稼動して、なにがしか特定の遺伝子をひたすら増幅してるわけか」

正解、といって彼は軽く笑った。それから身を乗りだしてきた。

「おれが目をつけたのは、細胞骨格繊維遺伝子と解糖系脱水素酵素遺伝子だ。このふたつは、ほとんどすべての生物が普遍的に持っているし、なにより世界中の研究者が実験の陽性対照用として日々せっせと増幅してる。だから、すでにほかの遺伝子より一歩抜きんでているんだ。どっちにするかはまよったけど、たまたま細胞骨格繊維のほうの増幅開始配列組がよぶんにあったから、そっちをつかうことにした」

発想はおもしろい。だが、なにかがまちがっている。

「ねえ、イカル」わたしは相手の目をみつめた。「きみの目的は、この仮説に否定的な解を与えることだよね」

「もちろん。ジェイ先生が正しいんだから、あがり、なんてどんなかたちでだって出るわけがない」彼の顔は真剣そのものだった。

「だったら。どこまで増幅したらあがり、になるのか基準をきめておかなきゃ。さもないと、あがり現象とやらがあらわれるまで無限に増幅をつづけるはめになっちゃう」教養部一年次に受けた『科学的思考法二』の講義内容を思い返しながらいった。

存在しない、と証明するのは非常にむずかしい。

しかもこのばあい、あがり、なんて起こるはずはないのだから。

おれをなんだと思っているんだ、という目つきで彼はわたしをみた。「達成基準となる遺伝子数を最初に算出したよ」卓の隅に置かれていた小箱から『お客さまの声をお願いします』の紙を一枚抜きだした。さらに、箱の外がわに挿《さ》さっていた鉛筆をにぎる。

「『科学的思考法二』で習った、自分の仮説の信憑性を確認するための概算方法を援用した。大胆な近似だけど、ある特定の遺伝子はひとつの細胞にひとつずつ、としてみる。そのうえで、地球上に存在可能な最大の細胞数を推定する。地球表面が単細胞でうめつくされるのが最大の状態として、このときの細胞数がだいたいこのくらい」十の累乗のかたちで巨大な数字を紙面に書きつける。「だからこの数値までが、自然な生物の増殖で実現できる遺伝子の最大数だ」

「その数値をこえて遺伝子数を増やすためには、人為的に増幅するしか方法がない。よってそれが」わたしは片手をのばし、紙に書かれた数字をさした。「あがり、の達成基準か」

「おおまかだけどね。生物の多数派は微生物だけど、やつらは単細胞だから温度反復機内の遺伝子と同様、二の累乗で増える。達成基準には数桁の幅をみておいたほうがいい」彼はすこし笑い、紙片を卓のすみに押しやった。「それでも、この調子で増幅していけばあと五日で目標の遺伝子数をこえる。そのときなにも起こらないなら、おれとジェイ先生の勝ちだ」鉛筆をもとの場所に戻してまた匙をとり、あんみつのつづきにかかった。

わたしは軽いためいきをつき、椅子の背にもたれた。さらにひとつ疑問が浮かんだ。

「増幅競争に参加しているほかの遺伝子たちは、細胞骨格繊維遺伝子が基準数にたっした、あがりになった、ってどうやってわかるの」

「そんなの、おれが知るかよ」彼は黒く染まった寒天を口に運びつづけていた。「そういう原理部分は、遺伝子淘汰論者が考えることだ。こっちに証明義務はない」

珈琲のことを忘れていた。碗をとりあげて口をつける。冷めた中身をすすりながら、全知全能のなにものかによる通達、とか遺伝子全体の集合知、などという疑似科学的な回答をイカルがしなかったことにすこしだけ安堵した。あがり、という発想以外は理性がはたらいているようだ。

あがり、なんて起きないとなれば、イカルは納得し、満足して、いつもどおりの生活に戻ることだろう。助教だって、学生がたちなおるならばいくばくかの時間と試薬のむだくらいは大目にみてくれるにちがいない。

そう、助教だ。実験室での問題については解決しておかなければ。

「でもね。温度反復機を六台ぜんぶ、ひとりじめしてるのはまずいよ。夏休みだけど実験しているひとはいるんだから」

わたしもそのひとりだ。それに博士論文の提出を半年後にひかえた助教の妻、兼わたしの親友も。それからあの長髪の院生も、学会がちかいといって最後のつめに余念がない。毎日顔を合わせる人間のきげんはとっておこうという計算くらいはわたしにだってある。

「これからも独占状態をつづけるようなら、きっとだれかが怒りだすよ」

「そうか。そうだね」イカルは匙をくわえたまま白漆喰の天井をみあげた。しばしのち、こちらに視線を戻して口を開いた。匙は卓に落ちた。「それじゃあ、ほかのひとのために一台、あけるよ。おれはのこりの五台だけをつかう」

思わず半眼《はんがん》で相手をながめてしまった。

「ぜんぜんだめ。まるでたりない」

彼は驚いたようになんどかまばたきし、真顔になってちょっとだまってからいってきた。

「わかった。二台あける」

首を左右に振ってみせると、彼はひとつうなってから両手を打ち合わせた。

「よし、三台あけよう。あと五日の予定が十日にのびちゃうけど、しかたない、がまんする。これでどうかな」

わたしは不承不承うなずいた。イカルはにわかに上機嫌になり、卓の上の匙を拾って鉢の底にのこった寒天のかけらと黒みつをさらいはじめた。やっぱりうまいね、ありがとうアトリ、とつぶやきながら。

彼のようすをながめつつ、珈琲碗を最後まで干した。イカルはつまり、卒論の課題とは無関係の実験に時間、設備、試薬を浪費している。でも十日間くらいなら、細胞骨格繊維遺伝子を増幅しているだけという事実をかくしておいてやれそうだ。

しかし。もし露見したら。

助教はたぶんなにもいわない。だが長髪の院生は、まちがいなく文句をつけてくる。あの男はいうだろう。耐熱酵素だって薬品類だってただじゃないんだぞ、貴重な研究費をむだにするな。

きっとやっかいなことになる。すこしふるえて、からになった珈琲碗を受け皿に戻した。

わたしたちは『ゆきわたり』をあとにして壱番丁を南下した。二丁目、一丁目と行きすぎて大きな道路をわたれば、研究地区の正門にたどりつく。

門を入ってすぐの右手には小箱みたいな詰所があって、灰色の服を着た守衛がいる。彼女とはすっかり顔みしりだ。あいさつすると、中年にさしかかったばかりのこの女性はやさしげな桃色に塗った唇で微笑を返してくれた。

詰所をすぎ、芝生のなかの小道を抜けて、生命研究棟へむかった。構内のそここにみえる蔦のからまった煉瓦壁は、研究棟群の歴史を感じさせる。青い葉が茂る庭木の下や塗装がはげかけた野外用椅子に、親子づれやわたしたちと変わらない年ごろの男女ふたりづれが腰かけて、貴重な夏の日を満喫していた。近所のひとたちは研究所の敷地を公園のように思っている。

生命研の建物も、やはり古びた赤煉瓦だった。

生物学実験室に戻ると、イカルはさっそく温度反復機の列にちかよった。ちょうど反応がおわったところらしい。そしてこちらをふりかえった。

「それじゃあ約束どおり、次回からは三台だけつかうよ」

機械にむきなおって、慣れた手つきでつぎつぎとふたを開け、八連細管をとりだしては試料箱におさめてゆく。

「ちょっと気になったんだけど。イカルがいましてること、つまりある特定の遺伝子だけを大量に増幅する、って実験を、ほかのだれかがもうやってないかな」

研究を計画する際に内容が他人とかぶらないよう注意せよ、とは『科学的思考法二』で習った。科学の世界で二番煎じは評価されないからだ。そして結果が出てしまっているなら、イカルがあらためて時間をついやす必要もない。

「もちろん調べたよ」彼は手を止めずに返事をした。「過去の論文は検索したし、かけんひ申請書類の概略集も閲覧した。でも、なかった」

かけんひ、とは公的補助科学研究費のことだ。「ということは、昔もいまも、同じことをしているひとはいないわけか」

イカルは試料箱の上面に名前と日付を書きこみはじめた。「いるわけないよ。この計画はまちがいなく独創的なんだから」

たしかに、とつぶやいて、自分の仕事に戻ることにした。こっちだって忙しい。いつまでもおさななじみに貼りついてはいられない。

去りぎわに彼の背中へ声をかける。「増幅開始配列組がその一種類だけ、ってばれないようにしたほうがいいよ」

「もちろん」扉を閉める瞬間、声が追ってきた。

任務はひとまず終了した。

実験室にとなり合うべつの扉を開け、粘着材が敷かれたごく短い廊下を抜けて、さらに内扉をくぐる。

細胞培養室だ。

入ってすぐの棚には殺菌用七割酒精の瓶とつかい捨て手袋の箱が置かれていた。酒精を両手先から肘にかけてたっぷり噴霧してから、手袋をはめる。ここへは外部の雑菌をけっして持ちこんではいけない。

ひとがふたりも立てばいっぱいになってしまう室内をみわたす。右がわには紫外線灯が青い光をはなつ滅菌式操作卓、左がわには箱形の加湿恒温槽が鎮座している。奥の卓には位相差式顕微鏡、これはわたしの目だ。

この部屋にもっとも長時間滞在しているのはわたしだ。ここはわたしの城みたいなものだ、用のない者はまず訪れない。ひんぱんな出入りは細胞への雑菌混入の機会を増やしてしまう。生きた細胞を使う系であれ、イカルがやっているような生化学的な系であれ、混入は実験者がいちばん恐れる事故だ。

加湿恒温槽の前扉を左手で開けはなち、つづいて内がわの硝子扉も開ける。培養用透明皿をひとつ右手でとりだしてから、二枚の扉を急いで閉めた。内部の温度、湿度、二酸化炭素濃度などを変化させないために身についた動作だった。

透明皿を慎重に顕微鏡のそばまで運ぶ。皿は手のひら大の浅い円形で、ふたがついているから、親指とほかの指で上下をはさむように持つ。皿をみたす液体培地は、いまのところ当初の鮮やかな赤い色をたもっていた。培地の色は酸性度指示薬の色だから、注意せねばならない。増えゆく細胞たちは休みなく培地成分を食べる。中性の赤から酸性の黄色に変わったら、飢餓の証拠だ。

今日は増殖初期だな、まだ安心だ。皿を顕微鏡の試料台にのせた。照明をつけて鏡筒をのぞきこみ、装置右がわのねじをあやつって焦点を合わせた。培養液をこぼさないよう注意しながら、試料台の上で皿をゆっくり動かす。

丸い視野のなかで、皿の底にぴったりはりついて四方に腕をのばしている多角形がいくつもみえた。ふちの部分はあかるく光り、中心には暗い色をしたほぼ円形の核が浮いている。球が二個くっついたかっこうをしているものは、分裂のとちゅうだ。どんな細胞も、自身の二重鎖遺伝子を正確に複製してふたつにわかれていく。

満足してちょっと笑い、光にさらされる試練に耐えた皿をもとどおり加湿恒温槽に入れた。癌細胞たちは今日も元気いっぱいだ。

かれらだって生き物だから、毎日面倒をみなければ死んでしまう。夏休みにもかかわらずほかの学生たちのように郷里に帰らないのは、卒論実験の材料である細胞を世話するためだった。

だが、遺伝子対象の生化学実験を課題としているイカルが、この夏のはじめに帰省をきめなかった理由はよくわからない。いちどきいてみたのだが、交通費が、とか今年はいいや、とか消極的な理由が返ってきただけだった。

軽いためいきをつき、それからふだんどおりに作業をこなした。本日の実験につかう予定の皿を出し、底面に生えた細胞を蛋白分解酵素ではがす。死んだ細胞のみを特異的に染める色素で処理してから、血球計算板に入れて顕微鏡で生細胞および死細胞の数をかぞえていく。

なぜ癌細胞なの、ときかれることは多い。はっきりいえないけれど、たぶん、三年次の実習ではじめて出会ったかれらのあまりの増えっぷりに感動したからなのだろう。細胞株の種類にもよるが、対数増殖期に入った癌細胞たちは無敵の勢いで分裂しつづける。透明皿がいっぱいになり、培養液中の栄養素をつかいきるまで、遠慮なく、容赦なく。

なんども顕微鏡をのぞくうち、かれらが美しいと思えるようになってきた。助教によると、これは研究者一般にみられる現象で、研究対象を家族の一員みたいに偏愛するようになるのだという。もうきみもいっぱしの生物学研究者だね、と彼は笑っていっていた。

こうしてわたしは卒論研究の素材として、癌細胞を選んだ。肺癌上皮由来、どんな培地でも健康に育ってくれる、あつかいやすい細胞たちだ。

実験手帳の今日の頁《ページ》を開き、かぞえた数字を記録する。ひと仕事おえた充実感を満喫しつつ、つかい捨て手袋を脱いだ。また扉を二枚通って廊下に出て、研究室へ戻る。

部屋にはだれの姿もみえなかった。だが机のあいだをぬって席にむかうとちゅう、寝袋にくるまって床に転がっていたイカルを踏みそうになった。彼はこの三日間、遺伝子増幅反応のあいまにこうやって仮眠をとっていた。

彼の体をまたぎ越え、自分の机に戻った。窓から入る日差しの角度はほぼ垂直になっていて、机の上のあかるい矩形《くけい》はひどくせまくなっている。わたしの体内時計もそろそろ昼だっていってるぞ、と考えて、無意識にめだかの硝子鉢へ視線を投げた。

ふだんとなにかがちがう。

顔をちかづけてよくながめてみた。雄のほうはふつうだった。だがせびれに切れこみのない雌は、腹びれと尻びれの中間あたりに透明で丸いものをいくつか、くっつけたまま泳いでいる。卵だ。ついに産んでくれた。

しばらくのあいだ空腹も忘れ、硝子のなかを行ったりきたりするちいさな魚のおしりに目をうばわれていた。そのうち彼女は卵を水草にからめて移すはずだ。そうなれば、親たちに食べられてしまうのを防ぐため、べつの容器にわけ入れねばならない。

席を立ち、おさななじみにつまずかないよう注意しながら研究室を出た。廊下を走り、建物をまた横断して生物学実験室まで戻る。奥に設置された器具室が目的だ。

洗浄ずみの硝子製実験用具がならぶ棚を物色する。隅のほうで、長年の酷使のためすっかり目盛りが薄くなった筒型の硝子容器をみつけた。もうだれもつかわないだろう。容量も珈琲碗くらいで、めだかの卵の仮住まいにはちょうどいい。

片手に容器をたずさえて器具室の扉を閉め、無人の実験室を抜けていく。

列をなす実験卓と実験卓とのあいだに恒温震盪《しんとう》器が置かれている。この器械の前でふと足を止めた。上面が透明樹脂製だから内部がみえる。三十七度に設定された装置内部の底網には、円錐型硝子容器が三本立ち、指の幅ふたつぶんほどの深さの黄色い培地をたたえてゆっくり左右に揺れていた。培地はすでに白っぽく濁っている。大腸菌が順調に増殖している証拠だ。

この微生物は、例の長髪の院生が修士論文の研究につかっている。適切な培地と温度を与えてやれば癌細胞などぶっちぎる勢いで増えるところが強みだ。だが、生き物というよりはたんに増殖する機械みたいな感じがして、わたしはすきになれなかった。顕微鏡下の像も美しいとはいいがたいし、だいいち培地の匂いが気持ち悪い。

もちろん、ただの偏見だ。こいつらを日常的に世話しているあの院生は、気に入っているはずだ。

実験室を出てゆく直前、扉にいちばん近い実験卓をふりかえった。いま、六台の温度反復機はすべてが稼動している。きっと三台はイカルが設定したもので、のこりはぶじに長髪の院生がつかえるようになったのだろう。

研究室に戻り、筒型硝子容器に水道水を七分目まで入れて金魚鉢のとなりにならべた。めだかの雌が水草に卵を産みつけおわるころには、塩素も抜けているにちがいない。

さて、こんどこそ食事だ。

またしてもイカルをまたぎ、研究室の扉の横に歩みよる。この一角は流しが設置され、火もつかえる。小型冷蔵庫、電磁波調理器、ひととおりの道具と食器があるから、かんたんな料理が可能だ。研究所の敷地内には食堂があるけれど、学生にとっては高い。しかもあまりおいしいとも思えない。

冷蔵庫の上段から、かちかちに凍った炊飯ずみの米のかたまりをひとつとりだして電磁波調理器に入れた。つづいて昨日、冷蔵庫上段から下段に移しておいた経木《きょうぎ》の包みを出す。大豆の発酵食品だ。冷凍保存しているものを解凍して一日ほど低温静置し、発酵がすこし進んだところで食すことにしている。わたしの冷凍備蓄食品はどちらも郷里の特産品だ、実家の母が北の街でひとり暮らす娘をふびんに思ってときどき送ってくれる。

電磁波調理器のなかで米がゆっくり回りつつ溶けていくさまをながめているうちに、これらの保存場所について起きた騒ぎのことを思いだした。

研究室に配属されてまもないころ、わたしは食品を実験試料用冷凍庫に入れていた。米のほうはともかく、大豆発酵食品については強い反発がきた。先導したのは長髪の院生だった。なんてことをしてくれる、その微生物が大腸菌に混入したらどうするつもりだ。わたしは自分の否を認めて謝罪した。助教がどこからか中古の家庭用冷蔵庫をみつけてきて、学生用研究室に設置してくれた。

それでもあの院生は、わたしが発酵食品を食べているところに遭遇すると露骨にいやな顔をする。匂いが気に入らないのだろう。わたしにしてみれば大腸菌用の培地のほうがよほど臭いのだけれど。

解凍のすんだ食事を食器に移していると、すぐそばの扉が開いた。

「おはようございます」

ちょっと高めでちょっとゆっくりした調子の声だ。つづいて、白い顔とあかるい色の髪がのぞく。長髪の院生ではないか、と身構えたことは杞憂におわった。あらわれた博士課程の院生に対し、わたしもつられておはようございます、と返す。彼女はふだん朝早くやってくるから、こんな時間でもつい朝むけのあいさつをしてしまうらしい。

昼食は、ときくと、家ですませてきた、という。それじゃあお茶をいれましょうか、と提案すると、相手は笑顔でありがとう、とこたえた。彼女は自分の席に手荷物を置いてから、流しの前にあるちいさな矩形の卓についた。わたしは湯をわかし、茶葉を用意した。相手の体調を気づかい、成分の強い緑茶ではなく香草茶にする。

ふたりぶんの茶が入り、わたしの昼食も卓にならべて差しむかいに座ったところで、相手は上品な細い目をさらに細めて口を開いた。

「病院が混んでいてね、すごく時間がかかっちゃった」

つかっている単語こそ標準的だが、生まれ育った西の地域の古風な抑揚が濃厚にのこっている。研究地区の成員は地方色ゆたかだ。

食事中は、年長の友人が話す産婦人科の体験談をきいた。医師からはいろんな注意があったらしい。流産が心配な時期でもあるので慎重に動くこと、つわりがひどくてもあいまをみつけてできるだけ食べること、などなど。もっともわたし、ふつうに食欲があるけどね、つわりってやっぱり個体差が大きいんだね、と彼女は笑いながらいう。西の出身にもかかわらず大豆発酵食品への嫌悪はまったくないし、妊娠初期には匂いの嗜好が変わるといわれるのに、そういう現象もみられない。わたしとしてはとてもありがたいことだ。

あいた食器を洗って片づけてから二杯めの茶を入れて、わたしたちはもうすこし雑談をつづけた。五つ年上の彼女は、わたしが生命研で卒論のための研究をするときまったときからほんとうに真摯に面倒をみてくれている。男社会のなかでの超少数派がどれほどたいへんか、じゅうぶん知っているからできることだ。わたしとイカルが電気泳動用高純度寒天に精製葡萄糖粉末をまぜて菓子にして食べた、という事件のときも、細い目で柔和にほほえみながら周囲からかばってくれた。そのあとわたしたちを敷地内の売店に連れてゆき、料理用棒寒天を買ってくれた。そしてまた柔和にいった、実験用寒天はもう食べないでね、あれは単価がすごく高いから。

このひとにはいくら感謝してもしたりない。だからこうして茶をいれるのはもちろん、妊娠がわかってからは実験の手助けもしている。もっとも相手は時間の割り振りがうまいので、わたしにできるのは本人が帰ってしまったあとに反応がおわった試料を装置から出し、実験室の冷蔵庫に移すことくらいだ。

博士論文をしあげながら妊娠出産する困難についてきいてみたことがある。彼女はいった。論文を提出する自信はあるよ。それにせっかく授かったものだから。そしてうれしげに頬をちょっと染めた。夫である助教は、標準よりわずかに精子数が低いらしい。だからふたりとも、これほど早く懐妊するとは思っていなかった。たしかに出産予定日は論文提出時期に重なってしまうが、今回をのがしたらまたいつ妊娠できるかは、かれらにとって未知数だった。それに彼女は研究においてあれほど非凡なのだから、きっとこの状況にも対応できるだろう。なにせいまだ学生という身分にもかかわらず、被引用指数の高い有名専門誌にすでに二本、論文をのせた実績がある。

彼女の頬と顎の線は、すこし丸くなってきていた。

お腹のなかにちっちゃな生命がいるって、いったいどんな気分だろう。

もちろん、きくまでもない。表情をみればわかる。

「さて、実験にかからなきゃ。アトリ、お茶をありがとう」

博士の院生はゆっくり立ちあがり、湯呑みを流しに持っていこうとした。あわてて押しとどめ、わたしがやるから、ととりあげる。彼女は少女みたいに笑い、それじゃあ甘えちゃおうかな、といって研究室を出ていった。

茶器をすべて洗いおえ、さあ細胞培養室に戻ろうかというとき、とつぜん室内に鋭い音が鳴り響いた。床に目をやると、例の寝袋からイカルが這いだそうとしていた。彼はひどく苦労して半身をおこし、紐で首にかけた調理用時間測定器をながめ、数字を確認した。温度反復機の反応終了時刻に合わせておいたようだ。

「おはよう」

イカルはそういってわたしをみあげ、ちょっとはれたまぶたの下から微笑した。彼にとっては目覚めたときがいつでも朝だ。耳ざわりな、それでいて耳慣れた時間測定器の警告音はまだやまない。

「それ、早く止めなさいね」わたしは片手を腰にあて、もう片方の手で、指定時刻の到来を叫びつづけるちいさな器械を指した。「また怒られちゃうのは、いやでしょう」

「うん、いやだいやだ」彼はちっともいやじゃなさそうな笑みを浮かべつつ、それでもちゃんと測定器の釦《ぼたん》を押してだまらせた。

子供のころからまったく変わらないおさななじみの作意のない態度をながめながら、最近ひどさを増してきている長髪の院生の神経過敏ぶりに思いをはせた。学会や論文提出がちかくなればだれでも多少はいらいらするが、彼のばあいはとくに痛烈だ。話し声どころかささいな音や匂いに文句をつけだす。

またイカルと摩擦をおこさなければいいが。そう考えて大きく息を吐いた。

イカルとわたしが『ゆきわたり』で話し合ってから三日間は順調だった。彼は自分の妄想の実現にむけて細胞骨格繊維遺伝子を指数関数的に増幅し、わたしは癌細胞をつかった卒論の実験をとどこおりなく進めていた。うずらの転卵は毎日二回行われ、めだかとその卵のためにときおり水が替えられた。助教の妻である院生も、つわりに悩まされることなく元気に食事をとっていた。大豆発酵食品は冷蔵庫のなかでゆっくり微生物の数を増やしている。

だがその平穏は三日めの夕方に破られた。

「うるさいぞ、いいかげんにしろ」

長髪の院生は実験結果のまとめ作業を中断し、席から立ちあがった。時間測定器が鳴っているのにまったく動かない寝袋にむかって大股で歩みよる。わたしが止めに入るすきを与えず、脛まであるごつい靴でイカルの頭を蹴りつけた。

被害者はうめいて体を丸くした。

わたしは寝袋に駆けより、おさななじみのそばで膝をついた。「ひどい、なんてことを」

「そいつが悪い。こっちは頭脳労働をしてるんだ、雑音を出さないように気をつかうのがふつうだろう」加害者は不遜な表情を崩さなかった。「だいたい、こんなところで寝るなよ。じゃまでしかたない」

ようやく体をおこしたイカルは、相手をものすごい目つきでにらんでいた。たまたま実験室から戻ってきた博士の院生が仲裁してくれなかったら、どうなっていたかわからない。

年長の女性からの説得が効いたせいか、長髪の院生はその後しばらく、おとなしかった。

しずかな緊張をはらんだまま、わたしたちは九日めをむかえた。

「いよいよ明日だ」細胞培養室を出て実験室のようすをみにゆくと、イカルは予熱した三台の温度反復機の前で試料箱を手にして立っていた。

「夜には目標の増幅数にたっする。あがり、としてなにがおきるか、あるいはおきないか、たのしみだ。大嵐か雷か大洪水か、それともあがり、っていうでっかい文字が夜空にあらわれるのか。もっともおれはなんにもないほうに賭けるけどね、ジェイ先生は正しい」

彼はそこまでいうとだまり、設定画面で温度を確認してから機械のふたを開け、試料をならべ入れはじめた。

わたしは同感、と返した。もっとも同意したのはジェイ先生うんぬんではなく、あがりなどという超常現象じみたものはけっしておきない、ということに対してだが。

ひとつ息を吐いてから、ふと視線をすべらせた。数列先の実験卓でなにかが動いている。長髪の院生だ。

彼はさきほどまでイカルがつかっていた氷箱のなかをのぞきこみ、無造作に手を伸ばした。まさか。いまの会話をきかれたか。

わたしはすかさず叫んだ。「やめてください。他人の実験試料に触れるなんて」

異物混入という一般的な恐れもあるが、むしろイカルがたった一種類、しかもふつうは単なる陽性対照である細胞骨格繊維遺伝子の増幅開始配列組しかつかっていない、とあの男にばれるほうがずっと怖い。

当のイカルも騒ぎに気づいたようだが、設定温度にたっした機械に試料を入れる作業中だ。いま手を離すわけにはいかない。

わたしは彼のかわりに駆けた。だが実験卓に到達する前に、長髪の院生はすばやく氷箱をかき回し、増幅開始配列を入れておくための専用樹脂管をひとつ、つまみあげた。管の側面の表示を読み、ふん、といってまた氷上に戻す。さらにもうひとつ、べつの管を拾いだして同じ動作をした。さらにつぎ、さらにつぎ、と、わたしがその実験卓にたどりつくころにはぜんぶで八本ほどの増幅開始配列入り樹脂管を確認しおえていた。

「なんだ、みんなあいつの卒論の材料か。いったいなにを夢中で増幅しているのかと思えば」

彼はわたしと、温度反復機のむこうがわにいるイカルに鋭い視線を投げ、去っていった。わたしたちの会話をきかなかったか、きいたとしても意味がわからなかったようだ。

安堵の吐息をついてイカルのそばに戻ると、彼はちょうど三台めの装置のふたを閉めおえたところだった。

「にせものをならべるくらいの細工はできないとね」おれだって世わたり術のひとつやふたつ、と笑いかけてきた。

わたしも笑みを返した。共謀者の微笑だ。


翌日、中古の恒温槽に変化があった。

すでに転卵は不要な時期にきていた。朝、いつもとようすがちがうことに気づいたわたしは、内部温度をさげてはいけないと思いつつもひんぱんに機械の正面扉を開けたくなる誘惑に打ち勝つことができないでいた。

わたしはまた恒温槽の前に座りこんでいた。外はすでに夏の長い日も落ち、弱くて不安定な人工灯がやる気なさげに廊下を照らす時間だ。わずかに開けた機械の扉から、あたたかい空気とともにかすかな高い声がきれぎれに流れてきた。

恒温槽の扉をそっと閉め、折った両膝に顎をのせて、ひとりほほえんだ。明日にはきっと、すくなくとも一羽の雛が殻を破って顔を出す。

背後の廊下を騒々しく駆ける音が響いた。だれなのかはすぐにわかった。

「きてよ、アトリ。最後の増幅がおわるんだ」

すぐそばで急停止したイカルは、はずんだ調子で一気にしゃべった。

わたしはうなずき、勢いをつけて立ちあがった。彼のあとについて廊下を走る。

「急げ、急げ」

先をゆくおさななじみは、ふりむいてわたしをせかす。それじゃあもっと早くよびにくればいいのに、と返してやると、相手は高い声で笑った。わたしたちは笑いながら、せまくて暗い廊下を駆け抜けて実験室にとびこんだ。

「さあ、いよいよだ」

わたしたちはいちばん右端の温度反復機の前にならんで立った。となりの二台もイカルがつかっているのだが、これらはすでに四十回の指定反復回数がおわったようで、側面からゆっくり熱い空気を吐きながら温度をさげているところだった。

稼働中の機械の表示画面に視線を戻し、反復回数を示す右隅の数字の変化をみまもる。いまは三十八だ。温度はあがり、すこしさがってまたあがる。これで三十八回めの増幅が終了した。八連細管のなかの細胞骨格繊維遺伝子は二の三十八乗個になった。

「あがり、あがり。あがりのしるし」

と、となりに立つイカルはうたうように調子をつけた。

「世界初、細胞骨格繊維遺伝子の全面的勝利の瞬間だ。二番手の解糖系脱水素酵素遺伝子だって、もう追いつけない。いったいなにがおきるのか、それともなんにもおきないのか、みとどけてやろうじゃないか」

彼は画面からこちらに視線を移した。目もとも、口もとも笑っている。

わたしも笑ってうなずいた。これでようやく、イカルは自分でつくりあげた妄想をおわらせて正気に戻ってくれる。ジェイ先生を失った悲しみからたちなおってくれる。

「ええい、もう、回数をかぞえちゃうぞ。三十九回だ」

彼はまた画面にかがみこんだ。温度上昇、下降、そして数字が動く。

「四十」

こんどはわたしも声を合わせた。設定どおり、温度があがってさがる。反応がおわる、配列は二の四十乗個に増える。

世界中でもっとも多い遺伝子は、細胞骨格繊維だ。

反復機は、しゅう、という声とともに廃熱を出しはじめた。温度が急激にさがってゆく。

反応は完全に、ほんとうに、まったくもって終了した。

わたしとイカルは機械の前にならんで立ったまま、表示画面をみつめていた。温度を示す数字はさがりつづけ、ついに保冷状態の四度になってしまった。

だが実験室は、生命研は、研究地区の敷地内は、夏の夜のしずけさをたもったままだった。

イカルはまた顔をあげ、わたしをみた。口を開き、言葉をかたちづくる。勝ったよ。

だが、彼の声はまったくきこえなかった。かわりにわたしの耳を打ったのは、牡牛の心臓も止めてしまいそうな爆発音だった。

わたしたちは顔をみあわせた。そして同時に実験室から駆けだした。廊下を走って建物の反対がわの端までたどりつき、螺旋階段を右回りにのぼる。前をゆく彼は二段飛ばしだ。三階、四階と進むにつれて引き離される。彼の背中が、脚が、靴の先がみえなくなる。

屋上の扉が開く大きな音がした、また、あの爆発音も。ああ、とイカルがうめく声もつづく。ようやくわたしも階段をのぼりきった。扉が開け放たれたままの出入口をくぐり、生命研究棟の屋上に躍りでる。

イカルは月光に照らされつつ、屋上の周囲をかこむ低い手すりに両手をついて夜空をみつめていた。ゆっくりこちらをふりかえり、右腕をあげて宙を指す。

「みてよ、あれ」

彼が示した方角に顔をむける。明かりのまたたく街が眼下に広がっていた。こまかい光のあいだをぬうように蛇行する暗い部分は、川だ。

川からなにかが尾を引いてのぼった。天をめざしてまっすぐ舞いあがったものは、わたしたちの視線よりすこし高い位置で破裂し、黒い背景にまぶしい多色のしずくをまき散らした。

わずかに遅れて、さきほどと同じ爆発音が響いた。

わたしはイカルの横に歩みよった。ならんで立ち、手すりをにぎって夏祭りの前夜を彩る花火をしばし無言でながめた。

数発の連続した打ちあげがおわった。強い光も音も消え去り、残された煙が月をおおいかくしはじめたところで、彼はまたわたしをみた。

「おれ、この街がすきだ」照れたように笑っている。「これまでも、これからもずっと」

こちらもはにかんだ微笑を返した。「わたしもだよ」
そして彼に一歩、ちかづいた。

翌朝はイカルの下宿から直接、研究地区にむかった。彼の寝顔があまりに幸せそうだったので、おこさずに放っておくことにした。なにせ寝台をつかうのも二週間ぶりなわけだ、すきなだけ眠らせておこう。

いつもの守衛に朝のあいさつをして門を抜け、右手奥に建つ管理棟にまず出むく。窓口で利用手続き書類に名前と学籍番号を記入してから保健管理室、略称ほけかん、に入った。今日の担当医師は幸運なことに女性だった。

さっきの守衛よりは若く、助教よりはちょっと上、という年格好のほけかん担当医は、医師のくせに白衣も聴診器も身につけていなかった。腕時計や装飾品もない。麻の袖なし上衣を着て髪をうしろでまとめ、化粧気さえほとんどなかった。ただ赤い口紅と、同色のめがねのつるだけがめだっている。

彼女はわたしの話をききおえると筆記具をとった。
「もちろん、処方はするけどさ」
彼女は所定の用紙に薬品名を書きこみ、となりの薬局につながる窓をとおして、なかのだれか、たぶん薬剤師、に手わたした。
まもなく、となりの部屋から白い紙袋が出てきた。

「はい、まず二錠服用。できるだけ早いほうがいいからね」医師は水を入れた杯とともに紙袋をよこした。

礼をいって袋を開き、包装を破って指先くらいの丸い薬を手のひらにとりだす。ふたつの錠剤を水といっしょにぎこちなく喉に流しこむあいだに、相手は服用にあたっての注意事項を説明しはじめた。十二時間後にのこりの二錠を飲むこと。事後経口避妊薬は内分泌系に作用するから、副作用がおこる。個人差はあるが、たいてい強い嘔吐感、頭痛など。

「ひどいめまいや、ごくまれだけど幻覚症状も報告されてる。だから今日は実験とか頭をつかう作業はあきらめて、下宿に戻って寝ていなさい。わかったね」

白衣を着ない女性医師はあいた杯をわたしの手から受けとって片づけ、ふたたび目の前の診療用椅子に座った。

「よくききなさい。彼のほうはけっして妊娠しない。だから、避妊はあなた自身の問題。自分で対策すること」

それから彼女は、つかい捨て器具から卵管結紮《けっさつ》手術にいたるまでのあらゆる避妊法の効果と費用について説明してくれた。こういうことは義務教育に入れておくべきだよね、とか、研究所にくるような頭のいい子たちでもはじめてのときは避妊のことなんてすっかり忘れちゃうんだよなあ、とかつぶやきながら。

女性医師の長い長い説教からようやく解放され、ほけかんをあとにしたときにはもう昼になっていた。彼女はああいっていたけれど、このますなおに帰るわけにもいかない。面倒をみなければならないものたちがいる。

夏の日差しを浴びながら芝生のあいだの小道を抜け、生命研究棟へむかう。祭り初日のせいか、遊びにきている近所のひとたちもすくなく思える。赤煉瓦の建物に入るとき、軽い吐き気を感じた。副作用というやつがはじまったみたいだ。

研究室は無人だった。長髪の院生の机に手荷物が置かれていた。実験室で作業中なのだろう。博士の院生はまだきていないようだ。彼女はまた検診かな、けっこうひんぱんに行かなきゃならないんだな、と考える。

さて、吐き気が本格化する前に昼食をすませてしまおう。

冷蔵庫を開け、上段の冷凍区画から昨日のうちに移しておいた大豆発酵食品をとりだす。経木の包みを開いたところで、異常に気づいた。鼻をちかづけてみる。

匂いらしい匂いはほとんどしなかった。まるで買ったばかりの、発酵があまり進んでいないときのようだ。

急に食欲が失せ、経木をもとどおりに包みなおしてまた冷蔵庫に入れた。そもそも気分がすぐれないのだから、むりに食べてもおいしくないだろう。こんなときはいさぎよく食事を抜いてしまうに限る。

流しで手を洗い、細胞培養室へむかった。廊下の恒温槽のなかで孵化が進んでいるうずらの卵も気になるが、癌細胞たちのほうが優先だ。きっとかれらは透明皿のなかで増えつづけ、いまごろは液体培地の栄養分をつかいはたして悲鳴をあげているにちがいない。

いつものように二枚扉を抜け、酒精で両手を殺菌してから手袋をはめる。加湿恒温槽を開けて、いちばん手前の皿を引きだした。

だが、皿のなかの培養液は黄色く変わってはいなかった。最初の鮮やかな赤から、ほんのわずか橙《だいだい》がかった色になっているだけだ。つぎの皿を出してみた。そしてつぎ、そのつぎも。だがわたしが飼っているすべての皿の中身は、赤い色をたもったままだった。

うち一枚を位相差顕微鏡の試料台にのせ、照明をつける。焦点を合わせると、視界に透明皿の底面が拡大されて浮かびあがった。皿をすこしずつ動かし、全体像を確認する。

やはりそうだ、細胞の数が増えていない。

首をひねりつつ皿を恒温槽に戻す。予定していた培地交換は必要がないとわかった。だが、急に癌細胞の増殖が止まってしまった理由は見当がつかない。ひょっとしたら未知の現象かもしれない。助教に相談してみよう。

吐き気が強まってきた。めまいもして、培養室の壁や柱がゆがんでみえる。だめだ、早くここから立ち去らなくては。卒倒して実験装置を壊したり、吐いたもので室内を汚染したり、なんてぜったいに避けたい。

二枚めの扉を開けたところで、やはり実験室から出てきた長髪の院生とはちあわせした。

「おい」相手はわたしをにらんだ。「今週の大腸菌用培地作成当番はイカルだったよな」

彼は来週ですよ、と返し、今週の当番の名前をつげた。

「そうか、彼女か」長髪の院生は急に態度をやわらげた。「おかしいなあ、あのひとはどんな作業でもおろそかにしないはずなのに」やっぱりふだんと体調がちがうせいかな、女はたいへんだ、といって両腕を組んだ。

「なにがあったんですか」

ひどく気分が悪いせいか、自分の声が他人のものみたいにきこえた。ほけかん医師の言葉がよみがえってくる。副作用として幻覚症状が出ることもあるよ。

「おれの大腸菌がぜんぜん増えていないんだ」

院生はほんとうに困った、という顔をしている。現実感にあふれていた。

「ゆうべから恒温震盪器に入れて振っているから、もうとっくに予定数にたっしていいはずなんだが。だから培地が変なのかと思ってね」まいったな、これじゃ学会にまにあわないぞ、とつぶやいて、彼はまた実験室のなかにひっこんだ。

強まる一方の嘔吐感をこらえながら、せまい廊下を研究室へむかう。例の中古の恒温槽の前で立ち止まり、かがんで前扉を開けた。あたたかい空気に顔をなでられつつ、底網にならんだ四十個のうずらの卵を順繰りにながめる。ゆうべ鳴き声を出していた卵はどれだろう。もう、なかの雛は殻に穴をあけ、三角形のくちばしを突きだしているだろうか。

まだらもようの卵たちは、食料品店で値札をつけて売られていたときと同じように、ひびひとつなく丸いまま、沈黙をたもっていた。

うなだれてなんどかまばたきする。装置の扉を閉め、ゆっくり立ちあがった。手をかけたとはいえしょせんは人工孵化だ、親鳥がやるようにはいかなかったか。

しかし、あきらめるにはまだ早い。数日待てばべつの卵が孵る可能性がある。もうちょっとようすをみよう、ときめて、悪寒までしはじめた自分の体を両手でかかえるようにして廊下を歩いた。

研究室に入り、イカルが昨日までつかっていた寝袋をまたいで席についた。ぶじに座れたことに安心して深く息を吐く。まだ幻覚というところまでは行っていないらしい。おしりの下の椅子も、両手に触れる書き物机の表面も、たしかな実在感があった。

額ににじんだ汗を指先でぬぐって、金魚鉢と筒型硝子容器のなかをのぞく。めだかの親のほうは変わりなかった。二匹とも、いつものようにすました表情で口をとがらせ、ちっちゃなえらと尾を気ぜわしく動かしつづけていた。

だが、卵はなにかがおかしい。硝子面に顔をちかづけ、凝視した。

昨日まではひとつひとつが透明で、目なのであろう一対の黒い点まで確認できた卵たちが、今日はすっかり濁って白っぽくなっていた。

顔をあげ、頭をひとつ振った。もうじきかわいい稚魚を鑑賞できると思っていたのに。また吐き気がこみあげてきた。頭痛もはじまっている。天井をみると、まっすぐなはずの梁がゆるい曲線になっていた。もうだめらしい。助教に報告だけすませて、あとは帰ろう。

かけ声をかけ、机のふちを強くつかまないと立てなかった。脚が思ったように進まず、よりみちしたがっているみたいに左右にふれる。研究室を出て、すぐとなりにある助教の部屋の扉をたたくことすら高山登頂のように思えた。息が荒くなり、肩が上下している。どうぞ、の返事をきくと同時に取っ手を引き、なかに入った。

奥の卓に座る指導教官の白い顔がさらに白くなり、やつれてみえることにわたしは驚き、自分自身の体調や癌細胞の増殖停止現象のことを忘れてしまった。

「すまない、今朝はたいへんだったんだ」こちらの表情に気づいたのか、彼は弱々しく口を開いて説明をはじめた。「彼女を病院に連れていくことになってね。ねんのため入院させたよ。このまま数日、休むことになると思う」

それから彼はむりやりつくった笑みを浮かべ、話しつづけた。博士論文を書くというのは彼女にとっても相当な負担だったんだね。きみは女の子だからいっておくけど、妊娠中はあまりがんばっちゃいけないよ。とても悲しいことになるかもしれないから。

おだいじに、というこのばあい適当かどうかよくわからない言葉をかけてから、部屋を辞した。

ふたたび襲ってきた吐き気とめまいの猛攻に耐えながら、廊下の壁にもたれて顎に手をあてる。変だ、あまりに符合しすぎている。増えない発酵微生物、癌細胞、大腸菌。発生のとちゅうで死んでしまったらしいうずら、めだか、そして。

たどりついた仮説は、イカルを笑えないほどに妄想じみていた。

あがり現象はほんとうに起こってしまった。そのあらわれかたは、天変地異でも空に浮かぶ巨大な文字の出現でもない。

細胞分裂の完全停止だ。

永きにわたる遺伝子増幅競争は大差で決着がついた。だからこれからは、細胞を分裂させ、遺伝子を複製しても意味がない。

壁を離れ、一気に廊下を駆けた。実験室にとびこみ、イカルが試料を入れていた縦型冷蔵庫を開け放つ。

だが、庫内の棚をいくらさがしても、彼の名を記した試料箱はひとつも出てこなかった。

冷蔵庫の扉を閉めて考える。落ちつけ。ゆうべ、なにがあったか思い出せ。いやちがう、花火のあと。

屋上から生物学実験室にもどると、イカルはこの冷蔵庫を開け、つくった試料をすべてとりだした。

勝利の記念に、この細胞骨格繊維遺伝子はぜんぶ微生物たちにやるよ。

そういって実験室の流しで蛇口をひねり、大量に水を出して、試料の中身を一本のこらず流し去ってしまった。

あきれてみつめるわたしに、彼はいう。ほら、集団遺伝学の講義で習っただろう、遺伝子だまり。あれの微生物版に入れてやるんだ。

わたしはうなずく。微生物たちはかれらの遺伝子だまり、つまり遺伝子の共有貯蔵庫から銀行みたいに自由に遺伝子を引き出し、図書館みたいに複写して利用する。イカルは、自分がさんざん複製した細胞骨格繊維遺伝子を、さらに微生物たちに複製させるつもりだった。勝利のだめ押しとして。

彼の試料を二重鎖遺伝子分解酵素で壊す計画はついえた。これらはいま、広い海のどこかにある微生物遺伝子だまりに浮いている。もう手が出ない。

となれば。ほかに、できることは。

こんどは試薬保管用の冷凍庫を開け、遺伝子増幅試薬を一式、引きだした。氷箱も用意し、実験卓に移動して微細分注器をにぎる。

急げ、急げ。もしほんとうにあがり、が起こったならば、いま生きている単細胞生物はまもなく寿命をむかえ、死にたえる。多細胞生物はもうちょっと持ちこたえるだろうが、長くはない。まず傷を治せない。消耗してゆく血球類を補充できないから、酸欠が進行し、免疫機能は壊滅する。体内で消化を助ける共生微生物たちも死滅してしまう。

しかも、わたしたちはもはや子孫をのこすことができない。受精卵は分割しない。それ以前に、生殖細胞をつくれない。

だとすると、あの事後経口避妊薬はむだだったな、とすこしだけ苦笑する。

さあ、急げ、急げ。放っておけば、世界はおわる。

「なんだ、とつぜんどうした」

驚いたように問いかけてくる長髪の院生にこたえているひまはなかった。わたしは一心不乱に手を動かし、試薬を測りとり、混和し、遺伝子鎖合成用の耐熱酵素を添加した。増幅開始配列組の入った樹脂管をつまみあげ、側面の文字を確認する。

解糖系脱水素酵素遺伝子、と書かれていた。細胞骨格繊維遺伝子によって引き起こされたあがり、に対抗できるのは、次点であるこいつだけだ。

急げ、急げ。脱水素酵素遺伝子の数がイカルの計算した遺伝子最大値を超え、細胞骨格繊維遺伝子と肩をならべるくらいにまで人為増幅できればいい。あとは、ほかの研究者たちが毎日の実験でこのふたつを増やしてくれる。だから以後は、長距離走での先頭争いみたいに、二者が抜きつ抜かれつをつづける状態になるはずだ。決着はつかない、だからあがり、はいつまでも延期される。たぶん。

ひどい体調にもかかわらず、微細分注器を持つわたしの手は不思議なくらいなめらかに動いた。まるで夢のなかみたいだった。そうだ、なにもかもが薬の副作用による幻覚のせいだったら、どんなにいいだろう。微生物たちが増えないことも、卵が孵化しないことも、博士の院生の流産も。

八かける十二かける六本の微細管すべてに混合した試薬を分注しおえ、立ちあがって設定式温度反復機の列の前に移動した。めまいはさらにひどくなる。稼動していない機械には電源を入れ、稼働中のものは緊急停止させてふたを開け、内部の試料をぜんぶ床に放りだした。それぞれの表示画面をにらみ、イカルがやっていたように反復数を最大の四十回に設定する。

こんなことで、はじまってしまったあがり現象をほんとうに止められるのかどうかはわからない。でも、やらないわけにはいかない。

画面の数字が室温から設定温度めがけて上昇するのをにらみながら、さらに強まってくる吐き気とめまいに抵抗した。そばに長髪の院生が立ってなにか叫んでいるが、もはやいっている意味がまったく理解できない。

しだいに声すらきこえなくなり、周囲は無音になった。視界までが狭く、暗くなっていく。

変わりつづける数字だけがまばたきながら光っていた。

ぼくの手のなかでしずかに

Beyond Creation

また髪が抜けた。

ぼくは朝の浴室に立ち、右手の櫛をみつめる。歯のあいだには細い、色までうすい髪の毛が幾本か残っていた。

かぞえてみた。十一本もある。素数か、と苦笑した。

櫛を置いて正面の鏡をみつめた。髪は耳をおおうほどのばしているが、顎だけはきれいにあたった小太りの男が見返してくる。顔色は青白い。頰にまた肉がついたようだ。額もさらに広くなった。

大きく息を吐く。まだ三十前なのに。

だが落ちこんだところでどうしようもない。生えぎわがかくれるよう髪を直し、玄関にむかう。四年前、飛び級のすえ博士号をとったときに新調した革靴はすでにかなりくたびれていた。外套をはおって扉を開ける。冷たい外気が頰を刺す。

とっくに陽があがっているはずだが、外はうす暗かった。戸口から一歩踏みだして頭上をみあげる。白い小片が上空から舞いながら落ちてきた。ひとつ、ふたつ。手の甲にくっついて、長いためいきをついた。北の街は秋が短い。これからは、半年におよぶ暗い季節がはじまる。みるまに透明になってゆく。

「財布をなくしたみたいな顔だ」

教養部時代からの友人はぼくをみて笑い、珈琲をいれるところだから、と研究室に招き入れた。

机の上に論文の複写や書きかけ原稿が積みあがっているのは数学科と変わらないが、半分空いた試薬瓶やよごれた白衣やひとつ前の型の演算機やそりかえった写真の束があるのは、いかにも基礎系、つまり実験系の研究室だ。なんどみてもおもしろい。

彼の勤める医学部および研究基礎棟は、ぼくの家と同じ青涼《せいりょう》地区にある。理学部のある北蒼《きたあお》羽山《ばやま》地区にでかける前に寄り道するにはちょうどいい位置だ。

部屋にはほかにだれもいない。今年は寒いらしいな、といいつつ、友人は出入口のそばのちいさな流しへ行き、珈琲豆を挽《ひ》く作業を再開した。古びたやかんはもう湯気を立てている。

比較的まともな椅子を目でさがし、腰をおろした。豆挽き機の取っ手を回しているこの男は、長身痩軀、蓬髪《ほうはつ》で、はじめて会ったころから見た目にほとんど変化がない。ここ数年で急激に容姿の変わってしまったぼくとは対照的に。

しかも彼は、理学研究科生物学専攻の修士課程を出たあと医学研究科に入った、という変わりだねだ。研究対象を動物から人間へ切り替えたわけだ。いまの仕事がおもしろくてたまらないらしい。

「おまえ、若いよな」両膝に両肘をつき、組んだ手に顎を埋めてつぶやいた。

「また、いってる」

彼はやかんを火からおろし、ふたをとって流しの蛇口から水をごく少量、注ぎ入れた。珈琲の味は抽出時の温度に左右される、けっして熱湯をつかってはいけない、とは彼の言だ。円錐形に折った濾《ろ》紙《し》の上に挽きおえた豆をのせ、湯を注ぐ。湯気とともに立ちのぼってくるのが最初の芳香、とよばれるものだ。機械にたよらず、みずからの手で珈琲をいれるときだけ体験できる至福の瞬間なのだという。

黒い液体が硝子《がらす》容器のなかに落ちていった。ふたりぶんがたまったところで、友人は半分ずつをふたつの碗にそそぎわけ、片方をぼくにわたした。それから椅子を引っぱってきてぼくの横に座った。

手のなかのあたたかい珈琲碗からひとくちすする。落ちつくな、とほめると、友人はうれしそうに笑った。珈琲は彼の唯一の道楽だ。

「早い遅いの差はあれ、老化はだれにもかならず訪れる」彼は碗からのぼる湯気ごしにこちらをみた。「生殖年齢以後に老いて、いずれ死ぬ、というのは自然淘汰が生み出した必然の過程だ。子供をつくれなくなったものを修復してもしかたないからな」

そんなのわかってるよ、と返してまた珈琲をすすった。

「だとしたら」友人はぼくのとなりで微笑する。「科学上の重大問題を解決して名を残すことで、寿命を延長することにかえる、っていう策はありだと思うな。おまえがこっそりやってるみたいに」

「こっそり、って。ひとぎきの悪い」碗の中身を干した。「あれはあいま仕事だ、博士号取得済研究員の業務はちゃんとやっているよ。それに実験系とちがってよぶんな研究費をつかうわけじゃないし」

そりゃあそうだ、数学はいいよな、といって彼は笑い、立ちあがってぼくの空いた碗をとりあげた。流しにふたつの碗を置くとこちらをふりかえった。

「そういえば。この前ぐうぜんみつけたものが」

機械の間を抜けて彼の席へ行った。直方体の一角をななめに切り落としたかたちの文献箱をいくつか探り、紙を数枚引き出して戻ってきた。「複写しておいた。おまえならきっと興味を持つだろう」

論文の写しだった。うなずいてうけとる。「あとで読むよ」

そのままかばんに入れた。立ちあがり、珈琲の礼をいって研究室をあとにした。

青涼地区を出て、よんぱち、とよばれる国道四十八号線を進み、四度見《よどみ》橋をわたって川を越えると教養部横の通称地獄坂に出る。街の西端を占める蒼羽山は、なだらかな稜線と濃い緑と天然記念物的生物相にめぐまれた地域だが、山頂部には大学の理学部、薬学部および工学部がある。だから理科系の学生と職員は、研究室に出かけることを山にのぼる、という。

不便だろう、とよく心配されるけれど、じつは公共交通機関網が発達していて、早朝から深夜まで大型旅客車両が行き来している。この街ではどれほど雪が積もっても、この車両が大きな車輪にすべりどめの太い鎖をまいてかならず運行する。中央や南の地域であれば路面にちょっと雪がかぶっただけですぐに運休してしまうのに。

車両をおり、道路を横断すると理学部の敷地だ。

ちょうど一限目がはじまったばかりだから、周囲に学生たちの姿はない。左手前にみえる真新しい円筒形の建物が理学部付属博物館で、背後には学生時代にさんざん世話になった教務課の古びた屋根がかくれている。さらにその奥が地学棟と生物棟、そして化学棟と物理棟だ。この四棟は、型にはめてつくったみたいに似た矩形《くけい》の灰色をしている。昔の地震でできたひび割れまでがそっくりだ。

敷地内の小道をはさんで右がわには、日々利用する購買部と食堂がある。その先の赤煉瓦の建物が、ぼくの学舎《まなびや》であった、そしていまは職場である数学研究棟だった。

数学科数学専攻、と彫られた緑青《ろくしょう》の浮く銅板を横目でみながら正面玄関を入る。ようこそ数学教室へ、というだれに向けてかよくわからない立て札のそばをすぎ、昇降機の前で上への釦《ぼたん》を押して待つ。

左側の壁の掲示板に、各地の大学の研究者公募情報が貼り出されていた。これらに応募し、安定した地位を得るには、論文を量産しなければならない。どんなにささいな結果でもかまわないから。

電子音がして扉が開く。四人も入ればいっぱいの狭い箱に乗る。五、の釦を押す。電子音がして扉が閉まる。軽い振動のあと体の浮く感覚がつづく。扉右手についた階数表示の数字が光りながら移り変わる。二、三、は素数。四は合成数だが五は素数だ。七、十一、十三、十七と、数が大きくなるにつれて素数の出現する間隔は広がっていくように思える。

しかし、その直感は真実なのか。素数の分布に規則性はあるのか。

三百年以上前からすぐれた数学者たちが頭を悩ませてきた、しかし解けなかった、難問ちゅうの難問だ。

そして。

素数の分布についてのある有名な予想を証明することが、ぼくのひそかなもくろみだった。

数学分野では、ひとたび正しいと厳密に証明されたものはけっしてくつがえされない。あらたな実験や観測結果ひとつで主流の説があっさり否定されてしまうほかの科学分野との決定的なちがいだ。

数学を専攻したのはもちろんすきだからだ。しかし、成功すれば永遠に名が残る、ということの特徴が魅力的だったこともたしかだ。

予想の証明は、ぼくにとっての不死への手段だ。

また電子音がして、扉が左右に開いた。五階の廊下は無人だった。革靴の音を響かせながら、学位取得後もひきつづき研究員として所属している数論研究室にむかう。

「おはよう」

うしろから肩をたたかれた。去年博士号を取得したばかりのひとつ年下の同僚がぼくを追い越して研究室に入っていった。彼は階段をのぼってきたのだろう。

ぼくもあとから部屋の扉を開けた。朝というにはすこし遅い室内は、すでに濃厚なひとの気配でみたされている。空気はごくかすかな匂いがする。紙と白墨とそれからなにかの入り混じった、なじみの匂いだ。今日はにぎやかな話し声さえする。

消し忘れの数式が残る巨大な黒板の前で、年下の同僚はほかの研究員たちにむかって両手を振り回し、高い声でしゃべりかけていた。

「そう、夜明け前だよ。ずいぶん長く感じたけど、ぶじ生まれたんだ。女の子だった」

おめでとう、とみなは口々にいう。お祝いはなにがいい。

そんなのいらないよ、と彼は頰を赤くして返す。その横をとおりすぎざま、ぼくはひどく平凡な祝福の言葉をかけた。相手はちゃんとこちらに顔をむけて笑顔で礼をいってくれた。

いまだわきかえっている同室の仲間たちをしりめに、机の列を抜けて自分の席につく。

今朝父親になったばかりの彼は、収入もないのに、という周囲の心配をよそに、大学院在学中に結婚した。ぼくにはとても興味がもてないようなちいさな補題をいくつも解決して論文数をかせぎ、修業年限内で、しかしぼくより二年よぶんにかけて学位をとった。直後に博士号取得済研究員の地位も獲得した。そうこうするうち彼の妻は妊娠した。たいへんじゃないのか、ときいても、彼はただ微笑を返すだけだった。

この春から彼が中央の大学に助教として招聘される、という知らせが聞こえてきたのは、そのすぐあとのことだ。

机の上には、たたくと白墨の粉が舞いそうな紙片が積みあがっている。輪読会予定表、学部生むけの講義進行表、あまり気乗りのしない凡庸な書きかけ論文の間に、ぼく自身の手によるおぼえがきがあった。

『今週の課題　虚の零点の実部が二分の一ではないものをみつけること』。

素数分布予想がまちがっている、と仮定したやりかただ。ある週はこの予想が正しいとして証明を進め、つぎの週は逆に正しくないとしてまったくちがう方向から近づいてみる。ときどき見方を変える、というのは新規な考えを生み出すためによくつかわれる手法だ。

数学は純粋な論理の学問だ。発想がつきたら数学者としての人生はおわったにひとしい。

室内の騒ぎを耳から閉め出し、素数分布の問題に集中する。鉛筆をにぎり、白紙をながめて、素数の集合を考えるときに浮かんでくる、あいまいな塊をみいだそうとする。研究者によって方法はさまざまだが、ぼくのばあい初期段階では代数記号や文字をつかわない。あるていど進んで数式化が必要になるまで、心象だけで考えをまとめていく。

だが、抽象の世界にはうまく入りこめなかった。いちどつかみかけた素数の塊は、ぼくの手のなかからあっさりすりぬけていってしまう。

医学部基礎棟の友人が以前いったことを思い出す。

もっとも確実な不死の方法ってのは、子供を残すことなんだよ。生殖し、自分の遺伝子を次世代にひきつがせるんだ。
でも、ぼくにはそんなことできそうにない。

今日は早めに切りあげることにした。五限目もおわらないような時間に研究室を離れるなんてめったにやらないのだが、これ以上机の前で白い紙をにらんでいたってなにも出てこないだろう。

博物館前の停留所にむかう。降雪は朝だけだったらしく、路面にはすでに痕跡すらない。まっすぐ自宅に帰るのはやめて、壱番丁《いちばんちょう》方面への車両に乗った。車内は帰宅する大学事務職員や学部学生で混み合っている。

つり革にぶらさがって考える。やっぱり作用素による固有値解釈手法をとってみるべきだろうか。量子力学でつかう無作為行列を援用しようか。車体は下り坂の急な曲がり角にさしかかるたび大きく揺れる。他人の肩や背中にぶつかりそうになり、そのつど現実に引き戻される。

壱番丁三丁目で下車したときには、空はすでに深い藍色で、西の端にかすかな夕陽のなごりが残るだけになっていた。建物のあいだを抜ける風が襟元にも入ってくる。外套の釦をぜんぶ閉め、買い物客や家路につくひとびとが行き交う商店街を二丁目方向に歩き出した。息が白い。百貨店の背の高い硝子窓から漏れる照明が、通りすぎるときだけつかのまのあたたかさを投げかける。

立ち止まり、商店街をおおう丸天井をみあげた。ななめ上に仕掛け時計がつるされている。

文字盤のすぐ下についた扉は、いまは固く閉ざされて青と白の装飾をみせていた。まだ動きだす時間じゃないな、と、すこしがっかりしてまた歩きだす。古い靴が敷石に当たってかすかな音をたてる。

二丁目までできた。左手にみえた老舗《しにせ》書店に入る。

小説のたぐいは読まないけれど、数学の新刊書を確認するのはすきだ。専門書は大学の購買部や学科図書室にあるが、いわゆる一般むけ数学書は街の書店でみるにかぎる。それに、どんな層がこの種の本を手にし、購入していくのかにも興味があってよく観察していた。

数学という分野は多くのひとから蛇蝎《だかつ》のごとく嫌われているが、一方で熱心な愛好者も存在する。ほとんどがぼくよりずっと年輩の男性だ。定年後の趣味なのだろう。角の三等分問題やら円積問題やらについて長くてまちがった証明を送りつけてくるのはたいていおじいさんだ、という教授のぐちを思い出した。

一階の雑誌売り場を通りすぎ、書籍のある二階へ続く階段をのぼりながら、自分の未来を想像してしまった。

そもそも、ぼくに定年をむかえるなんてぜいたくは許されるのだろうか。

身ぶるいして両腕を体にまわした。屋内なのにやけに寒く感じた。

二階にたどりつき、書棚の列を抜ける。人文書、社会科学書、と通りすぎて自然科学書の前まできた。一列の片面があてられた数学書の棚の前、平台の上をざっとながめる。仕事に生かす統計学の初歩、とか、頭をやわらかくする幾何、などにまじって代数学の専門書らしき題名の本があった。

手にとって帯の文句を読む。

数学者なる十四歳の少女、ゆえあって男装。閉ざされた学園で学ぶ彼女の前にある日、謎の少年があらわれた。出会いからはじまる架空数学史物語。

どうやら小説だったようだ。

いかにも売れなさそう、と苦笑して本をもとに戻した。大学の購買部に置いておけば、数学専攻の教養部生がうっかり学術書とまちがえて買っていくかもしれないが。それにしても、若い女の数学者なんて設定が荒唐無稽すぎる。ぼくの所属する理学部数学科にはみごとなくらい女性がいない。ひとにぎりとはいえ女子学生の存在する化学科や生物学科が心底うらやましかったものだ。

どういうわけか、数学と女性とはかぎりなく縁遠い。

平台から目をあげ、棚と棚のあいだをのぞく。初老の男性が腰をかがめて本を探す姿を予想していた。

だが視界に入ってきたのは意外にも女性だった。しかも、若い。十代にもみえそうだ。

彼女は仕事用らしい黒い上下を着て、左腕に黒い書類かばんをひっかけていた。その左手に厚い本を持ち、右手で頁《ページ》をめくっている。視線を動かすたび、顎の下で切りそろえた黒くまっすぐな髪がかすかに揺れた。活字を追うためにふせられた目のまわりに化粧気はない。

なにを読んでいるのだろう。

足音を殺して数歩、ちかづく。ななめになった表紙がようやくみえた。装丁からして数学専門書の有名版元の本だ。そして題名は。

素数分布予想における解析接続問題と積分表示。

解析接続、という文字と彼女のまつげとを交互にながめた。心臓がぼくを内側からたたき、つぎの行動をせきたてる。

「あの」さらに数歩、女性のほうに踏み出した。こうしてちかよってみると、相手はぼくより頭ひとつは背が低いことがわかった。「解析接続に興味がおありですか」

彼女は顔をあげた。舞うように髪が動き、黒い目がまっすぐぼくをみた。

日常とはかけ離れた匂いがした。

「ええ、でもよくわからなくて。なにせ独学なものですから」とつぜん話しかけた小太りの男を不審がるでもなく、感じのいい笑みを浮かべて口を開いた。ちいさな唇だ。口紅はつかっているのかいないのかわからない。「素数分布予想を理解するためには押さえておかなくちゃいけない概念、なんですよね」同意を求めるようにすこし語尾をあげてくる。

「とっつきにくい考え方にみえますが、慣れてしまえばかんたんなことなんです」背中に汗が流れるのを感じた。ついさっきまであれほど寒かったのに。「関数定義域を拡張するための便利な手法だと思えばいいんですよ。みかけにまどわされてはいけません」

彼女は、そうなんだ、といって心底うれしそうな表情をした。

解析接続の話をきいて喜ぶ女性なんてはじめてみた。

ぼくの口は自動的に質問する。

「それでは、素数分布予想が目的で」

相手はうなずく。「もっとも、証明するなんて大それたことは考えてませんけど」

そこまでいったとたん、店内の空気をふるわせて澄んだ和音が鳴り響いた。

「いまのは、なんですか」

女性はぼくをみあげてきいた。このひとはこの街にきたばかりなのだ、とようやく気づく。そもそも言葉にこの地方特有の抑揚がなかった。

商店街の仕掛け時計ですよ、とおしえる。「毎素数時に扉がひらいて、人形が出てきて踊りながら鐘をつくんです」

素数時、ときいて彼女は目を見開き、ついでうれしげな笑顔になった。おもしろいですね、だれがつくったんだろう、とあかるい声でつぶやく。それから急に表情を変えた。

「ということは、ひょっとしてもう七時」

そうですよ、とこたえる。

彼女は、しまった、とちいさく叫び、手にした本をあわてて閉じて棚に戻した。

「ごめんなさい、ひとを待たせているんです。それじゃあ、これで」

ぼくをみて最後にちょっとほほえむと書類かばんを持ち直し、階段にむかって小走りに去っていった。

階段を駆けおりる靴音が、仕掛け時計の鐘とかさなって響く。どちらもしだいにかすかになり、きこえなくなった。

非日常の匂いも消えた。

しばらく書棚の前で立ちつくしていたが、やがて気づいた。

ききそびれた。彼女の名前も。連絡先も。

なんてことだ。童話のなかの少女は手がかりに靴を片方置いていってくれたのに、ぼくの手元にはなにもない。

わかっているのは、彼女は数学がすき、ということだけだ。


「あれ、もう帰っちゃうの」昨日父親になったばかりの同僚は、となりの席からぼくをみあげた。「めずらしいね、いつもは夜中までがんばっているのに。しかも二日つづけて、なんて」

ちょっと気分がすぐれなくて、とつぶやくようにいって外套をはおる。おだいじに、と心配そうに声をかけてくる同僚に軽くうなずき返して研究室を出た。

うしろ手で扉を閉める。なじみの匂いも遮断された。

停留所にはすでに職員や学生たちの長い列ができていた。最後尾につき、初冬の風に吹かれながら、昨夜考えた戦略をもういちど確認した。彼女の手がかりはないにひとしい。名前も住所もわからない。偶然この街を、あの書店をおとずれただけかもしれない。となれば、できることはひとつしかない。

同じ時間、同じ場所で待つ。

壱番丁方面ゆきの車両に乗りこむ。つり革につかまって他の男女にもまれる状況は昨日といっしょだが、頭のなかで考えていることはちがっていた。ぼくの肩より下からみつめてくる黒くて丸い目と、ほとんど化粧していない健康そうな肌と、顎の先で揺れるまっすぐな髪と。なぜこの街にきたのだろう、いつまでいるのだろう。ひとを待たせている、といっていた。いったい、だれを。

三丁目で降車し、また二丁目方面へ歩く。商店街を抜けるとちゅうで天井をみあげ、扉を閉ざした仕掛け時計にむかって、おまえのせいだぞ、と小声で抗議した。

老舗書店にたどりつき、まっすぐ二階をめざす。階段をのぼる古い革靴の音がぼくの心音と重なる。手のひらには汗がにじむ。だめだ。ありえない。だいたい、彼女がいる必然性がどこにある。

二階の売り場に足を踏み入れる。昨日と同じように人文書と社会科学書の棚を通りすぎる。自然科学書の棚に近づくと、客の姿はきゅうにまばらになった。

数学書の棚にきた。だが列と列のあいだをのぞく勇気が出ない。平台に目を落とし、昨日の変な小説が一冊も減っていないことをみてとった。ちょっと著者に同情したが、だからといって買ってやる気にはなれない。

小説の表紙を再度ながめて長い息を吐いた。さあ、顔をあげろ。

視線を書棚へとさまよわせた。だれかいる。動いている。

髪が半分白くなった初老の男だった。上品に刈りこんだ顎ひげも半分白い。雰囲気が研究者ふうだな、と思ったがすぐに訂正した。専門職の匂いがする。医師あたりか。

彼は仕立てのよい格子縞の服に包まれた腕をのばし、上のほうの棚から本を一冊、引き出した。うつくしい幾何の証明三十選、という題名だった。表紙をひらき、うんうん、といいながら目次の部分をながめはじめる。

男の細い目の下にきざまれた皺をぼうぜんとみつめた。ある意味予想どおりだ。現実とはこんなものだ、見失った少女がもういちど舞踏会にあらわれるなんてありえない。

医師らしき男は微笑し、満足げになにかつぶやいて本を閉じた。そのまま手に持ってこちらに歩いてきたので、脇によけた。

男は通りすぎる。ぼくは彼の半白の髪に視線を投げ、またもとに戻す。

初老の男がいたそのすぐ奥の棚に、昨日と同じ黒い上下、黒い髪の女性が、専門書を手にして立っていた。

彼女は頁から目をあげ、ゆっくりこちらに振りむいた。そして笑った。「よかった、また会えた」

あの非日常の匂いだ。

一瞬思考が空白になったが、もしものときにと用意しておいた台詞をつかうことだけは成功した。

「いやその。この時間帯に、ここに寄るのが習慣なんですよ」

相手はまたほほえんだ。「そうだといいな、と思っていたんです」

なんと返そうか一瞬、まよった。出てきたのはこんな言葉だった。

「甘いものはおすきですか。近くにおいしいぜんざいを出す店があるんですが」

なにをいっている、不審そのものだ。ほんのちょっと言葉を交わしただけの相手なんだぞ。

だが彼女はいっさいの警戒をみせず、はいだいすきです、と返事をした。

「ちょっと待ってくださいね。これ、買いますから」

右手に持った書籍を軽くあげた。書名がみえた。

ぼくは思わずうなった。

百五十年前、素数分布予想を提唱した数学者の論文集だった。


壱番丁二丁目にある老舗甘味屋『ゆきわたり』のぜんざいは、注文してから餅を焼きはじめるので時間がかかる。ぼくと彼女は二階の窓ぎわの席で差しむかいに座り、さきほど購入したばかりの論文集を卓の上にひらいてのぞきこんでいた。

ぼくは巻末ちかくまで頁を繰った。くだんの数学者自身による手書き原稿が収録されている部分だ。

該当する行を指先でたどりながら話す。

「自然数で表現される無限和と、素数で表現される無限積とは等しく、かつすべての複素数について解析接続できる、という定理がこの論文の主眼なんですよ」

地の文はまるで上下方向につぶしたかのような悪筆で読みにくかったが、かんじんの数式はうってかわって大きな文字で、ていねいに書かれていた。気持ちはよくわかる。

「そして、これからたびたび出てくる無限大、っていう言葉の厳密な意味なんですが」

「いかなる大きな数をとっても、それを超える数がかならず存在する」彼女はさらりといってのけた。

またしてもうならされた。

無限大の定義を正確に知っている女性に会ったのもはじめてだ。

「この定理については、論文中で証明が与えられていて」さらに頁をめくって数式を指す。相手も身を乗り出してきた。「ほら、ここ。ある関数の保型形式をつかっています。きれいなものですよ」

彼女はひとつうなずき、ちょっと待って、といって黒い書類かばんから大きめの用箋をとりだした。卓に置き、さらに筆記具も出す。

「自分の手で書かないと納得できないんです」ひかえめに笑う。白い歯がかすかにのぞく。

「変でしょう」

「ちっとも変じゃありませんよ」真剣な顔で証明を写す彼女のようすをながめた。零から無限大までの積分をあらわす記号が整然と紙面にならんでいく。署名するくらいに慣れた感じだった。

「ああ、なるほど」最後にたどりついた関数のかたちをみて、相手は吐息をもらした。「簡潔明瞭、むだな部分がない。きれいですね」

「でしょう」活字でも数学者自身の筆跡でもない、このひとが書いた記号と数字をみつめた。

彼女はああそうだ、といって筆記具を置き、また書類かばんを開けて手のひら大の箱をとりだした。

「名刺をおわたししていいですか。忘れてしまわないうちに」

「もちろん」たたんでおいた外套から自分の名刺入れを探り出した。黒い卓の上で白い紙片が手わたされ、受けとられた。相手は悲鳴に似た声をあげた。

「数学科の先生なんですね。どうりでおくわしいと思った」

先生なんて上等なものじゃありません、とあわてて手を振る。「一年更新の研究員にすぎませんよ。不安定なもんです」

「でも、数学で博士号をとられた」相手はぼくの名刺を片手でかかげ、もう片方の手で名前の頭についている称号を指した。「立派ですよ。なかなかできることじゃない」

「あなたは」彼女の名刺を再度みる。所在地はやはり中央だ。広告関係らしき社名が印刷されており、肩書きは図案設計担当者となっていた。「あなたはなぜ数学の方面に進まなかったんですか」

「いまとなっては正しかったかどうか疑問に思うんですけど」彼女ははにかんだ笑みを浮かべた。「祖父の遺言なんです。いちばんすきなことはけっして職業にしてはいけない、って。だから二番めにすきなことを仕事にしました。つまり、絵を描くこと」

なるほど。真理かどうかはわからないが、人生のわかれ道でどちらかを選択するときのひとつの方法ではあるだろう。

「たいへんお待たせいたしました。ぜんざい、おふたりぶんです」

いつのまにか給仕がそばに立っていた。白黒上下の若い男は、黒塗りの丸盆ふたつをぼくたちの前にそれぞれならべた。熱くなっておりますのでご注意ください、といい残し、一礼して階下に去っていった。

湯気のあがる碗をのぞきこむ彼女は、数式をみていたときと同じくらいうれしそうだった。さめないうちにどうぞ、と声をかけると、彼女はうなずいて朱色の箸をとった。ぼくたちはやっぱり熱い、とか塩がきいてる、とか感想を述べあいながら店の名物を味わった。

「あなたの会社は中央にあるみたいだけど」碗が半分ほど空いたところで、ぼくは話を戻した。ききたいことはいくらでもある。「どうしていま、北の街にいるんですか」

相手は箸を持ったまま、じつは、といった。

「わたし、こうみえても幹部候補なんです。支社のようすも知っておけ、っていわれて、期間限定で昨日からこの街に異動になって」

「新入社員かと思っていました」

彼女は苦笑した。「来年三十ですよ。童顔でしょう」

同い年なんだ。

そういうと、まあ奇遇ですね、と返ってきた。さすがに面とむかって老けてみえるというひとはいない。

「だから、昨夜は支社のひとたちが歓迎会を開いてくれたんです」彼女はぼくが質問したかったことについて話しはじめた。「約束が七時で、すこし時間があったので会場のそばをぶらついていたら大きな書店があって、数学書の売り場に行ってしまって。あれから急いだんですけど、けっきょく遅刻しちゃいました」

ほんとうに失礼しました、と肩をすくめて首をかたむける。好感のもてるしぐさだった。危惧していたような内容ではなかった。安堵して椅子の背にもたれる。

しかし。ひとつひっかかることがあった。

「異動は期間限定、っていいましたよね。ここの支社にはいつまでいるんですか」

相手はすこし息を吐いて、それがねえ、といった。「たったふた月なんです。年末には中央の本社にもどらなくちゃいけないんですよ。短いでしょう」

ゆっくりうなずいた。短い。とても短い。

一瞬といってもいいくらいだ。

長く退屈な三限目、助手役をつとめた学部生むけ小集会から研究室に戻る。袖についた白墨の粉を払い落として自分の席に座った。年下の同僚がとなりの席で顔をあげ、おつかれさま、といってすぐまた手元に視線を落とした。小改稿すれば受理という評価で返ってきた論文に直しを入れているところだった。

そう、論文だ。

足元に置いたかばんをさぐり、数日前に友人からもらった紙束をそっくり引き出す。机の上で広げ、表題をみた。研究の主旨はひとめでわかった。

おまえならきっと興味を持つだろう。

そのとおりだ、と心のなかで笑い、要約を読む。さらに、慣れない医学生物学系の形式に苦労しつつも本文を読了した。論文をもとどおりかばんにしまうと、立ちあがって外套を手にとった。

「今日も早いね」帰り支度をはじめたぼくをみて、隣席の同僚は気づかわしげにたずねてきた。「まさか、ほんとうに病気じゃないよね。ほけかんには行ったの」

保健管理室の世話になるようなことじゃないよ、と返す。「環境を変えようと思って。ぼくらは頭と紙と鉛筆があればどこでも研究ができるわけだし」

それと大きなごみばこもね、哲学者とちがって、と同僚は古い学者小咄《こばなし》のおちをつづけた。「でも、ぼくにはむりだな。自宅で研究なんて」

幸福な父である同僚に、それじゃあまた明日、といって研究室をあとにした。日常の匂いもいっしょに置いてきた。壱番丁方面の路線に乗り、三丁目でおりて二丁目にむかう。

『ゆきわたり』に着いた。

二階にあがり、昨夜と同じ窓ぎわの席に座る。昨夜と同じ白黒制服の給仕に珈琲を注文し、もらった論文をかばんからとりだす。

届いた珈琲をすすりつつ方法欄を熟読するうち、ひとの気配がした。目をあげると、卓のそばに彼女が立っていた。ぼくたちはどうも、また会いましたね、とちょっと間の抜けたあいさつを交わした。

なにも約束していないのに、あらわれてくれた。まるで約束があったかのように。

「論文ですか」相手は外套を脱ぎながらきく。あの匂いがする。非日常だ。「数学分野じゃないですね。図が多い」

そこまでわかるのか。「医学部の友人がくれたんです。やせる方法が載っているんで、このとおりにやってみようかと」

彼女は昨夜と同じように差しむかいに座る。「体型を気にされる必要なんてないのに」

「いや、そうはいかない」じつは減量そのものが目的じゃない、とはいわなかった。いちど言葉を切り、彼女のちいさな顔をみる。「だって、みためってだいじですよね」

目の前の女性は首を振る。

「たとえば。たとえばだけど」卓の下で拳をにぎった。声がふるえないようにするには相当の努力がいった。

ほんとうのことを話すべきだろうか。

だがぼくはとりあえずこういう。「たとえば、髪がぜんぜんない男なんて幻滅でしょう」

相手は微笑を浮かべた。あきれるでもなく困惑するでもない、自然な笑みだった。

「女の子は体重をすこしでも落とそうと必死になり、男の人は髪の減少をくい止めようと涙ぐましい努力をする。でも異性にとってはそんなのどうでもいいことだ、ってわたしは思うんです。大切なことはほかにあるんだから」

「だけど、減量はしてみますよ」心のなかで頭を振った。やっぱりいえない。会ってまだ三日めだ。「いまのままだと心臓に負担がかかるし、血圧はあがるし、健康によくない。それにこの論文によると意外とかんたんそうだから」

「どんな方法ですか」

さきほどまとめた考えを説明する。「朝食、昼食はかならず抜く。夜のみ食べる、という食事制限法です」論文中の実験では、ねずみの給餌は午前九時に一回のみだった。ねずみは夜行性だから、人間でいえば夕食に相当する。

「食事の内容はどうなんですか。緑黄色野菜を多めにとれ、だとか動物の脂肪はさけよ、だとか」

「なんにも」ねずみ用飼料の組成については標準、とそっけなく記されているだけだった。

「おそらく、なにを食べてもいいんでしょうね」

「水分は」

「それも、とくに」水についても特別な記述はない。

たしかにすごくかんたんですね、と彼女はいって、給仕にむかって手をあげた。自然だった、さいしょからここで夕食をとるつもりだったようだ。

ぼくと。

「減量は今日からですか。夕ごはんは、ふつうに食べてもいいんですよね」

夜の食事は自由、という論文の方法に心から感謝しつつ、品書きをひらいた。「五目おこわはどうでしょう」

いいですね、と彼女はこたえる。

『ゆきわたり』を出たあと、昨夜と同様ふたりならんで壱番丁商店街を四丁目まで歩いた。彼女の宿泊先は壱番丁と直交する上善寺通《じょうぜんじどおり》ぞいにある。むかい合い、別れのあいさつをする。彼女の匂いがして、ぼくは一瞬距離感をうしなう。そのすきに、ちいさなうしろ姿は宿の両開きの硝子戸をぬけて、まぶしい照明のなかに消えていく。

強く首を振ってしぶとい未練を追い出した。

自宅のある青涼地区までまた歩く。冬の空気が頭を冷やす。この季節には、髪が減ってきたことをいやでも自覚させられる。

ぼくは老いる。そして死ぬ。

運命はぼくの手のなかにはない。いつもかってにやってきて、いつもかってに振り回していく。

自宅に通じる小路を行きすぎ、医学部の敷地に入る。大学附属の巨大病院は深夜も眠ってはいなかった。正面玄関こそ暗いが、通用口はみな照明がともり、十二階建ての病棟はあちこちにまだ黄色い明かりがついている。医師たちは激務だな、と考えながら病棟前の小道を抜け、中庭を横切って基礎棟へむかう。

友人はまだ研究室にいた。

軽く扉をたたいて顔をのぞかせると、自分の席で作業中だった彼は一瞬眉をあげた。しかしすぐに微笑し、珈琲をいれてやろうか、といってきた。

それじゃごちそうになろうかな、と返し、外套を脱いで部屋に入る。友人は立ちあがり、流しにむかうといつもの手順で湯をわかし、冷蔵庫から豆を出して挽きはじめた。

いつもの香りがただよいだした。

適当な椅子に腰をおろし、研究室をみわたす。都合のいいことに今夜も彼の同僚たちはいないようだった。医師免許を持つ連中はいつも臨床に出ていて忙しいんだよ、と彼は以前にいっていた。免許なんてないほうが研究に専念できていい。

「読んだぞ」友人がふたりぶんの珈琲を持って戻ってくると、ぼくはかばんから例の論文をとりだした。「これは、どのていど信頼できるんだ」

「ひじょうに信頼できる」彼はぼくのそばに立ち、碗の片方を手渡してきた。「実験用しろねずみの餌を減らすと、対照群とくらべて有意に寿命が延長される。また肉体的特徴や運動能力の試験結果から、老化も遅れることが判明した。思考能力測定成績はおおむね良好」

「おおむねって」

「個体差があるんだ。とびぬけた上昇をみせるものもいれば、以前とあまり変わらないものもいる。だがすくなくとも、悪くなったものはいない」

おもしろいな、というと相手はうなずき返した。

「この論文の実験は何十回となく追試され、同じ結果が出されている。医学生物学の世界では定説になったといっていい」

あたたかい珈琲をひとくち飲んでから友人をみあげた。

「人間では、同様の研究はされていないのか」

出たよ数学者、と相手は苦笑した。「考えてみろよ。ねずみにしたような実験を人間にできると思うか」

「倫理的な問題か」

「もちろん、それもあるが」彼は近くの椅子に座った。「医学研究者が実験にねずみをつかうのは、生活環がとても短いからだ。操作した結果がすぐに観察でき、すぐに成果として発表できる。人間でやってみろ。長寿になったかどうかわかるころには研究者のほうが引退しているか、鬼籍に入っているだろう。そんなんじゃ論文が書けない」

相手の目をみてうなずいた。近年は医学だけでなく数学の世界でも、研究は高速回転になっている。結果はできるだけ早く出し、できるだけ早く論文を書くのがかしこいやり方だ。業績は論文の数で判断される。質ではない。

出版か、さもなくばみじめな死を。

数学をはじめ、あらゆる分野の研究者のあいだでささやかれる警句だ。難問の証明に何年もかけるなんてありえない時代になった。

だがぼくは、細切れで内容のうすい論文を量産して一生をおえるなんていやだ。

それでなくても、ぼくは。ぼくのばあいは。

「だけど、ほんとうにないのか」さらに食いさがった。「たとえば、自分の体で試したひとは。寿命についてはむりでも、老化の遅れについてなら経過報告として論文が書けるだろうに」

「研究者が自分自身を被験者にする、これは自己実験ってものになる」彼は手にした碗を軽くゆすった。「自己実験にはふたつの問題があるんだ。第一に、被験者がひとりだけだから対照を置くことができない。第二に、被験者自身が実験計画者だから、意識的にせよ無意識にせよ、数値を自分のつごうのいいように解釈しがちだ。こうして出された結果は偏向があるとみなされ、学術的には無視される。だからだれもやらない」

「研究目的ではなく、発表するつもりもなくやってみたひとはいないんだろうか」

「いるにはいるらしいな」相手は顎に手をあてた。「だがもちろん、正式な記録は残っていない。どんな食事をとっていたのか、それが実際に老化のすすみぐあいや没年にどう影響したか、の結果は信頼がおけない」

しばらくだまり、考えてから、再度口を開いた。

「ぼくがやってみるのはどうだろう」

そういうんじゃないかと思った、と友人は返して、身を乗り出した。「だがな。おまえの体に効果があるかどうかはわからんぞ」

「なにもしないよりましだ。どうせ治療法もないし」

そうだ、ただ座して、ふつうのひとより早くおとずれる死を待つよりは。すでにあらわれはじめた老いの兆候を漫然とながめているよりは。

自分の運命の一端くらいは、自分の手のなかにつかんでおきたい。

「そうだな。そのとおりだ」友人はようやく微笑した。「やってみろ、悪い影響はないはずだ。確実に減量もできるしな」

そのあとは、やせたらやせたで服を買わなきゃいけないよな、めんどうだし金がかかる、とか、食費が減るだろうからそのぶんをあてればいい、とかいう議論になった。


医学部基礎棟を出て自宅に戻り、寝室の棚から方眼紙を探し出した。減食自己実験経過表、と最上部に書きこむ。そのすぐ下に日付を入れる欄を一行つくり、そのまた下に升目を二行ぶん描く。二行のうち一行めの見出しに体重変化、と書き、もう一行には抜け毛の数、と書いた。かなりなさけない内容だが、どうせだれにみせるわけでもない。

できあがった表を浴室の鏡のとなりに画鋲で貼りつけた。ひとつうなずき、腕を組む。明日から毎日、この表を数字で埋めよう。

翌朝から、減食実験を開始した。

朝食を抜くのはむずかしくなかった。そもそもひごろから食べたり食べなかったりだ。出勤前の時間をとられなくなってむしろ楽になった。

だが昼食もやめるのは相当な努力がいった。正午になるとそれなりに空腹を感じる。さらに時間がたつと胃が痛み出す。忙しいときに朝食も昼食も抜くことはままあったが、これが毎日つづく、しかも一日たりとも例外なしで、となると話はぜんぜんべつだ。

だが、論文の方法欄によると水分量は制限されていなかった。ということは、腹が減ったねずみたちはきっと水をたくさん飲んだにちがいない。

ためしにやってみると、予想以上に効果的だった。胃痛とはげしい空腹感はやわらぎ、夕刻までとどこおりなく仕事をすることができた。

冬の短い陽が落ちるころ研究室を出る。いつもの路線に乗る。三丁目でおりて、二丁目の『ゆきわたり』に入る。今日も二階の窓ぎわの席に座り、あらわれた白黒制服の給仕に珈琲を注文する。蒼羽山地区の図書館でみつけた素数分布予想関連の新着論文の写しを数本、書類入れからとりだして黒い卓の上に広げる。

二本め冒頭の要約に目を通しはじめたところで、ききおぼえのある靴音が階段に響いた。小走りでやってきた彼女は、息をはずませながらしゃべった。

「ごめんなさい、お待たせしちゃって。打ち合わせが長引いて」

また、あの匂いがする。

彼女はすみません、ともういちどいい、外套を脱いで差しむかいに腰をおろした。

「依頼主ったら、ひどいんですよ。老舗酒造のくせに、広告には飼っている巻き毛の小犬の写真をぜひいれてくれ、なんていうんです。紙面はかぎられているから情報をしぼらなくてはならない、と理解してもらうのにひと苦労でした」

酒瓶と愛玩犬がならぶちぐはぐな広告を想像した。すこし笑えた。

給仕があらためて注文をとりにきた。ぼくは卓上の品書きを開き、あたたまるものにしましょうか、となべやきうどんを提案した。彼女は、それだいすきです、と即答した。

「ここに来る前に本屋さんにちょっとだけ寄って」給仕の足音が消えると、彼女は早くみせたくてたまらないという感じで書類かばんを開いた。「今日は『数たの』最新号の発売日じゃないですか」

『季刊 数学はたのしい 冬号』という大きな文字が表紙に印刷された雑誌が出てきた。大学図書館が定期購読するような専門誌ではないが、高度な知識を持つ素人を主な読者層としており、とりあげる内容があまりに特殊かつ詳細なので、近いうち休刊してしまうのではないかとひそかに危惧されている雑誌だった。

毎号読んでいるの、ときくと相手は、もちろん、とうなずいた。「『数せみ』も買ってますよ」

同じ出版社が出す月刊誌だ。

「今回の特集は、無限和無限積関数の零点をあつかうべつの予想、あれが証明された経緯についてなんです」うれしそうに目次を示す。「この予想、解決するのがすごくたのしみで、ずっと待ってたんですよ。だって楕円曲線論ともかかわってくるし」

楕円曲線という言葉が女性の口から出るなんて。「そんなものまで勉強してるんだ」

ほんのさわりだけですけど、と相手ははにかんだ笑みを浮かべた。「楕円曲線を知ったのは、四百年解かれずにいたあの有名な予想が証明されたときです」

『平方数をふたつの平方数にわけることはできる。だが立方以上では不可能である』」

彼女はかすかに頬を紅潮させた。「十二歳の夏、この予想を知ったんです。子供にも理解できるようなかんたんな言葉であらわされているのに、なぜこんなにも長い間たくさんの数学者の挑戦をはねつけているんだろう、って。だからその夏休み、証明をこころみたんです」変でしょう、と語尾をあげる。

首を振る。ぜんぜん変じゃない。

遠い記憶がよみがえってきた。同じ年の同じ夏、ぼくもやはり十二歳だった。蟬の声を背後に聞きながら、鉛筆をにぎって紙にむかい、ある立方数をふたつの立方数にわけようと必死になっていた。

あのときぼくは反例を探していた。

「ひと月かけて考えて、最後には証明できたと思ったんです。あの瞬間はいまでも忘れない」相手はずっとぼくをみつめながら語っていた。「近所で塾をやっている数学の先生にみてもらいました。もちろんまちがってましたよ。でも、すごくほめてもらえた。目のつけどころがいいって」

「初等的な証明は不可能なんだ、楕円曲線論が必須だからね。それから群論も」

「そのふたつは、天才が切り開いてくれた分野ですよね。ふたりとも早死にしちゃったのがすごく惜しいけど」

白漆喰の天井を通る太い梁をみあげる。

一般的に数学者は長命の傾向があるが、このふたりは目立った例外だ。ひとりは決闘に巻きこまれて二十一歳になったばかりで命をおとした。もうひとりは戦時の混乱下で体をこわし、病死した。三十二歳だった。

それでも、かれらの名と業績は不死だ。二百年の時を超え、いまだ数学者と数学愛好者のなかで生きつづけている。ぼくがふたりの短すぎる人生を知り、泣いたのは、やはり十二歳のときだった。かれらのあまりに不器用で不幸な生き方に憤慨して、そしてぼく自身の未来の姿と重ねて。

ぼくはそのときすでに、将来自分を見舞う運命を知っていた。

彼女に視線を戻す。いうべきだろうか。ぼくは病気です。ひとより早めに死ななきゃならないんです。

それでもいいですか。

だがぼくは目を伏せて、かわりにこういう。「そう、惜しい。とても惜しい。もっと長生きしてくれたら、数学の世界は変わっていたかもしれないのに」

「お待たせいたしました、なべやきうどん二人前です」

給仕がひかえめにぼくたちの話題をさえぎる。素朴な料理に彼女は歓声をあげる。ぼくたちは箸をとり、差しむかいで食べる。冬にふさわしいあたたかさだ。

はじめてこの店で素数分布予想の話をした日からすでにひと月がたった。どちらからいい出したわけでもなく毎晩ここにきて、いっしょに夕食をとるのが習慣となっていた。不安定だが時間の融通はきく身分のぼくとちがって、勤め人の彼女はしばしば遅くなったけれど、一日たりとも欠席したことはない。食事がおわると珈琲と甘いものを頼み、それからまた数学の話題でもりあがる。三平方の定理の初等的でない証明方法を考えてみたり、代数多様体の射影幾何的特徴について話しこんだりする。数千年におよぶ数学史の流れについて、過去の偉大な数学者たちの人生について語り合う。

ぼくの素数分布予想の仕事はとどこおっている。しかし。

それよりも、彼女といっしょに数学のさまざまな領域にわけ入り、遠い少年のころ数学に対して抱いていた熱い興奮や美的感覚をよびおこすことのほうがよほどだいじに思えた。

そうだ、数学は美しい。

目の前の女性をみた。ほとんど化粧気のない白い顔に頰だけがほのかに赤い。目があう。彼女は微笑する。

信じたくない。このひととこうしていられるのは、あとひと月だけだなんて。

「すこしやせましたね」三丁目の停留所におりたところで、支社のある東弐番丁《ひがしにばんちょう》方面からやってきた彼女と合流した。めずらしく早めにひけたようだ。「顎のあたりがすっきりしたみたい」

ぼくたちは夕刻の街をならんで歩く。「そうかもね。ここ一週間で体重が一割減ったし」

減食をはじめてひと月をすぎたころから、浴室に貼った表に記録された体重数値は劇的に変わりだした。服もゆるくなってきた。いずれほんとうに買い直さねばならないかもしれない。

医学部基礎棟の友人の顔が浮かぶ。実験用しろねずみは寿命が有意にのびた。老化も遅れた。なんども追試された、たしかな事実だよ。

だが抜け毛の数には、いまのところ目立った変化はない。

「あ」彼女がぼくの外套の袖を引いた。「ちょっとだけ、のぞいていってもいいですか」左手前にみえてきた店の入口にかけよる。ぼくもついていった。

店頭には愛玩犬用の派手な首輪やちいさな服がさげられ、猫のための砂袋が積まれている。奥からはかすかに小鳥の声がきこえた。正面の大きな硝子のむこうがわに、金属の格子でできたひとかかえほどのかごが積まれていた。彼女は腰をかがめ、なかを熱心にみつめている。

彼女のそばでかごの内部をみた。愛玩用のねずみたちは体を丸め、くっつきあって眠っていた。底面に敷かれた木くずになかば埋まっているせいで、どこが頭でどこがしっぽなのかよくわからない。

「動物を飼いたくて」彼女はねずみのかごからぼくに視線を移す。「ほんとうは大きなのがいいんですけどね。あざらしとか水牛とか、きりんとか」

そんなのむりだよ、と笑うと、彼女も笑った。「でも、ちっちゃい生き物もすきですよ。都会ぐらしにはちょうどいいし」

そこまでいうと、きゅうに真顔になった。「数年つづいた支社めぐりも今回で最後なんです。こんど中央にもどったら、もう動かないですむでしょう。だから」

つづきが口にされる前に、二丁目方面から仕掛け時計の音が響きはじめた。七時だよ、とうながすと、彼女はうなずいて硝子の前から離れた。

『ゆきわたり』の階段で、うしろからいわれた。「年俸制の研究員、でしたよね。つぎの春も更新なさるんですか」

「たぶんね」

みぞおちのあたりが痛くなった。この先いったい何年つづけていけるだろう。

友人はいった。老いはかならずやってくる。生殖がおわったものを舞台からおろすために。だがぼくのばあい、ふつうのひとより数割早く老化し、数割早く死ぬ。

ぼくが生きた痕跡など、なにも、どんなかたちでも、残せないかもしれない。

しかし、いつもの卓につこうと立ち止まり、ふりかえって彼女をみると、重苦しい不安は消えた。

ちいさな白い顔にはおだやかな微笑が浮かんでいる。「今夜はなにを召しあがりますか、減量中のかた」

ぼくもつられて笑う。外套の釦をはずしながら、それじゃあとりめし、とこたえる。

さらに一週間がたった。体重はさらに一割減った。

今朝も鏡のなかの顔をみつめる。日に日に変化があった。顎はとがり、鼻は高くみえるようになった。埋もれていた両目はしだいに輪郭がはっきりしてきた。自分が二重まぶたであったことをようやく思い出した。

いつものように櫛で髪をとかし、ついてきた毛を数える。壁に貼りつけた方眼紙の今日の部分に数字を書き入れる。ならんだ数値をみつめ、腕を組んでしばし考えた。

あきらかに、有意にさがっている。

頬がゆるむ。外套を着こみ、靴をはいて玄関を開けた。吹雪みたいな突風とともに冷たい雪が髪をなぶり、顔をたたいたが、ぼくの上機嫌はこゆるぎもしなかった。

もしかして。もしかすると。

数学棟の正面玄関を入り、昇降機の前を通りすぎる。数日前から階段をつかうようにしていた。軽くなった体を試すのはたのしい。

不思議な予感がある。ひとなみに長く生きる。いやひょっとしたら、ひとなみ以上に。

研究室の扉を開ける。空気が透明に感じられる。

「さいきん、やせたねえ」席につくと、先にきていた年下の同僚がとなりから声をかけてきた。「なんだかちがうひとみたいになってきたよ」

まあね、と返してまず机の上を整理し、おもてむきの仕事をかんたんにかたづけた。冬休みが近いこの時期は、輪読会も学生むけ講義もなくなるから楽だ。

かんじんの証明のつづきにかかる。ここ数日、とくに朝の時間帯は頭が冴えて明快に考えられる気がする。おぼえがきをながめ、昨日までの思考過程をなぞると、すぐ抽象世界に入ることができた。目の前に架空の多次元空間が広がる。そのなかでぼくは無限和無限積関数のてごたえを探る。まだ代数記号はいらない。しかし、将来数式になるであろう部分がみえる。細長い帯のようなかたちをしている。ひときわ濃い色をしている箇所は、きっと重要な項となる部分だ。

ぼくは手のなかにだいじなものをつかもうとする。

「そうそう。連絡事項なんだけど」

抽象の楽園はあっさり破られた。

いやいやながらとなりに顔をむける。ぼんやりした視界のなかに同僚の姿が不明瞭に浮かんでいた。

「研究室の年末大掃除の日程がきまったよ」相手は日時をいう。

奇妙な違和感があった。目をこらし、同僚をみつめなおす。

「ごめん。じゃましちゃったね」こちらの態度に気づいたのか、申しわけなさそうな顔になった。「もう声はかけないよ。だけど大掃除は参加してね」

それから相手は自分の仕事に戻った。

だがぼくはしばらくのあいだ、彼の横顔をながめていた。錯覚だったのだろうか。いや、たしかにあの瞬間、この男からは重要ななにかが欠落していた。雲が動き、光がさえぎられて、とつぜんひとつの色だけがみえなくなった状態に似ていたかもしれない。

明日の仮装行列をみに行きませんか、と誘ってきたのは彼女のほうだった。

「同僚にきいたんです」夜の上善寺通をならんで歩きながら、彼女はぼくをみあげた。彼女も、まわりの空気も、真冬にふさわしい透明さを感じさせた。「四百年ほど前にこの街をつくった隻眼《せきがん》の領主にまつわる記念日だそうですね。仮装したひとたちがろうそくを持って、この通りを練り歩く」

そういって、視線を道沿いのけやき並木に移した。つられてぼくも周囲をみわたす。木々の枝で光る電飾の設置は、街の住民や商店街からの寄付でまかなわれている。今月に入るころにはかならずはじまり、年が変わるとともに終了する、この街の冬をいろどる風物詩だ。だけど仕事はだいじょうぶなの、とたずねる。「忙しいんじゃない、年末も近いし」

彼女は微笑を返した。「この日は支社のみなさんもはやくあがるそうですから」

街のひとたちにとって祭りは大切なんですね、といって感慨深げにためいきをつく。

そうだよ、とこたえて、明日の待ち合わせ場所と時間をきめた。

宿の前まできた。いつものように別れのあいさつをし、たがいにちいさく手を振る。だが彼女はすぐ建物のなかには入らず、ぼくの顔をみつめた。

つい、目をそらす。おかしい。すこし前までなら、ぼくはここでなにかを感じとっていたはずだ。だが、なんだっただろう。

視線を戻したときには、彼女は硝子戸のむこうがわに消え去っていた。

「ずいぶん印象が変わりましたね」

彼女はそういってなんどかまばたきした。「出会ったころとは別人みたい」

ぼくたちは前日に約束した上善寺通に面する喫茶店で、ふたつの珈琲碗をはさんで座っている。店内は珈琲の匂いだけがたちこめている。

「そうかな」

指を髪にもぐらせる。ここにくるまえに理髪店に寄り、思い切って短くした。これまでは量のすくなさをごまかすためにのばしていたが、今朝鏡をみて、もうそんな必要もないと思ったからだ。

最近、抜け毛はほとんどなくなっていた。むしろ髪は増えている。

髪から指をすべらせ、頰にふれる。皮膚の下に頰骨の固さが感じられた。袖口からのぞく手首、つづいて自分の胸から腹のあたりに視線を落とした。腕時計の帯は穴の位置をふたつずらし、服はすべて新調していた。

たしかにみためは変わった。しばらく会わない知人にはぼくだとわからないかもしれない。

わきあがる微笑とともにいう。「そろそろはじまりますね」

行きましょうか、と彼女は立ちあがる。ぼくも立ち、顔みしりの店主に勘定を払った。彼は白く豊かな顎ひげをふるわせて、しかしみちがえたねえ、ずいぶん男ぶりがあがったよ、といいつつ彼女のほうに視線を投げた。ぼくは返事に困って苦笑した。

ぼくたちは連れだって歩道に出た。毎年、この日の上善寺通は車両通行規制がなされる。並木道の中央部分は広くあけられ、両がわが見物人で埋まっている。みな厚い外套を着こんでいるから混雑はひとしおだ。

いまの出し物は街の消防隊による演奏だった。そろいの青い制服に身をつつみ、めいめいが輝く楽器をかまえて、三列にならんで通りを進んでいく。派手な金管の響きと太鼓の音がぼくたちの会話のじゃまをする。ききわけるためなのだろう、彼女はいつのまにかすぐそばまできていた。

彼女がなにかいう。わからない。

「え。なに」体をかがめてきき返す。

相手は背のびしてぼくの耳に顔を寄せた。「はぐれてしまいそう」

いうと同時に、ちいさな手がぼくの手のなかにすべりこんできた。寒空にもかかわらず思いのほかあたたかい。

しかし、おもちゃみたいな手はあっというまに消えた。

彼女はうしろをむいて、突如あらわれた同い年くらいの女性ふたりづれにあいさつをしていた。ひととおりおわったあと、こちらを振りむいて大声でいった。支社の同僚たちです。

それはどうも、とふたりづれに頭をさげた。片方はやせて背が高く、もう片方は小太りで背が低い。女性たちは眉をあげてぼくをみつめ、ついでとなりに立っている彼女をみた。ふたりづれはまた軽いあいさつをして、なんどもこちらをふりかえりながら人混みにまぎれていった。

彼女たちの目に浮かんでいた表情は羨望だったようだ、と気づいたのはすこしたってからだ。

ついに楽隊は行進を止めた。それまでの元気のよい曲調を一転させ、冬の夜らしい落ちついた旋律に切り替える。かれらの演奏を背景にして、ぼくたちが見物しているほうからみて右手から、今夜の目玉、仮装したひとたちの列がゆっくり歩いてきた。

みな赤い服を着て、赤い帽子をかぶっていた。赤は隻眼の領主の象徴色だ。右手に真鍮の燭台を持って、左手は肩まであげて沿道の見物客に軽く振っている。老若男女による光の列は、ぼくたちの目の前を流れていった。伴奏にあわせ、声をそろえてうたっている。この街を貫く川と、領主が残した城の跡と、夏の祭りと冬の祭りと、そして去りゆくひとを思う歌詞だった。ここに住む者ならだれでも知っている唄だ。

あのひとは遠くに行ってしまう、もう帰ってはこない。

間奏に入ったところで、彼女がいった。きれいな曲ですね。でも、歌詞が悲しい。

そうだね、と返して相手をみおろす。すると彼女もぼくをみあげた。

「前にもいいましたけど、わたし、もうすぐ中央に戻ります。予定通りに」

うなずきを返す。

彼女はちょっと口ごもってからつづけた。「毎春更新の研究員という不安定な身分だ、とおっしゃっていましたよね。だから、もし、もしよろしければ」

その先は、再開した唄のためにききとれなくなった。

「なんだって」ぼくは体をかがめ、彼女の言葉を拾いあげようとする。

視界が変化した。光がさえぎられ、だいじな色がひとつ失われたように。

前にもこんなことがあったような、と思いながら両目をこする。顔をあげ、通りすぎていく行列をみつめた。また目をこすり、再度凝視する。

仮装しているひとたちの年齢はわかった。親に手をひかれているちいさな子供から若者、壮年、引退した年代までが幅広く参加している。それはいい。だが。

男がひとりもいない。それをいうなら、女もいない。

彼女をみおろした。しかし、ぼくにみえたのは女性ではなかった。思春期前の子供のように男女どちらともつかない、それでも顔はぼくの知っているあのひとのままの、不思議な存在だ。

「どうしたんですか」

ぼくの動揺ぶりを察したのか、相手は声をかけてきた。少女なのか変声前の少年なのかわからない奇妙な声だ。口調は変わらないのに。

なんでもないんだ、といいたかったが言葉が出ない。顔の前で両手をふり、一歩さがった。

相手が心配そうな表情をしているのはわかる。だが、性別をあらわす特徴だけは、特定の色彩がみえないかのようにまったく感知できない。

ちがう、これは彼女じゃない。

逃れるようにうしろをむくと、人混みをかきわけて一気に走り出した。ぼくを呼び戻そうとする叫びがきこえる。だが従うつもりはなかった。あわててよける周囲のひとたちにも性別がなかった。あるのはそれぞれの年齢と、しぐさや口ぶり、髪型や服装や化粧だけだ。

なんだ。なにがあった。

混乱しながら夜の上善寺通を駆ける。祭りの会場から遠ざかるにつれてしだいに見物客もまばらになり、青涼地区にさしかかるころにはすっかりひとけがなくなっていた。それでもぼくは自宅をめざして走り続けた。

翌日から『ゆきわたり』には行かなくなった。以前と同じように研究室に夜更けまでこもった。思考は冴えていた。素数分布予想にかんする問題は、細かな部分に分割すればひとつひとつ乗り越えていけそうだった。

いままでにないほど順調だ。

しろねずみに起きたことがぼくにもあらわれている。かれらの思考能力測定成績は、個体によっては図抜けてあがったというじゃないか。

深夜をまわって自宅に帰るたび、暗い居間で赤く点滅する留守番電話の表示を目にする。だが伝言をきく気にはなれない。部屋の明かりをつけ、電話の消去釦を押す。

どうしてこんなことになってしまったのだろう。

同僚たち、学生、事務職員など、出会うひとすべてが無性だった。それでも、かれらとはしょせん仕事上のつきあいにすぎない。必要な会話をするくらいなら耐えることができる。

しかし。

録音が消去されました、と機械の声がいう。

浴室に移動し、鏡をみる。ふた月前とは別人となった自分がいた。顔は細く、髪は濃くなっていた。肌からは病的な青白さが消え、健康そうな赤みがさしている。体型はとくに変わった。

まだ学生のようだ。

壁に貼った減食自己実験経過表をふりかえった。日付にそって昨日のぶんまで、記録した体重と抜け毛の数値がならんでいる。減少していく数字をながめ、腕を組んでうなった。

ぼくの変化はこの実験と相関している。

いや、相関があるからといって原因だとはかぎらない。かくれた要因がほかにあって、そちらに動かされているかもしれないからだ。

ついに年末となった。

同僚たちが帰省や休暇でいなくなってしまった研究室で、ぼくは外線電話をうけた。高い窓から日没前の弱い光がななめに差しこんで、大掃除のときにきれいに磨きあげた黒板をかすかにあたためている。部屋の空気にいつもの匂いはない。今日だけじゃない、しばらく前からだ。

電話の相手は、わたしです、といった。少女のような少年のような声だった。

「いま、駅です。これから中央に帰ります」見送りにきてはいただけませんか、とつづく。

息を吸って、吐いた。なぜだろう。ほんのすこし前ならば、ぼくは迷わず彼女の求めどおりにしたはずだ。そして出発直前の彼女をつかまえ、いう。春までにそちらに行きます。中央で研究員の地位を探します、だから。

だがそんな衝動はいっこうにわきあがってこない。

「すみません。今日は忙しいので」ぼくは静かな声でいう。「連絡をください。離れてしまうけど、これからもなかよくしましょう」

ひどく冷たい台詞だという自覚くらいはあった。

いたたまれなくなって受話器を置いた。すぐ机に戻り、抽象の世界に入る。

素数分布予想と無限和無限積関数は旧友のようにやさしくぼくを迎えてくれた。そろそろかれらに代数記号を与えてやらねば。ひょっとしたら、と、式のかたちを検討しながら考える。成功するんだろうか。ぼくの業績は永遠に生きるのだろうか。

運命はぼくの手のなかに入ってくるのだろうか。

ふだんよりすこしだけ早めに研究室を出た。自宅方向ではなく壱番丁方面への便に乗り、窓から夜景をながめながら街の中心部にむかう。暗い窓硝子にはときおり自分の顔が映る。ふた月前とは別人の自分が。学生のころのような自分が。

彼女と知り合うはるか以前の自分が。

上善寺通手前の停留所でおりた。祭りの日と同様、けやき並木の枝は電飾でまたたいている。外套の袖をすこしまくり、腕時計で時刻を確認した。もうじき十二時だ。もう、あと数秒で。

大きく呼吸する。周囲の空気は無音で、無臭だ。

すべての人工的な光が消えた。上善寺通は闇に沈んだ。

いま、明るいのは星だけだ。ぼくは空をみあげ、白く長い息を吐いた。

涙すら出ない。

年が明けた翌日は、壱番丁商店街で売り出しがある。

ひとり者のぼくにはたいした用事などないけれど、活気のある雰囲気はすきなので毎年出かけている。性別不可知状態は依然つづいているが、それほど気にしなくなった。店の売り子がおじさんなのかおばさんなのか区別できなくても、買い物するにはなんの支障もないじゃないか。そうだ、なにも困らない。

素数分布予想さえあればいい。解決のきざしはみえてきた。

鮮魚店にならぶ黒く巨大なかれいや干物のはぜをながめ、老舗茶屋の店頭に行列するひとたちを横目でみながら壱番丁を流す。

混雑する道を周囲に合わせてゆっくり歩くうち、二丁目の『ゆきわたり』前まできた。着ぶくれたひとびとのあいだから店先をみると、あの白黒制服の給仕がいて、二割増商品券発売中と大書された紙を入口の硝子戸に貼りつけていた。

頭をふり、きびすを返して三丁目方向に戻りはじめた。もうあの店に行くことはないだろう。商品券を買っても意味がない。

ひとに押され、ひとの流れからはじき出されて立ちどまる。見覚えのある店舗の前だった。愛玩動物販売店の大きな硝子のむこうには、今日もかごに入ったねずみたちが体を丸めて幸せそうに熟睡していた。

やっぱり昼間は眠っているんだな。棚にならんだかごをながめる。動物をみているときは気が楽だ、だってもとから雌雄なんてわからない。ちょっと笑い、硝子に顔を寄せる。かごの隅につけられた紙の札に目がいった。

このかごの子たちは女の子です。

となりのかごも注視する。こちらにも札がついていて、男の子です、と書かれていた。

ふたつのかごを交互にみた。背後を幾組もの買い物客がかすめていった。ときにぶつかられ、すみません、と声をかけられたがそれでも立ちつくしたまま考えた。

まさか。

顔をあげた。人混みをかきわけ、青涼地区方向にむりやり進みはじめる。性別不詳のひとびとにぶつかり、あやまりながら、ひとつのことだけを一心に願っていた。


「ひさしぶりだな。ふた月はこなかったたか」

祈りが通じたのか、友人は医学部基礎棟の研究室にいた。寒かっただろう、珈琲をいれてやる、とぼくを招き入れると、こちらをしみじみとみつめてきた。

「ずいぶん変わったな、まるで別人だ。というより、学生のころにもどった感じがする」

まあね、とこたえ、うながされるまま椅子に座る。

「ひょっとして、あの自己実験の成果か」彼、のはずの友人は流しに歩み寄り、やかんに水を入れて火にかけた。

「たぶん。確信はないけど」さらに確信はないが、長生きできそうな気がする。標準よりずっと。

減食実験のねずみたちのように。

椅子から身を乗り出し、本題に入った。「あの論文には記述されていなかったんだが、実験用のねずみってのは雌雄をわけて管理するのか」愛玩用みたいに。

「もちろん。かってに増えられては困るからな」相手は豆を挽きおえて顔をこちらにむけた。中性的だった。「わざわざ書くまでもないことだから、論文の方法欄では通常、省略されている」

思ったとおりだ。

実験中、ねずみたちの異性にたいする行動に変化があったとしても、雌雄の檻がわかれているからそもそも観察することができない。

乾いた音が耳を打った。

友人は豆の粉をのこらずとりだそうと、豆挽き機の引き出しを前後に動かしていた。「それがどうかしたのか」

挽いた豆を濾紙に載せる。沸騰したやかんのふたがせわしく鳴りはじめた。友人は火をとめ、蛇口をひねって水を少量、熱湯に落とした。急冷されたやかんは悲鳴みたいな声をあげた。

不老長寿と性は相容れない。自分が長生きするだけ、生殖は不要になっていくのだから。

「だいじなことだったんだ」

やかんから濾紙上の珈琲粉に湯が注がれる。白い湯気をかすかにのぼらせつつ、黒い液体が硝子容器の底にすこしずつたまりだす。

「とてもだいじなことだったんだよ。はやく気づくべきだった」

手元の論文を束に丸め、にぎりしめた。しかし、まだとりかえしがつくかもしれない。まだ、ぼくにできることがあるかもしれない。

ぼくの手のなかで、ねずみの長寿を証明した減食実験の論文はしずかにつぶれた。

代書屋ミクラの幸運

Micra—Publish or Perish

「ミクラさんですね。代書屋の」電話の奥の声がいう。

ぼくはそうです、と機械的に返した。寝起きだったからだ。

相手はきこえるかきこえないかくらいのちいさな声で用件をつづけた。

「論文作成をお手伝いしてほしいんです。今日、これからいいでしょうか」

依頼だ。

布団から半身を起こし、部屋の柱にかかった時計をみあげた。十時を回っていた。「だいじょうぶです。研究室はどちらでしょう」

電話のむこうの男は、文学部社会学科応用数理社会学講座の教授、となのった。

起きぬけのよく動かない指で、枕元に置いていた手帳に、長い講座名と研究者の名前を書きとる。文学部にこんな研究室があったとは。もっとも、この大学は北部地方最大規模で、しかも典型的蛸足大学だ。理学部出身、かつ代書屋としてはかけだしのぼくにとって、まだまだわからない研究分野が、とくに文系にはたくさんある。

手帳に書いた内容を復唱する。

安堵の吐息が受話器からきこえた。「すぐきていただけますか。至急なんですが」

ぼくに依頼してくる人はたいてい、至急だという。「文系地区ですよね。一時間ほどで行けますよ」

相手は礼をいい、通話を切った。

中綿がへたりかけた布団の上に座りこんで、じょじょに頭がはっきりしてくるのを待つ。学生時代から住んでいる八萬町《はちまんまち》の古い部屋はすでに、南むきの広い窓からさしこむ冬の日差しでやわらかくあたためられていた。日当たりのよさだけは自慢だ。

窓ぎわに這いよる。手のひらに乗るほどの陶器の植木鉢は、大きな窓硝子《がらす》が床の上につくった矩形《くけい》の日だまりのなかに入っていた。のぞきこむと、親指くらいしかない丸いさぼてんは、今日も元気な緑色をして白く短いとげを逆立てていた。

「おはよう」ぼくはさぼてんにいう。

もちろん彼女は返事をしない。きょくたんに無口だからだ。というより、ぼくはこれまでいちども彼女の声をきいたことがない。

寝間着のままでふらつきながら台所へ立つ。この北の街でひとりぐらしをはじめてすでに六年めだった。

新入生としてこの狭い部屋に越してきたばかりのころは、洗濯機の水をあふれさせたり、鍋をこがした煙が窓からもれて近所のひとびとを騒がせたりして、となりにすむ大家さんを困らせていた。だがいまでは、家事全般をひととおりこなせるほどに鍛えられた。時間って偉大だ。

自分ひとりの珈琲のために台所で湯をわかしながら、ひとつためいきをつく。依頼がきたのはいいことだ。とはいえ、ぼくはとっくに気がついていた。この大学を営業範囲に仕事をつづけても稼げない、ということに。

珈琲で全身を目覚めさせ、営業用の黒い上下で身なりをととのえてから、その上に丈の短い外套を着こんだ。革手袋をはめ、営業用の背嚢《はいのう》型かばんを背負って部屋を出る。快晴だが冷えこみは本格的だ。すこしふるえ、両手で体を抱いた。つくりものみたいな白い息のかたまりを吐きながら建物の東がわに回る。ほかの入居者の二輪車にまじって、ぼくの相棒である彗星号が待っていた。ちかよると、細く優雅な車体に日差しが反射して光った。

彗星号はすでに五歳だが、手入れがいいからみためはもちろん動作も完璧だ。今日もすばらしい速さでぼくを運んでいってくれる。真冬のむかい風と戦いながら、よんぱち、と市民たちからよばれ親しまれる四十八号線を走り、左折して河岸段丘がつくった坂をくだる。蛇行する川とひろい河川敷の上にかかる細長くて欄干の低い橋が牛声《うしごえ》橋で、冬場はよく路面凍結するから注意が必要だ。ぶじにわたってまた左折し、ふたたび同じような河岸段丘の坂をあがると、そこが文系地区だった。

公道から大学構内に入ってすぐに文系四学部共通の屋根つき駐輪場がある。彗星号に鍵をかけ、まっててね、といい置いてから、学生たちがとめた二輪車の列をぬって敷地内の道路に出た。

砂利敷きの道は、すっかり葉を落とした寒そうな萩の植えこみでふちどられていた。両側にそびえるのは法学部棟と経済学部棟、その奥がめざす文学部棟だ。

灰色のそっけない建物は、けやきの巨木の列を両裾にしたがえて正面にみえてきた。暗い気分になった。あそこにはあまりいい思い出がない。

二年生のときつきあっていた、というかつきあおうとしていた女の子が文学部だった。彼女は彗星号という名前がどうしようもなく、ださい、といってぼくをふった。

まるはだかで寒そうなけやきの枝を横目でみつつ、やっぱりよそよそしい文学部棟正面玄関を入る。受付右手にかかげられた白地に緑の館内図をみあげ、応用数理社会学講座の位置を探した。一階奥の階段をあがり、二階の廊下をすすんで四番めの部屋だった。

研究室の扉は、講義予定表や小試験の告知や不在時に学生が課題をいれていくための封筒ですきまなくおおわれていた。

扉をたたく。

「とつぜんお呼び立てしてすみませんね、ミクラさん」出てきたのは、さきほどの電話と同じ声の男だった。

背は低い。ぼくの肩までも届かない。ひどくやせていて、袖口からのぞく腕時計はあるべき位置からおおはばにずれていた。髪はすでに白く、薄くなって後頭部にはりついているだけだ。定年直前というところか。鼻は高く顎はちいさくとがっていて品があったが、伏せぎみの目はいかにも気弱そうだ。この歳まで大学から一歩も出ずにすごしてきた研究者の典型、という印象だった。

どうぞどうぞ、と招き入れられて、部屋をみわたす。南むきの窓は高かったが、すぐ前の大きなけやきのせいで日差しがなかばさえぎられていた。天井すれすれまである書棚が室内の半分ほどを埋めており、古紙とほこりの匂いがした。四つが矩形にくっついてならんだ学生用机の上には、書籍や雑多な紙類が積みあがっている。機械類は古い型のものが二台あるきりだった。人文系とはいえ、これはちょっとひどいのではないか。

しかも、室内にはぼくたちふたりだけだ。秘書がいないのはまだいい。しかし。

いやな予感がした。

「学生さんはべつの部屋ですか」となりに立つ依頼人にきいてみる。

彼は、ああ、といってせきをした。「わたしは来年度末に退職するのでね。もう学生はとらないことにしたのですよ」

なるほど、ととりあえずこたえて、すすめられた椅子に座った。秘書を置かない研究室には金がない。学生のすくない研究室もまたしかりだ。しかも退職まぢかならば研究費もそう残ってはいないだろう。最新の機械を導入できなくてもしかたない。

依頼人は年季の入った幅広の書き物机を回りこんで、むかいに座った。そこが彼の研究用の席らしい。

「なぜ、ぼくに依頼を」

「じつは」彼はきまり悪そうな笑みをみせた。「最初はトキトーさんにお願いするつもりだったのですよ。でも、すぐにはむりだと断られまして。しかしミクラさんを紹介されました。若いが優秀だ、とおっしゃっていましたよ」

やっぱり、と声に出してはいわなかった。トキトーさんは実入りのすくない仕事は受けない。ぼくに振る。

仕事の話に入ることにした。「お急ぎだということですが」

相手はいちど目を伏せ、また顔をあげた。「先週、学部事務から最終通告がきまして。もうじき法律指定の三年がたつ、早急に論文を出せ、と」

またしてもいやな予感がした。「ここ三年間、一本も論文を書かなかったわけじゃないでしょうね」

「それが」老いた研究者は苦笑した。「そのとおりなんです」

論文執筆から逃避したがる研究者は多い。理由はいくつかある。

おもしろくないから、というのが最大派閥だ。研究は前に進み、未知のものをみつけだす創造的行為だが、論文を書くことはうしろをふりかえって総括する行為だ。よって精力的な研究者ほど執筆作業をつまらないと感じてしまう。これを前進型、と仮によぶと、たんに文章を書くのがめんどう、という怠惰型が第二勢力となる。それでも法定期間の三年ぎりぎりまでひっぱろうとするひとははじめてだった。みかけによらず肝が太いのか、それとも芯から怠惰なのか。

もっとも、そのおかげでぼくたち代書屋の仕事が成り立っているわけだけれど。

「これまでにもなんどか、ゆるやかな注意はありました」相手はこちらの胸中になどまるで気づかずに話をつづける。「しかしついに今回、学部事務は、論文を出さねば定年の一年前でも強制的に辞めさせる、そのばあい退職金もない、といってきたのですよ」

免職処分か。

さすがに同情をおぼえた。論文を書かない動機はどうあれ、こんな退職まぎわの文系研究者を追いつめるなんて。「期限は」

「今年度ちゅうです。わたしひとりではそんな短期でぜったいに書けない」彼は困ったように眉を寄せた。「どうでしょう。いまが一月ですから、ミクラさんの力であとふた月で受理までもっていけますか」

「研究内容と、必要とされる被引用指数合計によりますね」専門家らしく受けこたえする。

「話してください」

「それではまず、被引用指数です」彼は机の上に骨ばった両手をのせ、組み合わせた。青い静脈が痛々しい。「学部事務からは二十三以上、といわれました」

「二十三」思わず語尾があがる。「ありえない。人文系の専門誌はどんなに高くても四どまりなのに」

被引用指数は毎年、各学術雑誌ごとに算出される数値で、ありていにいえば雑誌の格付をあらわす。過去のある特定の期間に載ったすべての論文が、ほかの研究に引用された回数を、一論文あたりにならして出される。この数字が大きいほど、その雑誌の論文は引用される回数が平均的に多いわけだから、雑誌の評価は高くなる。

「わたしが悪いのです」相手は自嘲ぎみに笑った。「三年のあいだに目標被引用指数合計がたまってしまいましてね。さらに、わたしのばあいは年齢および役職比例ぶんもあって」

とてもやっかいだ。トキトーさんがいやがったのは実入りのせいだけじゃなかった。

しかし。かけだしのぼくは、依頼を断るようなぜいたくはできない。

「戦略を考えねばなりません」ここで相手の目をみつめる。強調の手段だ。「方策はふたつあります。ひとつは、論文を複数書いて複数の雑誌に投稿し、それらの被引用指数を合計して二十三以上にすること」

「むりです」依頼人は即答した。「いま論文化できそうな題材はひとつしかありません」

「それでは、第二の策しかないですね」大きく息を吸い、吐く。「大物狙いです。被引用指数が桁ちがいの超有名雑誌に受理されることをめざします。難関ですが」

「超有名雑誌って、まさか」

「そうです。二十三以上といえば」あえてゆっくり話す。依頼人と、それからぼく自身に念を押すためだ。「『自然』、『科学』、そして『細胞』誌のみっつだけです。『自然』誌にしましょうか。科学系雑誌ですが、独創的で質の高い研究ならば人文系でも受けつけるという特徴がありますから」

研究室に無音の空気が流れた。

「独創的で質の高い研究、ですか」依頼人はこちらをまっすぐみた。「ええ、そうですとも。

自信はあります。なにせ三年間、いやもっと前から、どこにも出さずにあたためてきたのですから」

もっと前から書いていないんだ。

相手は厚い紙束を机の上に広げだした。「それで。ミクラさんに論文化をお願いしたい研究というのは、こちらです」

幸運と不運を予測する方法について。

「幸運と不運、ですか」

紙を上から順にめくって、すべてが数字で埋まっていることを確認してから、依頼人の顔を再度みた。

社会学研究者は微笑した。白い頬にかすかに赤みがさした。「若いうちからとりくんでいた、いわば生涯をかけた仕事です。このたびようやくまとまった結論が出せた、と納得できたのですよ。被引用指数二十三超えをじゅうぶん狙える内容だと自分では思います」

納得できないうちは論文にしたくなかったわけだ。怠惰型ではなく、完璧主義のせいで筆が進まない型、だったらしい。みっつめの型だ。

「具体的に説明していただけますか」営業用かばんから手帳と筆記具をとりだす。

依頼人はひとつ、せきをしてから話し出した。「そもそものはじまりは、失敗原因の研究でした」

失敗原因は近年ようやく注目されてきた分野だ。先をみる目はあったらしい。

「まだここの学生だったころに気づいたのですが、研究には失敗がつきものです。十にひとつ、いや千にひとつの発想が実を結べば万歳の世界だというのはミクラさんもおわかりでしょう」

要点を書きとりながら深くうなずく。

「失敗した研究が世に出ることはない。成功したものだけが論文となり、日の目をみる」相手は書類の前で手を組み、天井をみあげた。

つられて彼の視線を追う。古い部屋の高い天井は灰色にすすけていて、梁からはちいさな蜘蛛がさがっていた。これからここに巣を張るつもりらしい。だけど、人間をやっているぼくにだって、この場所は彼または彼女にとって実入りがすくないことくらいは容易に想像できた。なんだか自分をみているみたいだ。

「しかし、もったいないと思いませんか」

しまった仕事中だった。「なにが」あわてて依頼人に視線を戻す。

「失敗し、埋もれてしまった数知れない研究群のことです」彼はぼくの態度などまるで意に介していなかった。研究者というのは自分の仕事について話すのがなによりすきだ、相手がきいていようがいまいが。「非常にもったいない。なんとか役立てる方法はないものかと、若いわたしは頭を悩ませたのですよ」

「でも、失敗しちゃったんだから利用しようがないでしょう」筆記具のおしりで顎をつきながらきいてみる。

社会学研究者はうなずいた。「もちろん、失敗した研究についてはどうしようもありません。

だがそれでも」机上の書類を繰り、うちひと束をとりあげてぼくに示した。「生かす手段はある」

紙面には、研究失敗の原因、と大書されていた。その下に箇条書きがならぶ。予算不足。人材不足。時間不足。目標設定のあやまり。過度な完璧主義。共同研究者との意思疎通困難。

目をあげると、相手は満足げにほほえんでいた。

「わたしは長年、この大学の文学部から工学部までをめぐって、幅広い分野の研究者を対象にききとり調査を行ってきました。みてのとおり膨大な結果を集めたんです。ところが」彼はきゅうに顔を曇らせた。

「ところが」その先はなんとなく予測できた。

老いた社会学者は両方の眉をさげた。「なにせ共同研究者もおらず、秘書も学生もつかわずにひとりでやったものですから時間がかかってしまいまして。そうこうするうち、べつの研究者たちが失敗原因についてのよくまとまった論文を有名雑誌に投稿し、受理させてしまったのですよ」

心のなかで合掌した。

研究が葬り去られる理由は失敗だけではない。競争相手に先を越される、というのもよくある要因だ。いちばん最初に成果を発表したものだけが評価される、それが研究世界の不動の掟だからだ。二番煎じは無意味、あるいは評価されてもひじょうに低いものにしかならない。

だが、目の前の研究者はふたたび微笑していた。

「さらに、ところが」積みあがった書類に戻って何枚か繰り、ある一枚にたどりつくと紙面の文字を指した。「絶望する必要はありませんでした。結果をみなおすうち、まだだれも注目していない研究対象をみつけることができたのです」

彼の指先をみつめる。

偶然、と書かれていた。

どういうことです、とたずねると、相手の笑みはさらに大きくなった。

「偶然ですよ、そのままの意味です。説明のつかない原因、つまり偶然による失敗というものが一定数存在することに気づいたんです。そこで偶然とはなにかをつきつめて研究し、理論化を試みました。うまくいったと思います。おそらく世界初ですよ」また紙の山を繰って、数枚の書類を引き出す。

手渡された紙の上には数式がならんでいた。

「偶然とは、すなわち運です。運は、幸運と不運の二種類にわけられる」依頼人はうれしそうにしゃべりつづけた。「質問項目を変更し、ここの教職員や学生を対象として、幸運と不運についてのききとり調査をはじめました。また長い時間をかけ、試行錯誤したすえ、わたしはひとつの結論にたっしました。つまり、それです」ぼくが手にしている書類を指す。

「これですか」紙面の数式をながめ、また相手に視線を戻す。

「そう、それ。一種の非線形方程式です」社会学研究者はうなずいた。「幸運不運の発生は複雑で予測不能にみえるが、じつは無作為ではなく非線形なふるまいをする。だから短期的な事象についてはは予測が可能なのです」

文学部の研究室で数学にぶつかるとは予想外だったが、そういえばここは応用数理社会学講座という名前だった。

「調査の質問項目にあった個人属性のうちいくつかを、変数に代入します。ここと、ここ。それにここ」身を乗り出し、数式内の記号をつぎつぎに指しては熱心に解説を加える。「すると解が出る。解の値が正だったばあいは幸運、負のばあいは不運です」

「ちょっと待って」快調にしゃべる相手の言葉を右手でさえぎる。「ここでの幸運と不運の定義とはなんですか」

依頼人は顔をあげ、なんどかまばたきした。「だから。符号が正なら幸運、負なら不運です。あきらかでしょう」

同義反復という言葉が浮かんだ。

だがなにもいわずに首だけ振った。あまりにも長い間ひとつの研究にはまりつづけたときに起こる現象だ。どこがまちがっているのか自分ではわからなくなってしまう。

おちつけ、とぼく自身にいいきかせる。『自然』誌は独創性を重んじる。研究者世界に刺激をあたえるためならば、少々のあやまりには目をつぶる編集方針だ。なんとかなるだろう。たぶん。

「解の絶対値は、幸運不運の規模をあらわします」しかし彼はぼくの心中など知らぬげに話をつづける。「このばあいの規模とは、幸運不運をひきおこす力の大きさの常用対数に比例します。最大値を十として、十段階で表現することにしました」

ここでようやく、依頼人はこちらの不信に気づいたらしく説明をとめた。「ひょっとして。疑ってますか」

どう返事をしろと。

だまっていると、相手はひとつうなずいて机の上から反古紙《ほごがみ》を探し出し、筆記具をにぎった。

「それじゃあ、ミクラさんでたしかめてみましょう」

「たしかめる、って」

「あなたにこれから起こる幸運と不運を予測するんです」まず時間項を、とつぶやいてから今日の日付を復唱し、さらに手首の内がわにまわった腕時計の文字盤を一瞥して、数値を紙面に書きこんだ。「年齢は」

「二十四歳です」

社会学研究者は二十四ね、とまた数値を書きとめ、ぼくをみあげた。「さきほどもいいましたけど、時期についてはあくまで短期です。せいぜいひと月先までですね。しかもあまり精度が高くない」

そうですか、とうなずくと相手はさらにきいてきた。

「行列してなにかを待っているとき、前後のひとに話しかけることはありますか」

「ありません」ぼくはすなおにこたえた。「でも、この質問になんの意味が」

「個人の性格特性を判断するためです」彼はぼくのこたえをなにがしかの手段で数値に変換し、

非線形方程式に代入した。「ある事象が幸運であるか不運であるかは、そのひとの性格に負うところが大きいのですよ。以後も直感的に正直に答えてください。いらいらするときはどうしていますか」

「うたって神に祈ります」

依頼人は頭を左右に振り、なにか数字を書きつけた。「以前やらかした失敗について恥じ入ることはありますか」

「そんなのしょっちゅうです」

つい昨日もやったばかりだ。知り合いの女の子をみかけてあいさつしたらまったくの別人ですごく気まずかった、という七年前の事件を思いだして彗星号の上で悲鳴をあげた。通行人の視線が痛かった。

さらに性格にかんする設問がつづいたあと、それでは最後に、といって彼はせきばらいをした。「直近におきた幸運、または不運な事件をひとつおしえてください」

連続するいくつかの事象からつぎの事象を決定する確率過程を利用するらしい。このばあい、必要とされる事象はひとつだけだから、単純確率過程だ。

「おととい壱番丁《いちばんちょう》を歩いていたとき、きれいな女のひとに声をかけられました。ついていったら、ぼくの年収の半分くらいもする高価な絵を買わされそうになって逃げてきました」

依頼人はこちらをじっとみた。「それは幸運ですか、それとも不運ですか」

「もちろん不運にきまっているでしょう」苦笑してこたえる。

「いまのミクラさんのような体験を幸運だ、というひともいるんですよ」

不思議なことをいって、彼は紙面にむかった。すこしのあいだ演算がつづいた。鉛筆が紙の上を走るかすかな音だけが響く。

「さあ、出ましたよ」相手は顔をあげ、筆記具の先で数字を指した。「規模は一、符号は負ですから、ささいな不運が起こります。時期は、そうですね、数日以内かな」

あまりいい気分はしなかった。「どんな不運なんですか」

「幸運不運の内容についてもはっきりわからないんですよ。いろいろ、としかいえません」

相手を半眼《はんがん》でみつつ、かるくうなずいた。研究に払われた労力は膨大なのだろうが、これではとても予測とはいえない。

受理までもっていくのはたいへんそうだ。

「どうです。納得していただけましたか」相手は学者らしい無垢な笑みをみせた。

はいそれなりに、と返す。たとえ理論がまちがっていたとしても論文化し、せいいっぱい依頼人にこたえるのが代書屋のつとめだ。しかし。

不安がよぎる。金は入るんだろうか。

代書屋の報酬は完全あと払い制、しかも論文がぶじ受理されたときにのみうけとる、とはキトーさんのきめた不文律だ。代書屋の仕事の質を高め、評判をよくして結果的に受注を増やすためなのだが、おかげでぼくのようなかけだしは、しばしばただ働きの憂き目にあう。

「報酬の話をさせてください。予算はどのていどですか」

「今年度にこなさねばならない研究はもうこれだけです。学会参加の旅費や研究室の諸経費をのぞいた全額がつかえますよ」

彼は机からべつの紙片をとりあげ、こちらにわたした。

講座の本年度予算残高をしるした数字をみた。トキトーさんが断った理由がよくわかった。ぼくのふだんの相場にもたりない。

それでは明日から本格的な執筆に入りましょう、としめて席を立ちかけると、相手はちょっと待って、といって机の引き出しを開け、茶封筒を一枚とりだした。

中身はすぐに見当がついた。

「いや、だめです」あわてて両手を振り、トキトーさんの不文律を説明する。

「では足代ということで」依頼人は微笑した。女神のほほえみにみえた。「ほんの気持ちですから」立ちあがり、机ごしに茶封筒をぼくの黒い上着の奥に押しこんだ。

こういうばあいはもらっておくにかぎる。だれにもいわないでくださいね、と念を押して、研究室を辞した。


文学部棟を出たときには、すでに冬の短い陽は暮れかけていた。法学部と経済学部のあいだには谷間みたいに暗い影ができてしまっている。

「ミクラ」背後からうたうような深い声がよびとめてきた。「数理社会学からの帰りか」

ひとめで上等とわかる外套に身を包んだトキトーさんは、ひとずきのする微笑をうかべつつ、いつものようにぼくの肘に触れそうなほどそばまできた。彼は物理的にも心理的にもたやすく相手との距離をつめることができる。

そうです。回してくださってありがとうございます、とこたえる。

彼は経済学部の六階まで響きそうな笑い声をあげた。「あのじいさんの研究、なかなかおもしろいだろう」

代書屋の先達であるトキトーさんは、ぼくのひとまわりも年上だ。きれいな二重《ふたえ》の目とかたちのととのった鼻は、昔はそうとうな美青年であったことをうかがわせるが、いまは顎とおなかにすっかり肉がついてしまっている。麦酒《びーる》のせいだよ、と彼はいう。

はいおもしろいです、と同意した。いろんな意味で。『『自然』誌を狙うことにしました」

返答をきいてトキトーさんは目を見開き、また大音量で笑った。

「そうか、いい選択だ。あそこは学術誌というより商業誌的な性格が濃い。科学的に少々あやしいところがあっても、読者をひきつける要素があれば載せる。工夫しだいでは受理されそうだな」

ひと仕事おわったらまたうまい麦酒をおごってやる、といってぼくの背中を三度、軽くたたいてから、手を振って駐車場の方向へ去っていった。

トキトーさんが代書屋として成功したのは、文章作成能力の高さのためだけではない。ひとあたりのよさや魅力的な容姿、そしてそのほかにもなにかがあるはずだ。だが、なんなのかはいまだによくわからない。謎のひとだ。

それに。ぼくが代書屋の世界に入ったのは彼のせいだった。

ぼくがまだ在学中に、ひとつの法律ができた。正式名称は、大学および各種教育研究機関における研究活動推進振興法第二条だ。しかしだれもこの名ではよばない。かわりに。出すか出されるか法、とよぶ。

内容は非情だ。三年以内に一本も論文を書かない研究者は即、退職せよ。研究費と給料をもらっている以上は目にみえるかたちで成果を出せという意図だった。研究とは学術誌に論文を発表することで完結するから、めやすとしてはいちばんわかりやすい。出版か、さもなくばみじめな死を。

研究者社会では以前からこんな警句がささやかれていた。論文を出さない者は職を追われる。ときどきみられるそんな状況をあらわした言葉だ。

だが。出すか出されるか法の制定はこれを常態に変えた。

おかげで研究者たちはみな、しっぽに火がついた猿みたいに論文生産に追われることになった。

この大学の筆無精な研究者たちのために、以前から論文執筆代行業を営んでいたトキトーさんは、法律制定後に急増した需要に対応しきれなくなった。だから、代書屋がつとまるほど好奇心旺盛で、かつ文章を書くことが苦痛でない学生を探していた。そうしてみつかったのがぼくというわけだ。

文系駐車場から出てくるトキトーさんの車のぴかぴかした鼻先を目で追った。この稼業に引きこんだ手前、トキトーさんはぼくを気にかけてくれている。さきほどの言葉どおり、ぼくひとりでは入れないような高級店につれていってくれることもしばしばだ。でもそれなら、もっと金になりそうな仕事をよこしてくれればいいのに。この矛盾もぼくを混乱させる。うらになにか遠大な意図がかくされているのか、あるいはなにも考えていないのか。

さきほど上着に押しこまれた茶封筒を思い出した。とりだしてあけてみる。

中身をみて苦笑した。豪華な外食などとてもむり、ちょっといい食材を買いそろえればなくなってしまうくらいの金額だった。しかし、まあ、しかたない。思いがけず謝礼が出たことをすなおに喜ばなくては。

落ちかけた陽に照らされながら、彗星号の待つ駐輪場にむかう。そうだ、今日は仕事が入ったお祝いをしよう。

たまねぎは腐っていた。

中心部分はすっかり黒ずんで悪臭を放っていた。両目から涙がひとつぶずつこぼれてくる。匂いのせいだ、悲しいからじゃない。

半分に切ったひとつめのたまねぎをごみ袋に入れ、口の部分を結んで密閉した。めったに行かない高級食材店に寄って買ったのだが、なにしろたまねぎというのはあこぎな野菜で、茶色い皮をしっかりかぶっているから中身がどうなっているのかむいてみるまでわからない。だからごくまれに、こういう不運に遭遇する。

依頼人の声がよみがえった。規模一、ささいな不運です。

まさか、な。首を振り、包丁とまな板を流しでよく洗って、ふたつめのたまねぎを買い物袋からとりだした。なんでもない、あれは予測というより手のこんだ占いみたいなものだ。

牛肉とたまねぎの煮こみはつつがなく完成した。並行してつくっていた、なめこのみそ汁やこんにゃくの白和《しらあ》えとともに食卓にならべる。窓ぎわのさぼてんをつれてきて、差しむかいとなるよう卓上に置いた。席につき、両手をあわせ、ぼくがかってにつくりだして信仰している神であるアカラさまに感謝の祈りをささげた。

アカラさまはぼくが四歳のとき、水道の水とお湯の蛇口をまちがえてやけどした直後にはじめてあらわれた。以来、なにかにつけて祈ったりうたったりしている。アカラさまは唄がすきという設定だからだ。二十年もあがめつづけているうちにこの神の設定はすっかり増えてしまった。ぼくの脳内にいるのは幻影みたいな仮の姿で、本体は遠い南の島に住んでいる、とか、名前の意味は現地の言葉で、空気も行間も読めないもの、なのだとか。あまりに多すぎてぼくですらときどき忘れることがある。

いただきます、といってさぼてんを前にした食事をはじめた。

「ねえ、きみ」皿のむこうのさぼてんに語りかける。「依頼がきたんだよ。成功して報酬が入ったら買ってほしいもの、あるかな」

相手は沈黙している。

さぼてんの無欲な態度と、自分でつくった料理のうまさに感動しながら箸をすすめた。もちろん内心ではわかっていた、こういうばあい、ここにいてほしいのは人間の女の子だ。いっしょに夕食をとり、返事をし、笑い、それじゃあ新しい靴がほしい、とか旅行にいきたい、とかいってくれるひとだ。

依頼人とぼくはあまり質のよくない茶をはさんで話し合っている。

「昨日の提案どおり、投稿先は『自然』誌で」日光が入らないせいか建物が古いせいなのか、応用数理社会学講座の研究室は午前中なのにうす暗かった。「幸いなことに、あの雑誌は審査が早い。論文投稿後ひと月以内に採否を知らせてくれます。ですから執筆期間としてひと月をあてられますよ」

書き物机の奥の依頼人は、巨大な湯呑みを両手で持ったまま頭を軽くさげた。「お願いします。ミクラさんだけがたよりです」

いかにも場数を踏んだ感じでうなずいてみせる。「じゅうぶん間に合いますよ。数値も理論もそろっている、あとは文章に起こすだけですから」

相手もうなずき、さも安堵したように椅子の背にもたれた。

「しかし」手元の湯呑みから熱いだけがとりえの茶をすすり、ふと思いついた疑問を述べてみた。「あれだけのききとり調査をおひとりでするのはたいへんだったでしょう。それに調査終了後の記録整理も」

常勤の秘書を置くだけの余裕はありませんけど、と社会学研究者は湯気のむこうで微笑する。

「学生を臨時でやとうのです。最近は、となりの社会心理学講座の修士二年生が手伝ってくれています。毎日いまごろの時間、ここをのぞきに」

彼がいいおわるかおわらないかのうちに、ぼくの真うしろの扉が叩かれた。

「入ってもいいですか」若い女性の声だった。

どうぞ、と依頼人が目を細めていうと、取っ手の回る音がした。

「今日は、なにかありますか」くだんの声が大きくなる。

肩越しにうしろをみたが、声の主は半分開いた扉の影になっていた。

ないよ、と研究者はこたえた。「そうだ、きみ。これからしばらくは仕事がなくなるよ。きみも修士論文に集中すべき時期だからちょうどいいだろう」

「なぜ」背後の人物はかわいらしい疑問符をつける。

「ついに研究結果を論文化するんだ。代書屋さんもお願いした」

依頼人は立ちあがり、ぼくも立つようにうながした。紹介するつもりなのだろう。腰をあげ、ゆっくりふりかえった。

「あ」

「あ」

「なに。きみたち知り合いなの」社会学研究者は目を見開いてぼくと修士課程の院生を交互にながめた。

「ミクラ」四年前に彗星号の名前の件でぼくをふった文学部の女の子は、髪を鎖骨の下までのばした化粧映えのする女性になっていた。「あんた、代書屋やってたんだ」

「まあ、いろんな縁でね」

そう、縁だ。いわば運だ、幸運だ。ぼくは心のなかでアカラさまに感謝した。

文学部の院生はちょっとの間だけ長いまつげの下からぼくをみて、それから依頼人のほうをむいた。「ほんとうにわたし、もうこなくてもいいんですか」

依頼人はすこし笑って、残念だけどね、といった。「でも、これまでどおりいつでもお茶を飲みにおいで。お友だちのミクラさんもいるわけだし」

大学院生になった文学部の女の子は、はい、とちいさく返事をし、ぼくに視線を戻すことなく扉のむこうに去った。

「古いお知り合いと再会とは、幸運でしたね」ふたりだけになると依頼人はこういった。「ということは。あの予測はあたらなかったのか」眉をさげ、額にあらたな皺をつくる。

そんなことないです、と返し、昨夜のたまねぎ事件を説明した。「みごと的中ですよ」とりあえず依頼人を持ちあげておくのも個人事業者のだいじな技術だ。

相手はみるみる表情をあかるくした。「では、それを直近事象としてつぎの予測をしてみましょう」昨日、計算のためにつかった紙をとりだし、数式に新たな数値を代入しはじめた。

しばしのち、社会学研究者は体を起こしてぼくをみた。「出ましたけど」声が暗い。

「はっきりいってくださっていいですよ」微笑をつくってうなずいてみせる。

「規模四、中程度の不運です。やはり数日以内に」彼はかるく首を振った。「申しわけありません、またいやな内容になってしまって」

「とんでもない」ぼくはつくり笑いをつづけた。だってよくできた占いだし。


「ミクラ、ちょっと」夕方までかかった作業をおえて数理社会学研究室を出ると、廊下に文学部の院生が立っていた。「時間、ある」

「もちろん」陽が落ちて暗くなった部屋で待っているのはさぼてんだけだ。

彼女は肩にかけたちいさなかばんを揺すりあげてから、ついてくるよう身振りでうながした。なつかしいしぐさだ。

「文食の喫茶店でいいよね」有無をいわさず行き先をきめてしまうところも昔と変わらない。

大学付属の店が出す十一月の泥水みたいな珈琲よりは、ぼくのいれたもののほうがよほどおいしいんだけど、といおうとしてやめた。彼女はいちどだってぼくの部屋にきてくれたことはない。

四年前よりかくだんに高い彼女の靴のかかとを追う。ぼくたちが道の玉砂利を踏む音が暮れかけた冬空に響く。西からの風が植えこみの萩の小枝を揺らし、ぼくの頬を刺し、彼女の髪を舞いあげる。会話はない。

文系地区の最南端にある文系食堂は、くすんだ茶色の壁をしたなんとも陰気な二階建てだ。一階に前払い式の食堂、購買部、学生むけ価格でぼくもときおり利用する理髪部があり、二階が喫茶部になっている。こちらはあと払いだが、品目は下の食堂とほぼ同じだ。珈琲などの飲料系がすこし多いだけのちがいにすぎない。

五限目がおわる前という微妙なころあいのせいか、文系喫茶店は閑散としていた。彼女は窓ぎわの卓にかばんを投げ出して陣どり、注文をききにやってきた係の中年女性に珈琲ふたつ、と告げた。ぼくが席につく前だった。

白くて固くて冷たい椅子に腰を落ちつけた直後、珈琲が運ばれてきた。この早さが、保温したものをたんに注いで持ってきたことを物語っている。

ぼくたちは差しむかいで座ったまま、しばし無言で碗の中身をすすった。厨房のすみで半日温められつづけたのだろう、珈琲はすでに煮つまっていて、十二月の重たい泥水みたいな味がした。

窓に目をやる。風景はもはや黒にちかい青の濃淡模様でしかなかった。硝子にはぼくと、彼女の横顔がうつっている。まだ会話はない。

「それで、ミクラ」珈琲碗が半分ほど空いたところで、相手はようやく口をひらいた。「どうして代書屋なんかやってるの」

思わずほほえんだ。この話をするのはすきだ、研究者たちが研究のきっかけを語りたがるのとおなじように。

だから、ぼくは熱をこめて語った。三年次に教養部から理学部にあがる際、専攻を選ばねばならなかったこと。理論物理や有機化学など、狭い範囲に限定されるのをきらって、なるべく広範な知識を得られそうな科学史にしたこと。だが四年になって卒論を書くとき、こんどは主題をきめる必要にせまられたこと。卒業のために従いはしたが、一年間もおなじ主題にしばられるため内心は不満を抱いていたこと。

「そんなとき、トキトーさんに会ったんだ」

彼女は組んだ両手に顎をのせてこちらをみている。視線が熱い気がした。

ぼくはいい気分で話をつづけた。「四年の夏だった。中央図書館を出たところでトキトーさんに声をかけられた。ぼくが落とした資料貸出票をひろってくれたんだ」

図書館にかよいづめだったぼくがその日借りたのは、紀元前の百歩七嘘派の哲学書と、中世の鎖でつながれた暴走する靴職人の評伝と、前世紀の青色夢幻派美術をあつかった大型本だった。

ぼくの所属と専攻をきいたあと、トキトーさんはいった。ひとつの分野では満足できない、なんにでも首をつっこみたがるような学生を探している。卒業後は代書屋をやらないか。毎日が新しい発見だぞ、なにせあらゆる種類の論文執筆を手がけるわけだから。

たくさん本を読むようなやつはたいていいまともな文章をかく、というのが彼の持論だった。だから図書館付近で張っていたそうだ。

相手はふうん、といって珈琲をすすり、すっかり夜となった窓の外をみた。そしてつぶやいた。「いいよね代書屋」

ぼくはさらにあかるい気分になって、のこりの珈琲を飲みほした。何月の泥水とかはあまり気にならなくなっていた。「帰る」とつぜん、彼女は音を立てて珈琲碗を置いた。「支払い、よろしくね。わたしはまだ学生なんだから」

いやだともいえないのですなおに卓上の伝票をとった。「そうだ。送ってあげようか」

「送るって」立ちあがり、表面の光るかばんを肩にかけながらぼくをななめにみおろした。「あんた、交通手段は」

「自転車」

「まさか」眉があがった。「まだ、あのなんとかっていう自転車に乗ってるの」

彗星号だよ、と力をこめてこたえる。「いいやつなんだ、いっしょにどこへでもいける。燃料代だってかからないしね」

文学部の院生は首をふり、無言で喫茶店から出ていった。

それでも高揚感はつづいていた。訪れた幸運をアカラさまに感謝しつつ、上機嫌でふたりぶんの珈琲代を払って店をあとにし、照明がまたたく急な階段をおりた。文食一階の角が理髪部で、入口、という自明な言葉が白い塗料で書かれた硝子戸はまだあかるかった。この前ここにきたのはいつだったかな、と頭に手をやる。ちょっと早いが、切ってもいい気分だ。

「今日はどうされますか」白い壁に囲まれた狭い店内に理容師はひとりだけ、みなれない若い男だった。

ふたつしかない散髪用の椅子の片方にすわり、いつもの初老の理容師ならば数語でつうじる内容をていねいに説明した。

若い理容師は了解です、と陽気にこたえてぼくの襟元に薄い化繊の布を押しこんだ。ほどよい温度の湯で洗髪し、たくみな手つきで顔そりに入った。刃物を置くとこんどはやさしい指圧と按摩がはじまる。

ぼくより若いくらいなのにうまいなあ、と考えているうちに、いつのまにか意識が溶けていった。

「おわりましたよ」声をかけられ、われにかえった。「鏡をみてください」

うながされるまま、正面の巨大な鏡にうつる自分の姿をみた。目をむいた。思わず身を乗りだした。

「もうすこし、なんとかなりませんか」声がふるえないよう気をつけながら、背後の理容師に提案してみる。

「すてきでしょう」鏡のなかの彼は他意のない笑みをみせた。最高の仕事をしたと信じる芸術家の表情だった。

ぼくはなにもいえなくなった。またどうぞ、と笑いかけてくる理容師に市価よりかくだんに安い代金を払い、礼までいって付属理髪部をあとにした。

「自分が気にしているほど、他人は気にしないものですよ」

翌朝、帽子をまぶかにかぶって研究室にあらわれたぼくを、依頼人はこういってなぐさめてくれた。

「その髪型だって、そうひどくはない。かもしれない」

「でもぼくはいやなんです」外套を脱ぎ、革手袋をはずす。今朝の外気は冷たく澄んでいたが、自転車に乗ってきたおかげで指先まで熱くなっていた。「ああ運が悪い。床屋にいつものおじさんがいなかったなんて」

社会学研究者は自分の席からぼくをみあげた。「ひょっとして。規模四」

苦笑を返した。たまたまだろう。

まあいずれにせよ、不運は不運だ。アカラさまのうしろ姿がみえる。アカラさまは金で隈どりされた赤い面をかぶっていて、前衛音楽家みたいに前髪が長い。けれど後頭部はつるつるだ。アカラさまがこちらをむいて前髪をつかませてくれるときは幸運で、背中をむけているときは不運だときめている。

気がつくと依頼人は机にむかい、あの計算用紙になにかを一心に書きこんでいた。

「できました」そういってぼくをみる。

「そこでだまらないでください」

社会学研究者はまるで自分の罪だとでもいうような沈んだ声でいった。「規模七、かなりひどい不運です。ごめんなさい」

あやまられても困る。「時期は」

「一、二週間先といったところでしょうか」

「こんどはなにが起こるんですか」

「前にもいいましたけど、内容もはっきりはわかりません。初期値鋭敏性が高く、しかも誤差が大きいので」

ぼくは両方の肩をすこしあげた。「あんまり実用的じゃないですね」

社会学研究者は、そうです、といって窓に目をやった。寒さに羽毛をふくらませた小鳥が二羽、外のけやきの木の枝でたわむれていた。「だから、自分自身をみまった不運すらとめることができなかった」

なんだか暗い話題が展開しそうな予感がしたので、作業用の机について仕事の開始を主張することにした。「きのうお願いした引用文献一覧はできていますか」

「ここにあります」依頼人は机の隅に置いた紙束を渡してきた。

ぼくは紙片を繰った。予想どおり、文献一覧はうんざりするほど長かった。ここから論旨に合うものだけを選び出し、論文内で引用する順に番号をつけ、著者名の表記や掲載誌の略記を指定書式に直す、というめんどうでまちがいを誘発しやすい作業をしなければならない。論文執筆過程でいちばんいやな部分だ。

顔をあげ、依頼人の机をふりかえる。「謝辞はどうですか」

「明記するような研究費は、どこからももらっていません。かけんひ、だっていちどもあたらなかった」老いた学者は苦笑した。

かけんひ、つまり公的補助科学研究費って文系にはあまり支給されないですよね、というと、彼はそうそう、となんどもうなずいた。

「研究遂行に金がかからないと思われているんです。それに、人類の発展に積極的に寄与しないとも」

　基礎研究なんてみんなそうですよ、と、いつもつかうせりふで相手をなぐさめた。

「そのほか、研究を進めるにあたってお世話になったひとはいますか」

「あえて書くなら、あの子と」となりの研究室がある方向の壁に視線を投げ、それからまたこちらをみた。「ミクラさんかな」

「ぼくはいいですよ。代書屋の名前は謝辞に入れてはいけないことになってます」

　これもトキトーさんのきめた不文律だ。代書屋が必要とするのは報酬であって、研究業績ではない。

「あの子はね」依頼人はもういちど壁に目をやった。「似てるんですよ、娘に」

　はあ、と返すと彼はちいさなためいきをついた。

「かけんひ、があたらない結果、生活費を研究につぎこむことをつづけたせいで、妻は娘をつれて出ていってしまいました。ふたりにはあれからいちども会っていません」

　やっぱり、なんといったらいいのかむずかしい種類の話になってきた。

「どのあたりが似てるんですか」

「そうですね。歯ならびかな」相手はさびしげにほほえんだ。

「娘さんは、別れたときにはおいくつだったんですか」

「ちょうど一歳」

そんな歳ではまだ歯なんてろくに生えそろっていないだろう、とはいわなかった。かるくせきばらいし、仕事にもどりましょうか、とうながした。

「今後の流れを確認しますね。定石どおり、第二章の方法、と第三章の結果、からはじめます。これらと引用文献一覧、謝辞をしあげつつ」

きのうふたりでつくった仮の論旨を書きつけた紙片をとりあげる。いちばん苦労した点は、占いみたいな研究内容をいかにもっともらしく説明するかだった。

「これにそって、第一章の導入、と第四章の議論、を文章化します」

研究をはじめてから成果が出るまでには紆余曲折がつきものだ。だが論文化する際は、それまでにまよいこんだ脇道をすべてとりはらい、結論までの最短経路を示さねばならない。論文とは著者の自己満足のために書くものではなく、読者のために書くものだからだ。今回のばあいは、当初の失敗原因研究の部分はばっさり切り捨て、幸運不運理論にのみ集中することにした。これで開始点と着地点のはっきりした物語となる。

論文は科学的根拠のある物語だ、お話をつくるように書け、とはトキトーさんの言だ。ただし形容詞はいらないぞ、かわりに数値をつかえ。必要のない言葉は一語たりとも混入させるな。たやすく理解できるように、かつ、まったく誤解できないように表現しろ。

依頼人は軽く頭をさげる。「お願いします。とくに、印象的な導入を書くのはむずかしいですよね」

「はい。論題と要約をのぞけば、査読者が最初に読む部分ですから」

だがそれだけにやりがいがある。たいていの研究者はめんどうに感じるらしいが、ぼくは導入部分を書くのがいちばんすきだ。

「そして最後に要約をつくります」

すべての技術文書と同様、論文も段落法をつかって書く。だから本文がすべてできあがれば、各段落の頭の一文をつなぎあわせると全体の要約になる。

「あとは推敲して完成です。ひと月以内にここまで行けるとみつもっていますよ。安心してください」

相手は再度、お願いします、といって頭をさげた。

「そのあいだに、論旨を強調するための図表をつくっていただけますか」

丸投げを許すのではなく、すこしは仕事を振ってみるのも代書屋稼業の鉄則だ。

彼は首をかたむけた。「ずひょう？」

しまった、と思った。「いえ、いいです。ぼくがやります」

机にむかい、数値がならぶ膨大な枚数の紙片をながめながら、こっそりためいきをついた。人文系では説明に視覚情報をつかわない慣習がある。文系学部に講演を頼まれたときには自分で画像映写機を持っていけ、というのが自然科学系研究者の合い言葉になっているくらいだ。しかし、『自然』誌に論文を投稿するなら図表なしですますわけにはいかない。

「すみませんミクラさん」依頼人は机から立ちあがった。「これから講義で、そのあとは学部の会議なんです。申しわけないけれど論文はおまかせしていいですか」

はいそのためにきたんですから、と笑顔でこたえる。

老いた研究者が出ていったあと、残されたぼくは研究室でただひとり図表作成作業に没頭した。全体の構成にしたがって枚数をきめ、適切な題と説明文もあわせて考え出す。だめだ、依頼人には期待できない。ぼくががんばらなければ受理はありえない。


応用数理社会学研究室にかようようになって何日かたった。

その夕方、仕事をおえて部屋を出ると、文学部の院生もやはりとなりから出てくるところだった。

「ミクラ。ちょっとつきあって」

またしても幸運だ。

ぼくはよくしつけられた犬の散歩みたいに彼女のあとにくっついていき、文食二階の喫茶店で彼女とふたたび差しむかいになって、煮つまった珈琲を飲んだ。

「そういえば、名刺をわたしてなかったよね」

碗が半分あいたところで、背嚢型の営業用かばんから青い革製の名刺入れをとりだした。印刷屋とあれこれ相談しながら名刺をつくるのもすきだし、つくった名刺をひとにあげるのもすきだ。

相手はぼくの名刺をうけとり、ふうん、といって表面をながめた。それからぼくをみて眉をあげた。きれいな円弧のかたちをしていた。

「あんた、まだ八萬町に住んでるの」

あえて装飾なしを選んだ書体や、薄緑と橙《だいだい》をつかった背景色に興味はないらしい。

「そうだよ、ずっと同じ部屋だ。しずかでいい場所なんだ、大家さんも親切だし」

文学部の院生は淡い桃色に塗った長い爪がめだつ指でかばんの金具を開け、ぼくの名刺をしまった。

「うちの研究室ってさ」社会心理学講座のことね、とつけたす。「代書屋は頼まない方針なんだよね。いやしくも文学部に所属するものならば文章くらいは自分で書け、っていうのが教授の口ぐせなんだ。研究費の余裕もないし」

「ぼくならトキトーさんよりずっと安いよ」すかさず営業をかける。「あ、そうか。でもきみ、もうすぐ修士論文を書いて卒業するんだった。いまの講座からはいなくなっちゃうんだよね」

気がかりにしていたことをきいてみる。

相手は表情を変えない。「同じ研究室の博士課程に残ることになったから」

湯気の消えかけた碗からひとくち飲んで、窓の外に視線を投げる。味なんかどうだっていいようなそぶりだった。

桃色と銀色に光るちいさな唇からかすかな吐息をもらし、こちらをみる。

「ねえミクラ。論文だけど、もしトキトーさんに依頼したらどのくらいするの」

「そうだね。報酬はぼくの三倍はとるよ」こたえはよどみなく出てきた。彼女の役に立てるのはうれしい。「代書屋としては凄腕だからね。人脈が広い。筆がはやい。そしてなにより受理率が高い。去年の成績は九割だった。だから金回りはいい。自家用車をたしか二台持ってるし、すまいは喜多《きた》四番丁の高層階だ」

彼女はまばたきせずにぼくをみつめている。

「広いところだけどひとりで住んでるんだよ」ぼくはすっかりいい気分になっていた。「独身主義なんだって。結婚なんて人生の墓場だぞ、っていつもぼくに説教する。まあ、あのとおりみためのいいひとだからさ」

文学部の院生は、ふうんそうなんだ、といい、長いまつげをかすかに動かした。「あんただってそう悪くないよ」

ほめられた。

すごくいい兆候だ。アカラさまの前髪を思い浮かべた。ぼくが感謝の祈りやら夕べの祈りやら乙女の祈りやら山河の祈りやらを心のなかでしているあいだに、彼女は卓上の伝票をこちらに押しやり、立ちあがって文系喫茶店を出ていった。

ひとり残されたぼくは、十二月の冷えた泥水の味がする珈琲の残りを飲んだ。

帰り道でも、自転車の上でアカラさまに感謝した。幸運だ、きっとこれは幸運だ。依頼人の非線形方程式ならどれくらいの規模になるのだろう。五、それとも六か。

苦笑して頭を振る。あの占いみたいな理論について本気で考えている自分がおかしかった。

真冬の夜のむかい風は耳と頬とをもぎとる勢いだ。しかし彗星号に乗ったぼくは唄をうたって切り返した。もちろん唄がすきなアカラさまのためでもある。今夜の唄は、有名な回文に自分で節をつけたものだった。よのなかねかおかおかねかなのよ。

世の中ね、顔かお金かなのよ。

彗星号は牛声橋をわたり、四十八号線に入ってぼくを八萬町までつれ帰ってくれた。

つぎの週、そしてそのつぎの週も、めだつ事件はなかった。

論文執筆は順調だった。方法、および結果の章は、機械的に書けるのですでにしあがっていた。必要な図表も、凡例と説明文をつけてすべてそろえた。導入部も完成した。幸運不運を予測する研究には過去に類似のものがまったくないことを強調し、その意義を説き、章末では得られた成果を要約して誇張ぎみに記述した。これで、あとは議論の章を残すのみだ。

社会学研究者は日々の講義をこなし、会議に出席し、まぢかにせまった学期末試験の準備にとりかかっていた。研究室にいるときはぼくの原稿をみて、さすが早いですね、とか読みやすいですね、とかほめてくれる。自分で筆をとることはけっしてなかったが、専門的質問にはていねいに答えてくれた。

やはりきまじめ完璧主義長期熟成型だな、と思う。

出すか出されるか法のせいで、この種の研究者はしだいに減ってゆくだろう。全体の効率はあがるかもしれないが、時間制限も成果主義も特許がらみのいざこざもない、という大学だけに許されていた牧歌的な雰囲気が消えてしまうのはさびしくもある。またそんな雰囲気があったからこそ、彼のように何十年もかかる長大な調査にとりくむことも可能だった。

代書屋となって二年、多くの研究者たちと出会い、話をしてきた。矢継ぎばやに論文を出す生産性の高いひとたちもいれば、今回の依頼人のように寡作なひとたちもいる。営業上のつごうや法律の趣旨を無視して個人的なことをいってしまえば、ぼくは後者のほうがずっとすきだ。かれらには、時間にこだわらずほんとうの研究をやるという矜持《きょうじ》があるようにみえる。

ある老いた研究者が印象的なことをいった。真実を求めたいならば、一生をささげる気持ちでかからなきゃだめですよ。

だが、今後は三年以内に論文化できる研究のみが行われるようになる。それがいいことなのか悪いことなのかは、歴史が判断するだろう。

文学部の院生とはあれから会っていない。修士論文の提出期限が近いことを考えると、となりの講座におしかけるのもためらわれた。まあいい。もうすこしすれば彼女にも時間ができる。ぼくは依頼人の予測のことなど忘れかけていた。


今朝は資源ごみの回収がある。八萬町の自室を出て、まず道路そばのごみ捨て場に寄った。家庭用ごみ袋で築かれた山のてっぺんに自分のちいさな袋を積みあげてから、建物東がわの駐輪場にむかった。

鍵をはずし、彗星号に乗る。四十八号線を進みながら自作の唄を即興でうたう。天気予報はいいました、今日は快晴、最高気温は二十五度。すてきな一日になるでしょう。

もちろんうそだ。実際は真冬日で、ゆうべ降った雪が固く凍って路面を覆っている。いまのところ降雪はやんでいるが、またいつ降り出してもおかしくないねずみ色の空だった。

しかし、ぼくは自転車における雪道走行の極意を習得していた。一年のときにつきあっていた、いやつきあおうとしていた農学部の女の子が最北の地方の出身だった。この街にきてむかえた最初の冬、彼女に助けられつつ、いかにすべらないよう車輪を動かすかの技術の練習にあけくれた。だが、あまりの飲みこみの悪さに嫌気がさしたらしく、訓練とちゅうで彼女はぼくをふった。ぼくがどんな積雪時でも自在に自転車をあやつれるようになったのはそのすぐあとのことだった。

今日もまた坂をくだり、牛声橋をわたって、坂をのぼる。自転車乗りには不むきな地形だが、気にしない。ぼくはまた自作の唄をうたう。健康な二本の足があるのに内燃機関に頼る者よ、笑え。

白い息を盛大に吐きながら坂をのぼりきり、教養部の横をすぎる。路面は凍結しているが、ゆきかう車両はみな冬仕様の車輪をはき、平気な顔をして夏と同じ速度で走っている。ぼくが生まれ育ったずっと南の街では、うっすら白くなるくらいの雪が降っただけで大渋滞していたのに。

歩道と車道のあいだのせまいすきまを抜けて、交差点についた。信号は赤だった。横断歩道があるとおぼしき手前で彗星号をとめ、この地域特有の縦型信号機をぼんやりながめた。視線を落とすと、白い路面に真っ黒ななにかが動いていた。からすだった。全身をおおう黒い羽根はかれらの正装だ。ぼくの格好に似ていなくもない。

からすはくちばしに丸いものをくわえている。二本の足を交互に前に出して歩き、停車中の自動車の前までくると、くわえていた丸いなにかを慎重に車輪の前に置いた。くるみだ。さらにくちばしでつついて位置を微調整している。信号が変わったときに車にひかせて割るつもりらしい。

苦笑しながらからすの行動をながめる。まだ若い個体なのだろう、凍っているとはいえ雪道はそれほど固くないから、くるみはこわれない、ということを知らないようだ。

肩をたたいておしえてやるわけにもいかない。だまってからすのようすをみることにした。まあ、ほうっておいても自分で学ぶだろう。

からすは数歩後方に跳ね、翼を振って上方に飛んだ。信号が青になり、自動車が走り出す。ぼくも彗星号を前進させた。しかし、からすはどうした、と気になってうしろをふりかえる。彼または彼女はみあたらなかった、街路樹の枝にでも待避したようだ。

安心し、顔を戻す。だがぼくの目の前に白い道路はなかった。かわりに、低いうなりをあげる黒い矩形が巨大な口を開けていた。矩形の真下に目立つ活字があった。

資源ごみ回収車。

避けようがなかった。ぼくの体は彗星号からはじき出され、暗く四角い穴のなかに頭から落ちた。袋に入った反古紙や樹脂の破片がぼくをやわらかく受けとめた。

やれやれ、と思う間もなく、不吉なうなりがまた響いた。鉄製の爪がぼくにむかって振りおろされてきた。

悲鳴をあげた。爪はうなりながらぼくの顔に迫る。視界が暗くなった。絶叫した。ひとがいるんだ、とめて。

うなりが、振動が、そして爪の動きがとまった。

「だいじょうぶですか」青いつなぎを着たふたりの回収係がのぞきこんでくる。

全身から力が抜けた。


「それはおまえの思いすごしだぞ、ミクラ」

すこし遅れます、と依頼人に電話してから、自室に戻って汚れてしまった服を換えた。それからふと思い立ってトキトーさんにもかけてみた。同業者に話をきいてほしかった。運よく、多忙な代書屋はつかまった。

「相関関係と因果関係のちがいは、わかってるよな。科学的思考法の基本のひとつだぞ」そういって彼は割れそうな声で笑った。

耳を守るため電話から頭を離し、またもとに戻した。「もちろん。一見関係がありそうなふたつの事象があったとしても、かならずしも一方が原因で一方が結果というわけではない。背後に第三の原因がかくれていたり、あるいはたまたま同方向に動いているだけだったりすることもある」

「そうだ。このばあいのふたつの事象とは、社会学のじいさんの予測と、おまえが実際にこうむった不運な事件だ」年長の代書屋の声はいつものさとすような調子になる。「因果関係はない。つまり、予測がほんとうに当たっているわけじゃない。気にするな、おれたち代書屋は依頼人の理論にふりまわされちゃならないんだ。論文は冷静な頭で書かなきゃならん。いいか、いまの仕事はちゃんとつづけろよ。受理されたらまたいっしょにいい麦酒を飲もう」そこで通話は切れた。

弱い冬の朝日が差しこむ自室で、ぼくは肩を落とし、しずかになった電話をみつめる。窓ぎわのさぼてんをふりかえり、話しかけた。

「でもね。不運な事件って無作為じゃないらしいんだよ。非線形にふるまうんだってさ」

彼女は沈黙したままだ。

研究室には昼すこし前にようやく出むくことができた。

「災難でしたねえ」講義の準備をしていた依頼人はこういった。「規模七、ですか」

ぼくは相手をみつめた。なにもいえなかった。

「あの」老いた学者はこちらを上目づかいでみる。「もういちどやりましょうか、幸運不運予測を」

ぼくは乾いた声で、はいお願いします、といった。負けた気がした。

依頼人は筆記具をとり、例の計算用紙につづけて書きこみはじめた。

相手の骨ばった右手をみつめる。信じたわけじゃない。ただちょっと心の支えがほしくなっただけだ。

「さあ、出ました」社会学研究者は顔をあげた。かつてない笑みを浮かべていた。「どうです、これ。みてください」ひとさし指で数字を示す。
十、符号は正。
「最大規模の幸運です」依頼人はうれしげにいう。「信じられない。こんなに大きな正の数値をみたのははじめてかも」

「いったいなんでしょうね」ぼくもうれしくなった。よい結果の占いは信じたくなるものらしい。「まるで想像がつかない」

「もちろん、くわしい内容まではわかりませんけど」非線形ですからね、と相手は筆記具の先で紙面の数式をつつきながらいった。「あまりに値が大きいですから、ひとつのとてつもない幸運ではなくて複数の幸運の複合なのかもしれません」

「いつごろでしょうか」

「ひと月後くらいかな」社会学研究者は立ちあがり、講義用資料を抱えた。「状況からすると、ひとつは、わたしの論文が『自然』誌に受理されることじゃないですか。時期が一致しますし。それともうひとつ、なにかべつのことなんでしょう」

なるほど、と返しながら、もうひとつの幸運とやらについて考えていた。

依頼人が講義棟にいってしまったあと、ぼくはいつもの机にむかい、議論部分の執筆にとりかかった。各段落で述べるべき内容を箇条書きした紙片をみつめ、段落冒頭に置くための主題文をなんども書き直しながら練りあげる。頭をしぼる作業に疲れたときには、顔をあげてとなりの研究室との境の壁をみた。

つぎの週、ぼくは議論の章を書きおえて推敲に入った。すべての文に主語があることを確認し、修飾節がつながりすぎないよう文をわけ、受身文は能動文に直し、ついつかってしまうあいまいな表現をすべて断定に換えた。一語一語を吟味し、不必要であると判断すれば削除した。文単位で、つぎに段落単位で読み返し、多義的にとられるおそれがないかどうかを点検した。理解できるように、誤解できないように。

けっきょくぜんぶ自分でしあげた図表もそえて依頼人にみてもらい、専門用語の正しいつかい方や分野特有のいいまわしなど、ぼくには気づきにくい細かな点を修正したのち要約をつくった。表題もきめた。非線形方程式による幸運と不運の判定、および予測への応用。

仕事がはかどるのは希望があるせいだ。受理と、それから。ぼくは小声でうたいながら作業をする、よのなかねかおかおかねかなのよ。

本文中の誤字脱字をつぶし、引用文献にもれがないか点検した。『自然』誌編集長あてに定型の添え状を書き、末尾部分に依頼人の署名をさせた。投稿規定を読みなおし、要求されたとおりに本文、図表およびその説明文を三部ずつ用意した。封筒につめ、速達に内容証明もつけて送った。早さと確実さのためには、ここで金を惜しんではならない。すべてがおわったのは予定どおり、依頼を受けたちょうどひと月後のことだった。

審査をまつつぎのひと月がすぎていく。ぼくは学内を営業し、論文執筆に悩む各分野の研究者から話をきき、ちいさい仕事を受けた。トキトーさんにつかまり、説教され、麦酒をおごられた。部屋のさぼてんは窓ごしの日差しをうけながらいつもとかわらぬ緑色をしている。修士論文が佳境に入っているはずの文学部の院生とはまだ会っていない。

「ミクラさん」半覚醒状態で電話をとったぼくの耳にききおぼえのある声がひびく。「ときましたよ、ついに」

「なにが」目をこすり、布団から半身を起こす。柱の時計をみた。十時すぎだった。

「『自然』誌から、連絡が。封書で」社会学研究者はふるえ声でいう。「まだ、なかをみていません。すぐきていただけますか」

もちろんです、と返事をして通話を切った。朝の珈琲は省略し、窓ぎわのさぼてんに、それじゃあいってくるよ、と声をかけて部屋を出た。

半時間後、ぼくと依頼人は机の上に鎮座した灰色の封筒をながめていた。

「あなたが開封してください」書き物机をはさんでむかいに立つ依頼人にいう。「あなたが論文の著者で、この封筒はあなたあてなんですから」

相手はいちど視線を落とし、それから横目でこちらをみた。「いやです。こわい」

気持ちはよくわかる。代書屋となって二年、審査結果を知らせる封筒はなんども開けたが、同じ経験をいくらくりかえしたところでちっとも慣れるものではない。

封筒の口を切り、中身をとりだして広げる。『自然』誌の赤い印章が入った公式用箋だ。親愛なる博士、ではじまる手紙の最初の行に、いちばんみつけたくなかったあの言葉をみつけてしまった。

まことに遺憾ではありますが。

それ以上読む必要はなかった。依頼人をみつめ、首を左右に振ってみせる。相手はそれだけですべてを了解し、ああ、といって天井をみあげた。

幸運は、どうした。

「力およばず申しわけありません」ぼくは神妙に頭をさげた。「年度末にはここを辞めなくてはならないんですよね、退職金もなしに」

社会学研究者は首を振り、ミクラさんのせいではありませんよ、といった。「それに、お金のことはあまり心配なさらないでください。大学の教職員組合で積み立てている年金がありまして、けっこうな額なんです。来年からの生活費にはそう困りません」気づかわしげに眉をよせる。「それより、ミクラさんに報酬をおわたしできなくて心苦しいです。ほんとうに受けとれないんですか」

「そういうきまりですから」力なくほほえむ。トキトーさんのばか。

「それじゃあせめて」彼は自分の書き物机にむかい、引き出しから茶封筒をとりだした。こちらが断ろうとする機先を制して、ぼくの上着をつかみ、奥に押しこんだ。「いいから。もらっていただかないとわたしの気がすまない」

そういうことなら、と、ありがたく受けとることにした。

その日の夕方、ぼくは壱番丁二丁目の老舗《しにせ》甘味屋『ゆきわたり』にきていた。商店街をみおろす窓ぎわの席に座り、白黒制服の給仕に、珈琲とぜんざいと白玉あんみつとくるみもちを注文する。依頼人がくれた謝礼は、出してくる料理の質相応に値の張るこの店でひとり祝宴ができるくらいの金額だった。

給仕が行ってしまうと、ぼくは大きく息を吐き、すわりごこちのよい椅子の背にもたれて目を閉じた。論文が掲載不可だったのはもちろん残念だった。しかし。

非線形方程式が予言した最大規模の幸運とは、これからおとずれるなにかだ。

アカラさまに感謝した。赤い面をつけたぼくだけの神は、長い前髪をゆらしながらなんどもうなずいていた。

「珈琲、そしてあんみつです」

声をかけられてわれにかえる。いつのまにか給仕が卓のそばにいて、目の前に珈琲碗と陶器の鉢をならべていた。彼は微笑し、ぜんざいとくるみもちはあとでお持ちしますね、といって去っていった。

椅子の上で姿勢を正し、アカラさまに祈りをささげてから匙《さじ》をとった。白玉をひとつ口にいれ、うまさにじんわり感動しながらまた、窓の外に視線を落とした。

行き交うひとびとのなかに、見知った顔があった気がした。匙を置き、もういちどよくながめてみる。

やはりトキトーさんだった。だれかをつれている。となりを歩く若い女性は彼と腕を組み、なにごとか話し、笑っていた。

みちがえようがなかった、文学部の院生だった。

ふたりが雑踏に消えてしまうまで、ぼくは身じろぎもせずに硝子のむこうをみつめていた。それからまた匙をにぎり、この店名物の白玉あんみつにとりかかった。涙が頬を伝い、卓に落ちた。ほかの席からときおりもれる低い会話をききながら、ぼくはひたすら鉢の中身を減らしつづけた。

昔のえらいひともいったじゃないか。涙とともにあんみつを食べた者でなければ人生の味はわからない、と。あんみつじゃなかったかもしれないけれど。


支払いをして店を出て、泣きながら彗星号に乗り、泣きながら帰宅した。冬の夜風で涙が凍りそうだった。暗い自室の扉をあけて、いつものようにただいま、といった。ただし今夜は鼻声だ。

壁を手探りし、釦《ぼたん》を押して照明をつける。狭い自室は瞬時に黄色い光で照らされた。営業用かばんを置き、外套と手袋を脱いで、窓ぎわによると膝をついた。さぼてんにうったえようと顔を近づけたとき、ふと気づいた。

緑色の丸いさぼてんに、指でついたくらいのちいさな赤い花が咲いていた。

鉢を目の高さまでもちあげてよくながめた。さぼてんを窓のそばにもどし、尻から座りこんだ。

内がわから体がふるえた。

微笑が、そして本格的な笑いがこみあげてくる。ひさしぶりに笑った。なかなかおさまらなかった。いちどとまった涙がまた流れはじめた。泣きながら笑い、笑いながら泣いた。ぼくにとっての最大規模の幸運って、これだったのか。

赤い花をつけたさぼてんは無言でぼくをみつめている。

参考文献
本作を準備するにあたって、次の方々のすばらしい著作から多大な影響を受けました。深く感謝いたします。
木下是雄『理科系の作文技術』(中公新書、一九八一年)
酒井聡樹『これから論文を書く若者のために』(共立出版、二〇〇二年)

不可能もなく裏切りもなく

All for Intron

研究活動はよっつの段階にわかれる。

まず立案し、つぎに案を検証する準備をし、そして実際に検証し、最後に結果を記録する。

これを研究活動の起承転結とよぶ。

1 立案

「あと半年」友人は背中をむけたままつぶやいて複写機の釦《ぼたん》を押した。「半年。しかない」ぶ厚い専門書をはさみこんだ機械は低くうなり、光が本の頁《ページ》をなめる。

「まだ半年もあるじゃないか」

おれは古びた黒い合皮貼りの長椅子に座ったまま図書館の内部をながめわたした。吹き抜けになった二階部分の窓からは午後の光が差しこみ、おれたちのいる一階部分までとどいていた。すでに三限めがはじまっていて、ほかの長椅子にも雑誌の開架棚の前にも人影はない。

だが館内出入口横の受付にはさすがにひとがいた。なかに座っている司書は、めがねの奥の目がいつもなんとなく眠たげな中年女性だ。

「半年で論文、書けそうか」

「たぶん」おれと同い年の男は、複写機の左端から出てきた紙を片手で抜き、写りぐあいを確認した。夏がおわったばかりなのにもう長袖だ。ここ北の街よりさらに北の生まれだが、南育ちでも冬まで半袖のおれとは正反対だった。「だめ。かも」

彼の所作をみていて、論文問題の解決策を思いついた。

「なあ、その本だけど。ちまちま複写なんかしないで、買えばいいだろう」

相手はこちらをむいて、首を左右にふった。教養部時代から十数年みつづけている、線が細くてひどく色白の顔だ。まっすぐな髪は顎につくほど長く、いつも短く刈りこんでいるおれとはこれもまた対照的だった。「高すぎ。書籍費、もうないし」

複写機のなかから本をとり、差し出してきた。彼の専門である微生物学分野のものだった。定価をみる。公費をつかい切ったなら私費で、とはいえなくなった。博士号取得済研究員としての薄給ではとても手が出せない。一般書と確実にひとけたちがう専門書の値段にはいつも泣かされている。

本の小口から突き出た付箋の数に苦笑し、本を返す。「時間がかかるな」

友人はうなずいて作業に戻った。

おれも、この日の午後は担当実習も研究室の雑事もなかった。だから昼食後ここに寄るというこの男につきあった。

しかし、彼のはじめた単純作業が問題解決への着想を与えてくれるとは思わなかった。

さっそく提案してみる。「おれと共著で論文を書かないか」

彼はまたふりかえった。

「おれたちでやったらちょうどいい研究計画があるんだ。いま、仮説が完成した。ふたりで半年はたらけば論文としてまとまると思う。いいものになる気がする」

「でも、共著なんて」相手は口ごもる。「専門ちがうし。それに」

もちろん彼が心配しているのは仕事の分担問題、ひいては研究業績点数の配分問題だ。それからもうひとつ。

「立案はおれ。だから、おまえは検証とその準備」これは実験のこと。「出た結果の記録は、おれがやるよ」こっちは、論文の執筆と学術誌への投稿のことだ。

彼の顔はみるまにあかるくなった。

出すか出されるか法、とよばれるあのいまいましい法律によれば、ある研究にたずさわったふたりの貢献度が同じと判断されるばあい、どちらも第一著者、すなわち論文執筆を担当した者とみなされる。そして業績点数はふたりに等しく入る。

だから今回、彼は自分で論文を書かなくてもいい。

「いい話」友人は頁をめくり、厚い書籍を慎重に位置合わせしてふたたび釦を押す。機械から出てきた紙を目の高さにあげ、また曲がった、とつぶやいて、足元の反古紙《ほごがみ》箱に入れた。「で。

「遺伝子間領域の存在理由について」

内容は」

「遺伝子間領域」彼は手をとめておれをみた。「すきだよね、前から」

遺伝子間領域はがらくた配列、ともよばれるとおり、ヒトにおいては全塩基配列中のじつに九割以上を占めているのに、情報のまったくない部分だ。

壮大なむだとしか思えないこの領域がなんのためにあるのかは、遺伝子操作技術の勃興期に発見されて以来ずっと謎のままだ。

いや。謎のままだった。

「そうとう独創的な仮説なんだ。おまえが実験面で協力してくれればきっと目立つ論文になる。一流雑誌だってねらえるぞ、『自然』とか『科学』とか」

『細胞』とか」彼は生物学研究者みなのあこがれである超有名誌の名前をあげて、また複写釦を押した。

だがこんどは、機械は紙を吐き出すかわりにくぐもった音をたて、それからだまってしまった。

彼は体をかがめ、複写機を横からのぞく。

「紙づまりか」おれは長椅子から立ちあがり、ふたりがかりでそこらじゅうの覆いをはずして機械内部をあらためた。

だが、どこでつかえたのかいっこうにわからない。複写機はときとして、多忙な研究者をわざと困らせるかのようにふるまう。

「ここか」側面のすきまに手を差し入れ、かけ声とともに持ちあげる。

複写機は角度にして四十度ほど開き、同時に、いやな破砕音を出した。

「あ」ふたりとも動きをとめた。

機械前面の操作用画面は暗く死んでいた。

「この、壊し屋。またやったの」低い女性の声がした。司書だ。受付の方向を振り返ると、彼女は重たげな動作で席を立つところだった。

「理論系研究者の能力は、機械を壊す頻度ではかられる」顔なじみの司書は、有名な学者小咄《こばなし》をとなえてめがねの奥からおれをにらむ。「理論進化学なんてたいそうな名前の専門だけど、機械の扱いが下手すぎて実験できないだけでしょう」

彼女への反論が無意味なことはすでに思い知らされていた。大学図書館の、とくに古株の司書はきまって口が立つ。

「また、そんなこわい顔でみる」彼女は受付の机を回り、やはり重たげな足どりでこちらに歩いてくる。

みためがこわいのは生まれつき、と返そうとしてやめた。

まったくなんど壊したら気がすむの、と彼女は今日もぼやく。「いいから、もうさわらないで。あとはわたしがやります」

おれたちは今回もまた深く頭をさげ、図書館を出た。

目の前には理学部と薬学部をつなぐ学内通路がのびていた。

道沿いの萩の植えこみは紫の花をつけはじめているが、その奥の落葉樹の茂みはまだ色が変わっていない。初秋の風が白い木綿の半袖から出た二の腕をなでる。

おれにとってはいい陽気だが、彼のほうは両方の袖を交互に引っぱり、かすかに歯を鳴らしはじめた。この男は真夏をのぞき、体毛の短い小型犬みたいにしじゅうふるえている。

「本、置いてきちゃった」

彼は図書館をふりかえった。北蒼羽山《きたあおばやま》分館、理学部および薬学部共通、と白い塗料で書かれた透明な硝子《がらす》扉ごしに、めがねをかけた能弁な司書が機械の前にかがみこんで動くさまがちいさくみえる。

取りにいくのはあとにしたほうがいい、というと、相手は不満げな表情になる。そもそもあんなぶあつい書物を複写するのがむちゃなんだ、と説得してようやくおさまりがつく。

「まあ、そのおかげでこんどの仮説がつめられた」

「遺伝子間領域、か」となりを歩く友人はそうつぶやき、どういうこと、と問いかけるようにおれをみる。

そのとき、背後から声がかかった。

「先輩」

薬学部方面から自転車にのってやってきたのは、営業用の黒い上下を細い体にまとった若い男だった。彼はおれたちの前で自転車をとめた。

「おふたりとも、論文はすすんでますか。あと半年で出すか出されるか法規定の期限ですけど」

「うるさいぞ、代書屋」語気を強めてみせてもこたえたようすはない。

この男は学友会山岳部での五年下の後輩だったが、練習のあまりのきつさに音をあげて一年で辞めた。だがさんざんしごいたにもかかわらず奇妙なほどおれになついてしまい、おれが大学院を出て博士号取得済研究員に、彼が学部を卒業して代書屋になったいまもつきあいはつづいている。先輩、という学生じみた呼称は当時から変わらない。

「これからこいつと共著で書くんだ」友人の肩を平手でたたく。彼は痛そうな声を短くあげた。

「おまえの世話にはならないよ。だいたい研究費の余裕がない」

「ぼくならトキトーさんよりずっと安いですよ」前にもいったでしょ、と、二十五歳になったもと後輩は年長の代書屋の名前をあげた。

トキトーという男は筆無精な研究者たちの最終兵器だ。料金はべらぼうに高いが仕事は早く、どれほど被引用指数の高い雑誌にも依頼どおりに受理させるといううわさだった。彼の実力のほどは数年前にある研究者が、原著論文を書いてみろ、と挑発してきたときに示された。雑誌名の長さとその雑誌の被引用指数とは反比例する、という題で彼みずから書いた論文は、投稿からたったひと月で『自然』誌に掲載された。以来、彼の能力を疑う者はいなくなった。

高額報酬を標榜するだけあって、彼が理学部にくることはめったにない。どの研究室も予算不足だからだ。研究費の潤沢な工学部や医学部で主に営業しているという話だった。

「とにかく、いいんだ。おれは自分で書ける」もと後輩から友人に視線を移す。おれは自分で書ける。だが、こいつは。

「だめ」医用細胞保存施設の小柄な老技官は、おれと友人の顔をみるなり首を振った。「おまえら、ぜったいにだめ」

北蒼羽山地区から自家用車でくだって十五分、青涼《せいりょう》地区まではるばるやってきたというのに、おれたちは利用者記録簿に名前すら書けずに施設の玄関であっさり追い返されてしまった。

医学部の庭を駐車場へ引き返す。空をあおいだ。くやしいくらいに天気だけはよい。「あの技官、しつこくおぼえていたか。もう十年も前のことを」

ふたりの足が小道の玉砂利を踏みしめる。彼は無言だったが、なにを考えているかは見当がついた。はじめてあそこで細胞培養実習をしたときのことだ。

三年次の春だった。施設内の実験室に入ったおれは、壁ぞいにならぶ箱形の培養用恒温槽のひとつを開けようとした。力を入れたわけでもないのに、二重扉の外側がなぜか、壊れた。彼のほうは洗いたての硝子製培養皿をかかえて通りかかったが、破壊音におどろいて皿をすべて取り落とし、全滅させた。硝子皿は単価が高い。老技官は激怒した。

だがこのおかげで、おれは実験系研究室への配属をあきらめて理論系に進む決心がついた。友人とはここで進路がわかれることになったが、しかたがない。自分の得手不得手を知るのはとてもだいじなことだ。

庭の景色は青緑色の庭石や萩の植えこみのおかげでそれなりに風情があった。野外用椅子は縦縞病衣の入院患者と見舞客で埋まっている。

「さて、どうする」ひとつだけ空いた椅子にならんで腰をおろす。座面は木製なのに金属みたいに固く感じられた。「ほかにヒト細胞をわけてくれそうなところはないのか」

図書館を出たあと仮説を説明すると、彼はすぐさま実験計画を作りあげた。まず必要なのはヒト組織由来の培養細胞だ。

研究の目的からすれば、ねずみでもにわとりでも、あるいは酵母でも、とにかく真核細胞であればなんでもいいはずなのだが、ヒト細胞のほうが論文にしたとき査読者のうけがいい。なにより学術社会にあたえる衝撃度がちがう。生物学分野全体でいえば、ヒトを専門とする研究者数は他の生物種にくらべて圧倒的に多い。

人間とは自分自身に関心をもつ生き物だ。

「ほかの細胞保存施設は」彼は寒そうに歯を鳴らした。晴れてはいるが風が強いせいだ。「みんな、民間。有料」

博士号取得済研究員が自由につかえる研究費はあまりにすくない。二年前に若手研究者枠で獲得したかけんひ、つまり公的補助科学研究費は、消耗品の購入とたびかさなる学会出張とですでに底をつきかけている。彼だって同じだろう。いや、実験系だからもっと出費はかさんでいるはずだ。

目の前にそびえる附属病院の巨大な外来棟をみあげた。日差しは夕刻にむけて傾き、白いはずの病院の壁はくすんだ橙色《だいだい》になっていた。金木犀《きんもくせい》の方角からくる風に彼はまたふるえ、歯の鳴る音をいちだんと大きくさせた。

「そうだ。医学部の基礎系の研究室ならヒト細胞を持ってるよな」

彼はかすかに首を振った。上衣をさぐり、おりたたまれた紙を引き出してこちらに手渡す。紙片を開き、皺をのばす。ヒト由来材料を使用した実験指針新細則追加についての注意事項、といちばん上にあった。本文はむやみに細かい字で、改行もなくべったり印字されている。気力を奮い起こし、句読点のすくないお役所文章を読解した結果、実験を行う研究者本人が、定められた細胞保存施設で正規の手続きをし、譲渡されたものしか使用してはならない、という部分だけは理解できた。

つまり、以前のように保冷箱持参で知り合いの研究室に出むき、きがるに細胞をもらうことはもうできない。

そういうと、相手は力のない笑みを返した。「だから、まずい。あの技官にきらわれてるの」

「ほかのやつに頼んで譲渡手続きを」

いいかけてすぐにやめた。細胞保存施設には譲渡記録が残る。だれかに身代わりになってもらったことは調べればすぐにばれてしまう。論文中でどれだけ大胆な仮説を展開しようとも、実験上の手続きにうそを書いてはならない。たったこれだけでも捏造《ねつぞう》とされる。捏造は研究世界における大犯罪だ。

最初からつまずきそうだ。

手元の紙片に視線を落とす。あらためて、時間をかけて最後まで読んだ。ようやくたどりついた最終行に目がとまった。その行だけ、もういちど読んだ。さらにもういちど。

「おい」彼のほうをふりかえる。「ここの文」

ただし研究者がみずから樹立したヒト細胞株においては上述の制限のかぎりではない。

「たいしたざる法じゃないか」声を出してすこし笑う。「自分でヒト組織からあらたな細胞株をつくりだすのは自由だし、どうつかうかも自由だ」

「いや。ざる、じゃない」

彼は首を振り、研究用にヒト組織を手に入れるむずかしさについて訥々《とつとつ》と語った。いわく、医師であれば患者のものをつかえるが、同意書取得からはじまる長い長い各種手続きが必要だ。それ以前に、自分たちには医師免許がない。

おれはまた笑った。「なにいってる。おれたちだってヒトなんだ、自分自身の組織をつかえばすむだろう」相手の肩をつかむ。「どうすればいい。生検か。なんでもするぞ」

彼は一瞬顔をしかめた。「生検しなくても。採血。白血球をつかう」

「そうか。あれは核もあるし、培養できる」

すぐに手を離したが、相手はさも痛そうに肩をさすった。「でも。ふつう、やらない」

「なぜ。自分の細胞を自分の研究につかうんだ。安いし、簡便だし、法律にも違反しない。いいことだらけじゃないか」

実験屋の友人はおれの目をまっすぐみた。「危険だから」

「どうして」

彼は細胞の株化方法について話しはじめた。この男は実験のこととなると多弁になる。

本来、ヒトをはじめとする多細胞生物の体細胞には寿命があって、一定の回数しか分裂できない。白血球を分離してふつうに飼っているといずれ分裂が止まり、死んでしまう。だから研究利用する際には、細胞が安定して無限に分裂できる状態を人為的につくり出す。この操作を株化とよぶ。細胞を株化するには、ある種の病原性超微細生物をつかって癌遺伝子を導入する。癌遺伝子の発現した細胞ならば、無限増殖ができる。

癌を発症させる超微細生物の存在くらいは、理論屋のおれでも知っていた。「で。いったいなにが問題なんだ」

「自己免疫寛容」

そうだった。

自分自身の組織や細胞を免疫機構が攻撃することはない。

だから、もし癌化させた自分の細胞が体内に入ったら、免疫では退治できない。粛々《しゅくしゅく》と癌になるしかない。このばあいは白血病だろう。若い患者ではとくに進行が早く、骨髄移植が間に合わなければ死に至る。

しかし。「注射器でもつかわないかぎり、細胞が生きたまま体内に入るなんてありえない。ふつうの実験操作をするぶんには、だいじょうぶじゃないのか」

そうだよ、と彼はちょっと笑った。「ま、九割九分、安全だね」

「さっそく臨床検査部に行って採血してもらおう。開いてるうちに」外来棟に目をやる。「実験するのはおまえだ。だからまんいちを考えておれの血をつかう」

友人は首をふる。「それ、公平じゃない」服をさぐり、財布から硬貨を一枚つまみだした。

「表が出たらおれ。裏ならおまえだ」

この言葉に彼はうなずき、硬貨を右手の親指ではじきあげた。

硬貨は思ったよりもずっと高くあがり、思ったよりもずっと長く空中に停滞した。心臓が三度鳴るほどの時間がたったあと、彼は落ちてきた硬貨をすばやくつかみ、もう片方の手の甲に押しあてた。

「表ならおれ。裏ならおまえ」

そういうと彼はまたうなずき、上になったほうの手をゆっくりどかした。

裏だった。


研究とは物語を語ることに似ている。

ささいな手がかりから壮大な物語、すなわち仮説を構築するのが研究の醍醐味だ。その際、想像力の有無が重要になる。

たとえば、微生物屋の友人はこんな話をする。遺伝子だまり、という概念がある。集団遺伝学用語で、たがいに交配可能な生物集団が持っているすべての遺伝子をひっくるめたものだ。

ぼくら脊椎動物をふくむ、有性生殖する多細胞生物のばあいは、たがいに交配可能な生物集団といったら種《しゅ》のことだけど。微生物は、種の境界を超えて遺伝子を交換することができる。だからかれらは、複数の種でひとつの巨大な遺伝子だまりを共有していることになる。しかもかれらは百万種以上もいる。

想像してみて、と彼はつづける。微生物は目にみえないけど、土壌や海水や淡水にびっしり住んでいる。個体数つまり細胞数でいうと十の三十乗個、生物総量でいうと微生物以外の全生物合計をかるく上回る。ぼくらは微生物にとりまかれて生きてるようなものなんだ。

だから、微生物遺伝子だまりはまわりの環境全体に存在するといえる。地表の七割は海だ。乱暴に近似すれば、おもに海中にかれらの遺伝子が溶存している。遺伝子の材料である核酸は、塩基と燐酸と糖のくりかえしからなる単純な化合物にすぎない。短い断片のかたちであれば細胞外でも、もちろん海のなかでも安定だ。

海はすべての生物がうまれたところ。そして、すべての生物がいずれ帰っていくところ。生きたままで、あるいは死んで有機物となって。

その海に存在する、百万種の微生物による巨大な遺伝子だまり。各種が数千の遺伝子を持っているとすれば、あの広い海洋には数十億もの遺伝子がたまっていることになる。微生物たちはこれらを自由に利用する、かれら共通の資源として。ぼくら人間はたかだか三万の遺伝子を持つにすぎないのに。

想像して。すごいことだと思わない。微生物って、なんだってできるんだよ。

そう語る彼はとても無垢にみえる。

そしておれもこんな話をする。遺伝子間領域、がらくた配列はなぜかくも大量に存在するのか。じつは理由なんてないのかもしれない。生物は意外といきあたりばったりに進化してきた。いま持っているものでとりあえず間に合わせ、すでに不要になったものをとりあえず捨てずにとっておく。前者の典型例は顎の骨が変形してできた耳骨で、後者の典型は盲腸だ。生物の体はけっして最高度に効率的ではないし、すべての形質がかならずなにかの役に立っているわけでもない。

自然とは本質的に、無目的で無作為だ。だから遺伝子間領域も、たんに無作為がはたらいた結果にすぎないのかもしれない。

それでもなにか意味があったらおもしろいだろうな、とおれは結ぶ。

語っているとき、おれも無垢な顔をしているだろうか。

あまり自信はない。

2 準備

「三年生がいるから、今日の研究進捗報告はやさしくね」

定位置である集会室の最後列から、教授がおれに注意をうながす。おだやかな口調と細身の長身に肩まであるまっすぐな銀髪は、理論系研究者というより孤高の建築家を思わせる。

黒板前からこの部屋をみわたすたびに、たいして広くないな、と思う。講義室用の長机がたった五列ならぶだけだから、理論進化学研究室の全員が入ると満席になってしまう。

先日配属がきまったばかりの三年生が最前列に座っていた。今年はひとりだけで、しかも女子学生だ。理論系は最近どうも人気がないらしく、卒業論文を書くためにこの研究室を選ぶ学生は年々減っている。女子っていうのもめずらしいよな、とその小動物じみた印象の学生をみつめる。

目が合うと、相手はうれしそうに笑った。この学生は配属直後からこんな感じだ。不思議なやつだ。

彼女のうしろにはふたりの四年生、もちろんどちらも男だ。そのうしろの列は修士課程、さらにうしろが博士課程の大学院生たちだった。このあたりまでくると初々しさは消え、おやじじみた無精ひげばかりになる。

最後列を占めるのが教授と准教授と助教だ。かれらはひとくちに教官とよばれる研究室の正式な構成員で、地位と年金を保証された身分だった。おれ自身は、というと教官と学生の中間に位置する。つまり給料こそ出ているが、年度契約の不安定な身分だ。

「おまえ、顔がこわいからな。三年生をおびえさせるなよ」最後列左端の助教からだ。おれとみっつしかちがわないまだ若い男で、おれと同じくらいに体格がよい。学生時代は漕艇部だったという。

顎をなでてみる。ざらついていた。これでは博士の院生たちを笑えない。ねんのため当人にきいてみた。「こわいか」

「いいえ」小柄で耳の大きな女子学生は白い丸顔に笑みさえ浮かべていた。

研究計画の要約文と概念図を載せた複写物が全員の手にわたっているか確認し、それではじめます、と宣言した。背後の黒板をふりかえり、白墨で大書した仮の研究論題を読みあげる。

「新しい主題です。遺伝子間領域の存在理由について」

視線を戻すと、教授がかすかにうなずいた。教育的配慮を、の意味だ。博士号取得後は、研究者であると同時に教育者であることも求められる。将来、助教の地位を得るときの審査にも影響するから手抜きはできない。

うなずきを返してから、三年生に視線を落とす。「ちょうどよかったな。これからの半年で、ひとつの研究のはじまりからおわりまでをみられるぞ」

相手が首をかしげたのであらましを説明する。「研究には一連のきまった流れがあって。まず第一段階は、証明したい仮説の立案。自分が興味を抱いていたことに、偶然みかけた手がかりやふとした思いつきが結びついてできあがるばあいが多い」遺伝子間領域の謎に、友人の書籍複写が結びついたように。

「立案した仮説が科学的に重要で、実行可能性があり、かつじゅうぶんにおもしろい、と判断できたら」おもしろい。ここはかんじんだ。研究者にとっていま手がけている主題が味気ないものだったら、そもそも仕事を進める気力がわかない。「第二段階として、仮説の検証準備に入る。どういう手法で、どうやって検証するかを計画する部分だ。手法はいろいろあるが、たとえばこの研究室なら」三年生に振る。

返事はすぐにあった。「機械演算による試行」

「そうだ。ほかには、となりの微生物学研究室や細胞生物学研究室なら、実験だな。人文科学系や社会科学系ならば、質問票をつくって回答をあつめるんだろう。どんな方法を選ぶにせよ、ほかの研究者が再現できることが大原則だ」

うしろの席に目をやる。院生たちは再現性の話など飽きた、というようにあらぬ方向をながめていたが、しかたない。がまんしてもらおう。

「第三段階は」学部生たちと目を合わせる。発表中に聴衆の顔をひんぱんにみるのはだいじだ。相手の理解度を察し、話の速度や内容を柔軟に変えていくためだ。「もちろん、準備した方法での仮説の検証。しかし、検証がぶじおわって結果が出ても、それでおしまいじゃない。第四段階として結果の記録がある。論文を書き、査読つきの学術雑誌に投稿して外部に発表することではじめて研究は完結する」

はいいまの話を要約して復唱、と三年生に命じる。彼女は複写物の余白におぼえがきをつけていたが、顔をあげて元気にこたえた。「研究活動は四段階。立案、準備、検証、記録」

よしよし、といっておれは笑う。相手も笑う。

「おれが立案した仮説の話にもどろう。遺伝子間領域とはなにか、説明できるか」

女子学生はとまどったようにちいさく咳をし、口を開いた。

「塩基配列のうちで遺伝子ではない領域、つまり蛋白質をつくりだす情報を持たない部分のことです。真核生物と古細菌にみられます。古細菌ではさほど大きくありませんが、ヒトのばあい、三十億塩基対ある全配列のうち九割八分までが遺伝子間領域です。このいっけんむだな部分が、なぜこれほど大量に存在するのかについては数々の論議がなされていますが、いまだ決定打となるものがありません」

「遺伝子間領域の存在理由については、どんな仮説があがっているか知ってるか」

「え」彼女は困ったように視線を左右に泳がせた。

「かわりにおまえ」二列うしろの修士一年生に振る。

「ええと」院生はかすれ声で話し出した。「前成説と後成説のふたつに大別されます。前成説とは」

ひとさし指で空中になにかのかたちを描きはじめる。

おれは背後の黒板を拳でたたいた。「こいつをつかっていいぞ」

前にやってきた院生に白墨を手渡して、端に引きさがった。

自然科学系の学生は、図を効果的に使用して自分の考えを述べるよう徹底的に指導される。裏を返せば、言語のみで説明するのはひじょうに苦手だ。

「前成説とは」黒板の前に立った院生は緊張ぎみにすこし声をふるわせた。この年齢ではまだ学会発表の経験もすくない。「その名のとおり、遺伝子間領域は生命が誕生したときから存在した、という主張です。現生の生物はみっつの分類群にわけられます。古細菌、真正細菌、そして真核生物」

三本の大枝を持った樹を黒板上に描きはじめた。やつでの葉型、とよばれている生命系統樹の概略図だ。

「そこ、綴りがちがってるぞ」

すでに五年も博士課程に居座っている院生がある箇所を指す。修士の院生はうろたえつつも、書きこんだばかりの学術用語を訂正した。

「具体例をあげなさい。専門用語だけじゃ学部生が理解できない」別の博士の院生も声をかける。

修士の院生はまんがじみた略図をいくつか描き加えた。「真核生物は、ぼくら脊椎動物をふくむ多細胞生物。植物や菌類も入ります。単細胞生物もいます、麦酒《びーる》の酵母とか。真正細菌は、病原菌とか腸内細菌なんか。食品の発酵でおなじみですし、実験でよくつかう大腸菌も、ここです。古細菌はちょっと変なやつらで、特殊な環境にすんでいることが多い。高熱の温泉とか深海底とか無酸素環境とか」

きりん、花、きのこ、味噌樽、長い鞭毛をもった単細胞生物などの絵をそれぞれの枝にちりばめる。けっこううまい。

研究者やその卵の集まりにおいては、まちがいはすぐに指摘され、不明な点には遠慮なく質問が飛ぶ。そうやって知識を交換し、たがいにおしえあって成長する。研究とは開かれた世界だ。

修士の院生の説明はつづく。

「この根元の部分にいるのが、みっつの分類群の共通祖先です。もっともかれらがどんな生物だったかについては、まだわかっていません」それをあきらかにすることも、この研究室の目標のひとつだった。「この共通祖先が、もともと遺伝子間領域をもっていた。それを後天的に捨て去り、より身軽で複製しやすい遺伝子構造になったのが真正細菌であり、いまだ遺伝子間領域を保持しているのが古細菌と真核生物である、という考え方が前成説です」

「後成説は」

「前成説とは逆に、共通祖先は遺伝子間領域をまったく持っていなかった、とする説です。古細菌と真核生物において後天的に獲得されたと考えています」

院生から白墨をうけとり、席に帰らせた。こんどはおれ自身の仮説を展開する番だ。

「いまの話には、なぜ、という部分が抜けています」学生、院生、そして最後列の教官たちへ順に視線を移す。「どうやって、つまり至近要因を問うのが実験科学であるのにたいし、なぜ、すなわち究極要因を問うのが理論進化学をはじめとする歴史系の科学です。たとえば老化の原因は、と考えたとき、膠原《こうげん》組織の消耗や自己免疫や体細胞の突然変異などの種々の要素が至近要因となります。いっぽう、老化とは集団の繁殖適応度を最大にするための装置、と大きくとらえるのが究極要因です」

三年生の顔をみる。ついてきているらしい、つづけてもだいじょうぶだ。

「おれは後成説の立場から、すくなくとも真核生物において、なぜ遺伝子間領域が後天的に獲得されたのかを説明する仮説を考え出しました」

数年前からあたためていて、数日前にかたちになった自分の考えを時系列で話す。物語を語るように。

そのむかし、数十億年も前のこと。人間には想像のできないほど長い時間単位でのできごとだ。そのころ、現存するすべての生物の共通祖先がいた。生存に必要なひとそろいの遺伝子群をおのおのがもつ、ということはまだせずに、おたがいに遺伝子を交換しあい、融通しあって生きていた。つまり、当時からひとつの巨大な遺伝子だまりを共有していた。

もちろん、このときは遺伝子間領域なんてむだなものは存在しなかった。

わかりません、を表情で伝えてくる学部生たちに卑近なたとえ話をする。

「試験前に講義記録の帳面をもちよって、複写しあって穴を埋めるようなもんだと思えばいい。みんなでみんなの帳面を共有するわけだ。そのとき、日記だの詩だの、講義内容とは関係のない文章が大量に書かれていたらすごくじゃまだろう」

わかりません、の信号は消えた。

「これとほぼ同じことを現在でもつづけているのが、一般に微生物とよばれる単細胞生物たちです。微生物の定義は幅広く、まったくちがう分類群である真正細菌と古細菌を含んでいることに注意してください」

白墨をとって黒板に図解をはじめた。まず真核細胞の模式図を描き、その下に二分裂した細胞を描く。つづいて両者を縦の矢印で結ぶ。前者が母細胞で後者が娘細胞という関係だ。

「われわれ哺乳類をふくむ真核多細胞生物のばあいは、遺伝子は垂直方向、つまり親から子へと伝わるのが一般的です」最前列の三年生をふりかえる。彼女はわかっている、という顔をした。このあたりは常識らしい。「しかし。かれら微生物では」

こんどは核のない原核生物の姿を描いた。複数の微生物の絵を横にならべ、横むきの矢印でたがいにつなぐ。

「同じ世代に属するちがう個体のあいだで遺伝子を複写しあうこともふつうに行われています。これを遺伝子の水平伝播《でんぱ》とよぶ」

こんどは、三年生はおれと黒板をなんども見比べた。水平伝播の話は初耳か。

「教官から学生へ、講義のかたちでおしえるのが垂直伝播。学生どうしで帳面を回しあうのが水平伝播」つけ加えると、彼女はちいさくうなずいた。

ふたたび話の時間軸をはるか過去に戻す。「だから当時は、従来の種から新しい種がわかれていくこと、つまり種分化がありませんでした」

生物分類の最小単位である種の定義とは、ちがう種どうしはたがいに交配不可能であることだ。みなが自由に遺伝子を交換し合っている状況は、全員が交配できる、つまり実質的に種がただひとつしかないことを意味している。種分化がなければ進化もない。進化の定義は種分化そのものなのだから。

物語は進む。

「この状況を打破したのが、遺伝子間領域です」ここからが既存の説にはない部分だ。「話をわかりやすくするために擬人化しましょう。ある日、ある先駆的な細胞が、遺伝子だまりからのがれて独自の道をあゆみたいと考えました。つまり、みんなで帳面共有状態から卒業して、ひとりで完璧な講義記録をつくり、ひとりで試験に立ちむかおう、と思ったわけです」

最後列の教授の表情をうかがう。不満はないようだった。

「しかしそれには、自分の遺伝子をまわりから容易に複写されないしくみが不可欠となります。単純な解決方法として、遺伝子を大量の無意味な配列で水増ししました。とてもすべてを複写する気になれないくらいに」

学部生たちにむかってつけたす。詩とか日記とか書いた頁をたくさん、帳面に挿入するんだ。新しい文章をひねり出すのがめんどうなら、同じ内容をただなんども丸写ししたり、ちょっと工夫するなら逆に書いたり。こうやって頁数をとてつもなく増やしておけば、試験前日になんとか複写だけでも、と考えるこずるい輩《やから》もあきらめるだろう。

同じ文章の繰り返し、あるいは逆にすることによる回文。遺伝子間領域はそんな構造でいっぱいだ。

「つまり」論文の表題にしようときめている一文で話を締めくくる。「遺伝子間領域こそが種の分化をつくり、進化を駆動した」

「荒唐無稽」とたんに、最後列左端に座る体育会出身の助教が右手を軽くあげた。「おれが査読者なら、そんな論文は要旨だけで掲載不可にするな」

この反応は覚悟していた。

だが、そのとなりの准教授はすこし体を乗り出した。

「しかし、おもしろい。きわめて斬新ではある。やりかたによってはいい雑誌に載せられるかもしれない。仮説の検証方法はどうするんだ、やっぱり機械演算による試行か」

演算だけではなく、微生物屋の友人を共同研究者とし、実験面での協力を求めたことを話した。彼が実験をして、おれが論文を書く、と。

「論文はふたりで出すのか。著者の順番は」助教がたずねる。

「この分担ならば、両者とも第一著者扱いで問題がないかと」

最後列の三人の顔を順にみわたす。それまでずっと無言だった教授が、いいでしょう、といってほほえんだ。だが目は笑っていなかった。いいたいことがあるときは、いつもこうだ。あとで個人的に話さねばならないだろう。

その後は博士課程、ついで修士課程の院生たちが、用意した配布物や即興の板書でめいめいの研究の進捗状況を報告した。教官や仲間の院生たちからの質問の猛攻を切り抜ける者もいれば、宿題にしますと逃げる者もいた。いつもの流れをへて、会は終了した。

教官や学生たちが三々五々研究室にもどっていくなか、学部三年の女子学生がおれの前に立った。「質問があります」

「ん。わかりにくかったかな」腰を浮かしかけていた席にもういちど座りなおす。「至近要因と究極要因のちがいか、それとも遺伝子の垂直伝播と水平伝播か」

「そこは理解できました」こうしてすぐそばでみても、この三年生はちいさかった。体積でいえばおれの半分もないだろう。ますます小動物みたいだ、しまりすとかの。「わからなかったのは、あの、ほら、最後の論文の話。著者の順番とか」

「ああ、評価方法」たしかに教科書のどこにも載っていない。

説明図を描くために、手元にあった複写物を裏返す。四年生二人組も加わった。ひとの質疑をきくのは効率のよい学習方法だ。

「がんばれ、兄貴」修士の院生たちが声をかけて部屋を出ていく。

まずは法律の名前から。「出すか出されるか法、ってきいたことあるか」

「ちらっと」学生たちはたがいに顔をみあわせる。「でも内容までは」

まっすぐな横線を描く。時間軸をあらわす数直線だ。「正式には、大学および各種教育研究機関における研究活動推進振興法第二条、という。三年以内に」数直線をいくつかにくぎり、左から一、二、三、と数値を入れる。「一本も論文を出さない研究者は、いかなる理由があろうとも即、退職せよ」

「でも。ふつう、三年もあったら一本くらいは書けるんじゃないですか」四年生の片割れが首をかしげた。

甘いな学生、と筆記具の先で紙面をたたく。「分野にもよるが、三年というのはかなりきびしい期限だ。たとえば天文学」

さきほどの数直線のすぐ下に、平行した横線を引く。

「毎晩観測する。数値を記録し、積み重ねる。はっきりした結果がみえてくるまでには、三年なんてあっというまだ。同じことは野外調査系の地質学や植物生態学、動物行動学なんかにもいえる。猿の群れを追いかけて現地で何年もすごすなんてふつうだからな。屋内での実験系や、おれたち理論系だって油断はできない。仮説の検証に試行錯誤しているとどんどん時間がたってしまう。ぶじ結果が出ても、論文の執筆と投稿にもまた、時間がかかる。だからあらかじめ配分を考えておかないと失敗する」いま引いたばかりの線の右端部分を濃く太く塗りつぶし、その下に論文執筆期間という言葉を書き入れた。

「しかも、ただ書けばいいというわけじゃない。年齢、地位などを考慮して研究者ごとに与えられた目標被引用指数合計を超えなきゃならないんだ。一本だけではすまないばあいも出てくる」

「あの」もうひとりの四年生が遠慮がちにいった。「被引用指数って、なんですか」

数直線の横の余白に指数算出のための一次式を書く。「毎年、学術雑誌ごとに出されている数字で、誤解をおそれずにいえば雑誌の格付数値だ。過去のある特定の期間に載ったすべての論文が、ほかの研究に引用された回数を、一論文あたりにならして出される。この数字が大きいほど、その雑誌の論文は引用される回数が平均的に多いわけだから、雑誌の評価は高くなる。この数値が高いことで有名なのは」

「『自然』ですか」

「それから『科学』かな」四年生ふたりがいう。

「そのとおり。だがじつは、学術界最高の被引用指数を誇るのは『細胞』誌なんだ」

みなのあこがれ、あいつのあこがれ。もちろん雑誌名はとても短い。

「去年の数値は四十八だった。ここに載った論文は、平均で一年間に四十八回も引用された、って意味だ。この論文の著者には四十八点が業績点数として入る」

「すみません」それまでだまっていた三年生が口をひらいた。「第一著者というのは」

そうだった、著者の順番。

「おれたち理論系はあんまりやらないけど、複数の研究者が共同で論文を書くことがあるんだ。そのときは、研究の貢献度に従って著者に順位がつく。ふつう、研究をまとめて論文を実際に執筆した者が第一著者となる。論文を雑誌に掲載したときにもらえる点数もこの順番に従うんだが、配分にはけっこうな勾配がつけられている。第一著者がもっとも高くて、第二以降は、まあ、かすみたいなもんだな」

目の前の三人をみた。かれらのいいたいことはすぐにわかった。

ところであなたはだいじょうぶなのか。

「たしかに、博士号を取得してここの研究員になってからまだ一本も出していないが、あと半年もある。さっき発表したやつがうまくいけば、いい雑誌に載せられるだろう。そうなれば一発で目標被引用指数合計を達成できる」

学生たちは視線を交わしあった。

「論文は共著にするといっていたが」教授室を訪れると、部屋の主は出入口横の流しの前まできてむかえてくれた。「彼のためだね」微生物屋の友人の名をあげる。

すなおに肯定した。生物学科は人数がすくない。ほかの研究室の構成員もよく知られている。

教授にうながされ、ちいさな丸い卓と組になった肘掛け椅子の片方に座った。

「論文投稿恐怖症とは、不幸なことだな」銀髪の教授は、流しのむこうに置かれたひとかかえほどの黒い機械の電源を入れた。正面の釦が赤く光った。「古い友人に、やっぱり論文を書けない男がいてね。出すか出されるか法が制定されてまもなく免職処分になった。ただ彼は文学部の教授だったから、大学教職員組合から年金が受けとれたんだが」

その先は察しがついた。

業績のろくにない博士号取得済研究員は、いちど大学を追い出されたらもう行く場所がないんだよ。

教授は手動の豆挽き機で珈琲豆を細かくし、機械中央の加圧部につめ、取っ手を回して密閉した。白いこぶりの碗をふたつ、機械の下部にならべて緑色の釦を押す。蒸気とともに炒《い》った豆の芳香があがった。

抽出はあっというまに終了した。また緑と赤の釦を順に押して、教授はふたつの碗を手にむかいに座り、片方を差し出した。

おれは礼をいって碗を受けとった。

できればこんなことはいいたくないのだが、と相手は話を再開する。「研究者にはある種の適性が必要だとわたしは考えている。あまりに繊細では、むかない。そう、きみくらいに」と笑って、手元の碗からひとくちすすった。「きみくらいにずぶといと、むしろいいのだが」

「そんな適性なんてないですよ」白い碗に口をつける。機械の圧力で凝縮された珈琲は表面のかすかな泡さえ苦かった。「自分では、研究者というより教育者なんだと思ってます。そりゃあ研究もすきですが、年下の連中に質問されたりこたえたりするほうがずっとたのしい」

だから論文執筆はあとまわしになってしまう。そうこうするうち二年半がすぎてしまった。

「そういう人材も大学には必要だよ」

教授はつづくひとくちでちいさな碗を空にし、卓に置いた。「しかし、出すか出されるか法のもとでは、教育者型の研究者はとても不利だ。教育上の業績がまったく反映されない」

おれはだまって珈琲をすすった。制度が悪い、といっても愚痴になるだけだ。課せられたきまりと予算の枠内でやれるだけのことをやるしかない。

碗を最後まで干し、空いた珈琲碗の底をながめた。

研究とは、研究者とは、かつて思い描いていたほど自由ではなかった。

「こんどの研究はすすめなさい。独創的でおもしろいとわたしも思うよ」教授は肘掛け椅子から立ちあがった。話はおわり、の合図だ。

おれは碗を置き、珈琲の礼をまた述べて腰をあげた。

「だが、彼にかんしては一時しのぎにすぎない。今回はきみが助けてやってもいいが、いずれ彼は、自分で自分の問題を乗り越えねばならない。それができなければ」

言葉はそこでとまった。

教授室を辞すると、廊下にみなれた黒い上下の姿が立っていた。

「あれ。先輩じゃないですか」

もと後輩はおれの顔をみて無邪気に微笑した。二十五歳とはとても思えない屈託のなさだ。

「あれ、はないだろう。ここは生物学棟だぞ」肩をごく軽く突く。相手は巨大な動物に踏まれたような声をあげた。

「理学部で営業なんてやめておけ、効率が悪すぎる。医学部とか工学部とか、もっと金のあるところを回れば」

「でも、トキトーさんにいわれたんです。予算って意外なところにあまっていたりするから、足をつかえばけっこう稼げる、って。それと、いろんな分野をみておくのは代書屋として勉強にもなります」

正論だ。代書屋はどんな研究分野の論文執筆も引き受ける。自分の論文もままならない研究者からみれば、はなはだ器用な連中だった。

とはいえ。「理学部に集中しすぎ、じゃないのか。出身学部で勝手を知ってるというのはわかるんだが」

「じつは」奇妙に顔を赤らめ、奇妙に幸福そうな表情になる。「ほかにも理由があるんです」

「なんだ」

「おしえない」

子供みたいな返事だ。

教授室のとなりの扉、つまり理論進化学研究室を指していってみた。

「時間があるならよっていくか」

彼は散歩にさそわれた子犬みたいになった。

学部生も院生も研究員も雑居するという典型的大部屋型の研究室では、集会室から帰ってきた学生たちが出入口のそばに置かれた大きな丸卓をかこんで熱心に議論していた。もちろん報告会のつづきだ。

学生に割り当てられた平机の列をすぎ、共用の演算機と書棚のあいだを抜けた窓ぎわが、博士号取得済研究員用の定位置だ。彼を予備の丸椅子に座らせて、おれのほうは自分の回転椅子に腰をおろした。

「ちょっと早いけど、ここで昼飯食べてもいいですか」代書屋は黒い背嚢《はいのう》型かばんを両肩からおろした。ちりめん地の赤い布包みをとりだし、膝のうえに置く。「あ。先輩はどうするんです」

「弁当出しといてそれはないだろう」

このあと実験屋の友人と打ち合わせがてら食べに出る、というと、相手はうなずきながら包みをひらき、それじゃあいただきます、ととなえて持参の塗り箸をにぎった。

「共著にするんですよね」代書屋はさも幸せそうに、しいたけの肉づめをひとつ食べおえた。

「あのひとも先輩に負けず劣らず論文を出さないよなあ。手持ちの研究じたいは進んでるんですよね、だったら依頼してくれればいいのに」

研究者のいつものいいわけで返す。「予算がないんだ」

もと後輩は目を細めて、ほうれん草のごまあえを口に運んでいる。自分のつくる弁当では、味はともかくふたを開けたときの新鮮な驚きがないだろうに。ここまでうまそうに食べられるのは一種の才能にちがいない。

「それに、あいつには書けない事情があるんだ。話したっけ」

彼は箸をとめてこちらをじっとみた。

おれは昔話をすることにした。口止めされてはいないし、あいつは怠惰だという誤解があるなら解消もしたかった。

昔話といっても、生物進化的時間尺度からみれば一瞬、つまり二年前のことだ。

おれと同時に博士号取得済研究員になった友人は、大学院生時代から通算して三本めとなる論文を投稿した。掲載不可の知らせが返ってきた。よくある話だ。しかし、同封されていた査読者の評が問題だった。

査読者は微生物学分野の大御所研究者で、会ったことこそないがひじょうに尊敬していた相手だった。その研究者に論文を酷評された。しかも通り一遍のものではなかった。この忙しい時期にこんな論文のかたちすらしていないものを送ってくるな、駄文につきあう時間はない、といった辛辣な言葉がならんでいた。

論文の査読は完全に無報酬の慈善奉仕だ。しかも査読者はその分野最高の専門家が選ばれる。彼らはすでに重要な地位についておりきわめて多忙だから、若い研究者の未熟な論文が送られてきたら怒るのもいたしかたない。虫の居所も悪かったのだろう。

だが以来、あいつはまったく論文を書けなくなった。

「ひどい話ですねえ」気がつくと、もと後輩は箸をにぎったまま両目から大粒の涙を流していた。「そんな目にあったら、代筆にすぎないぼくだってへこみます。ましてや自分自身が苦労してやった研究についての論文なら」彼の涙は膝の上に広げられた赤いちりめん布に落ち、黒くて丸いしみをつくった。

「前まえから思っていたんですよ」彼は目尻をぬぐい、弁当箱一式をおれの机に移動させると背嚢から黒表紙の手帳をとりだした。「あの掲載不可の文面です。紋切型で無機的で味気なくて冷たくて。もうちょっと受けとったひとの気持ちをやわらげるようにできないものかと」

手帳の頁を繰り、開いた箇所をつきだす。

整った手書き文字だった。掲載不可通知新文面かっこ案かっことじ。『愛しています。しかし、この論文は掲載できません』

「これはだめじゃないのか」つぎの行に目を移す。

『掲載不可です。しかしあなたに罪はありません。百万の愛を、編集者と査読者より』

「こっちもだめ」さらにそのつぎの行をみた。

『これほどに絶望的な恋もはじめてでもまあいいやそれもたのしい』

「なんだこれ」

若い代書屋はいそいで手帳を閉じ、また奇妙に頬を赤くした。「すみません。それは、さいきんはじめた短歌です」

「おまえはいつだって絶望的だろう」

「近年ますます絶望度がましている気がして」もと後輩は手帳を自分の胸にあて、さびしげにほほえんだ。「もう、絶望感と共生することにしました」

こいつに自虐傾向があるのは気づいていた。

「でもね、理学部にくるのたのしいんですよ。他社の営業のひとと会えるでしょう。情報交換できるし」

理化学機器取扱各社の営業担当者は、特定の学部を巡回するよう専門化されていることが多く、商品知識が豊富だ。研究遂行にあたって助言してくれたりもする。実験系研究室であれば新しい試薬の試供品をもらえることも多いようだ。うるさく声をかけられるのをいとわなければ、優秀な営業は研究者にとってつかいでがある。

「ほかの学部にも営業はたくさん入ってるだろう」

だが彼はそれにはこたえず、ああそうだ、とふたたび手帳を開いた。「ひとつ知らせておきたいことが」

「なんだ」

代書屋は業界内情報を流してくれる。やはり便利な存在だ。

「研究にかんする法律がまた変更になるらしいですよ」相手はここで真顔になった。「来月の審議できまるみたいです。まだくわしいことはわからないんですけどね」

またか。しかし声にはしなかった。

もと後輩はふたたび箸をにぎり、弁当箱を引き寄せてむやみにきれいに巻かれた卵焼きを食べはじめた。

出すか出されるか法にせよほかの法律にせよ、研究にまつわる規則はみな、年々きびしくなっていくようだ。予算も削減されていく。

前がみえない。

もっと若かったころは、なんでもできると思っていた。自然界にたいするいかなる疑問も、適切な仮説をたてて適切な試行なり実験なりを計画し、適切に実行しさえすればかならずこたえがわかると信じて、大学へ進んだ。

新入生のために教養部で開かれた説明会で、のちに微生物学を専攻することになるあいつとおれはとなりあって座っていた。学籍番号が前後という偶然だった。異様に色白でしじゅう寒そうに歯を鳴らしているあいつを、おれは変なやつだと思い、あいつはあいつで、ひとなみはずれて色が黒く、いまだ冷えこむ北の街の春なのに半袖で平気な顔をしているおれを変なやつだと思ったらしい。だがはじめ遠慮ぎみに話しかけ、受けこたえがつづき、話題が専門のことに移ると、みためのことなど忘れ去った。

彼はしだいに能弁になった。生物はいいかげんだ、という。物理学で与えられる系のように一定の刺激を与えればかならず同じ反応がかえってくる、とは期待できない。だがそのなにが起こるかわからないところがおもしろい。説明する仮説はひとつきりじゃない、幾通りもの物語がある。それを探し出すのは、一生かけても飽きない仕事になるだろう。

彼は当時から微生物に関心を持っていた。だから、微生物学分野ですぐれた業績をあげているこの大学を選んだ。

目にみえはしないけど、地球は微生物でいっぱいなんだ。かれらは地表の大きな生物がいようがいまいが気にせず生きている。自律しているんだよ。この先何万年か何億年かしてぼくらがいなくなっても、かれらはずっと残るだろう。あのちいさな、たったひとつの細胞しかない体のままで。

微生物は、人間とはまったくちがう進化の方向を選んだ生物群なんだ。そしてみごとに成功している。じつはかれらのやりかたのほうが生命としては標準的なのかもしれないね。

それから説明会場の高い天井をみあげて唱えた。微生物にできないことはない。また、研究していてかれらに裏切られたこともない。

なんだそれ。

至言。すごく有名な微生物学研究者の。二世代は前のひとで、もう死んでるけど。

彼は無邪気にその言葉を信じていた。きっといまでも信じている。不可能はない、裏切りもない、と。

あのころおれたちは幼かった。

博士号をとり、研究員の地位を得て大人になったおれはすでに知っている。あらゆる研究活動には、法律と予算の壁が立ちはだかることを。

「できた」微生物屋の友人は位相差顕微鏡から目を離し、座っていた丸椅子をおれにゆずった。われながらぎこちない手つきで顕微鏡に触れ、接眼部分をのぞく。ちいさな粒が無数に浮き、光を反射して輝いている。

「これが、株化したおまえの白血球か」顔をあげ、となりに立つ友人をみた。

彼は大きくうなずき、顕微鏡の観察台に寝かせていた角形培養容器をとりあげた。透明な容器は三分の一ほどが赤い液体培地でみたされ、表面に彼自身の名前と、日付を示す四桁の数字が書きこまれている。

つづいて、容器を天井の照明にかざす。こうすると浮遊細胞たちがかろうじて肉眼でみえる。確認をおえるとうれしげに笑い、壁ぎわまでいって加湿恒温槽の二重扉を順に開け、なかにしまった。

週明けの朝の微生物実験室はしずかだった。三列ならぶ黒く長い実験卓のむこうの窓ぎわには大きな流し、そのそばに高圧蒸気滅菌器や蒸留水作成装置が設置されている。硝子窓は閉めきりで、覆いもかけられていた。外気と自然光が入らないようにするためだ。

実験卓のいちばん端に、顔みしりの院生がひとりだけ座っていた。彼は青い瓦斯《がす》の炎を長く出し、透明皿に固化させた寒天培地の上で三角形の硝子棒を無心に往復させていた。

友人は戻ってくるとおれのとなりの席に座り、実験記録帳を開いて本日ぶんの頁に書きこみをはじめた。肩ごしにのぞく。略図や数値をふくめた実験記述にまじり、塩基配列を表現する四文字だけがひたすらならんでいるところが何行かあった。

おれが学部時代に遊びでつくった単一換字式暗号だ。遺伝子と同様、みっつひと組でひとつの母音または子音を指定するしくみになっている。同学年のあいだで一時的に大流行したが、しょせんは単一換字式なのですぐに破られてしまうこと、それに貧乏学生には暗号で隠しておくべき秘密などどろくにないことから、まもなくすたれてしまった。

だが、彼だけはいまだにつかいつづけてくれている。完全に隠すほどではないが、一瞥しただけで内容を読みとられたくないもの、つまり、実験とは関係のない雑感や独白などを書いておくにはちょうどいい。実験記録帳はほぼ毎日つけるから、日記がわりにするひとは多い。

思い出したことがあった。

この暗号がはやっていた当時、分子生物学実習で増幅開始配列組を設計する、という課題が出たことがあった。特定の遺伝子の配列情報を与えられ、そのなかから増幅するのにもっとも適当な領域をみつける。その領域のはじめとおわりの部分から一箇所ずつ、ごく短い配列を選びだす。これらと相補的なものが増幅開始配列組となる。実験時の増幅条件にうまく合致する配列を選ぶのが、課題の要点だった。

だが、おれたちが示し合わせてやったのは、気になっている女の子の名前を暗号で置換して提出することだった。結果、おれと彼はまったく同じ配列をつくっていた。

こうしてできた配列は、もちろん課題の遺伝子とは無関係だ。業者に委託して合成された増幅開始配列組はとうぜん、はたらかなかった。おれたちを問いつめて事情をききだした担当教官は首を振り、ためす前に相談してくれ、とためいきをついた。増幅開始配列組の受託合成は近年自動化され、しかも多くの業者が参入したおかげでだいぶ安くはなったが、有料であることには変わりがない。

おぼえてるか、ときいてみる。

「あほ、だよね。あのころ」このいたずらの立案者は彼だった。

さてこれで、ヒト細胞株の樹立ができたことになる。予定どおり二週間だ。「つぎは」

彼は筆記具を置き、顔をあげた。「遺伝子間領域の除去」

遺伝子間領域除去済ヒト細胞の作成こそが、この研究のかなめだ。

実験の基本戦略はこうだ。遺伝子間領域が皆無とまではいかなくても、きわめてすくないヒト細胞を人為的につくり、この細胞と微生物とをひとつの容器内で共培養する。もちろん対照として、遺伝子間領域を残したヒト細胞でも実験を行う。両者の培養条件はまったく同じだ。一定期間後、前者ではヒト遺伝子が微生物のほうに移動しているが、後者では移動がない、という結果が出れば、遺伝子間領域は複写防止機能をもっていると証明できる。

問題は、どうやってヒト細胞から遺伝子間領域のみを除去するかだ。

彼は文献をあたり、同僚や教授に相談してひとつの解決策をみいだした。ある種の古細菌で発見された自動追尾性内在型二重鎖遺伝子切断酵素は、まさにこの目的にかなっていた。遺伝子間領域の両端にある特異的配列を認識し、切り出していくはたらきがある。この酵素を発現する遺伝子をヒト細胞に導入しておけば、あとは細胞内でかってに酵素ができて、ほうっておいてもどんどん遺伝子間領域を削除してくれる。

「微生物に不可能はない、から」

この酵素の存在についてはじめてきかされたとき、とても信じられない、と訴えたおれに、彼はこう返してきた。「そして、微生物が裏切ることもない」

やはりこの男はいまも信じている。


「もういちど説明してください」昼すぎまでかかった進捗報告会のあと、小柄な三年生がまた質問にきた。

「実験、すきか」配布した複写の原図を自分の机からとりだしながらきいた。

「実験がすき、ってわけじゃないです」彼女ははにかみながらこたえる。「でも、いろんなことを知っておくってだいじでしょう」

若い代書屋の台詞を思い出した。「あいつみたいなことをいう」

微生物屋の友人の名をあげかけた相手に、いやそっちじゃなくて学友会時代のもと後輩だ、とおしえる。

彼女はさも意外そうな顔をした。

空いた丸椅子に座らせる。腰掛けるしぐさも、しまりすみたいだ。耳や目や前歯が大きいところも似ている。「遺伝子導入、って用語ははじめてか」

　相手は申しわけなさそうにこたえた。「教養部の講義でちらっとだけ」

「まあ、実際に手を動かしているのはおれじゃないんだが」図解をつかい、さきほど研究室の面々の前で発表したばかりの実験計画をさらにくわしく話しはじめた。

　遺伝子導入とは、細胞内に特定の遺伝子配列を人為的に組みこむことだ。そんなことができるのかと思われそうだが、周囲の物質をとりこむ、という細胞が生来持つ作用を利用してやればいいだけだ。もちろん補助として試薬をつかう。こうして細胞内に入った外来遺伝子は核に移動し、もとの遺伝子と同様にはたらきだして、酵素など体内でつかわれる各種蛋白質をつくるようになる。

「もちろん、ちゃんと入ったかどうか確認が必要だな」説明用の図から顔をあげ、三年生をみる。「きみならどうする」

「みただけでわかると、かんたんでいいかな、と」

「そう。便利なものがある。くらげの一種が持っている発光性蛋白質の遺伝子だ。こいつを導入したい遺伝子配列にくっつけておく。導入後に細胞を蛍光顕微鏡で観察し、光っていれば実験は成功」

　小柄な学生は感嘆のためいきをつく。「すごい工夫ですね」

「この発光性蛋白質遺伝子を発見した研究者は、世界でいちばん栄誉ある科学賞をもらったくらいだからな」

相手はへえ、としか返せずにいる。

「でも、確認作業は一種類だけじゃだめなんだ」

「え。なんで」学生はあわてたようにいいなおす。「なぜですか」

「発光性蛋白質遺伝子はちゃんと入って細胞が光ったけど、かんじんの導入したい遺伝子のほうが入ってないこともあるんだ。だから、確認方法がひとつだけでは査読者がつっこんでくる。もうひとつ証拠を、って」

「ああ。それでさっきの」三年生は視線をさまよわせた。「薬剤選択、でしたっけ」報告会で登場した用語をぎこちなく口にする。

おれは筆記具で図を示しつつ、解説をくりかえした。

特定の抗生物質に耐性をあたえる遺伝子というものが存在する。これを発光性蛋白質遺伝子と同様に、導入したい遺伝子配列にくっつけておく。導入後の細胞を、この抗生物質入りの培地で飼う。導入実験が成功していれば、細胞は薬に負けずに生きのびるはずだ。これが薬剤選択実験のあらましだった。

「この手法には、たんに確認するという以上の利点がある」

遺伝子導入はすべての細胞にたいして成功するわけではない。だが薬剤選択をつかえば、遺伝子の入らなかった細胞を除去し、うまくいったものだけを純粋に抜き出すことができる。

「ついてきてるか」

「だいじょうぶです」

いいこたえだ。

「確認作業はさらにつづく」二枚めの説明図に移る。「導入後の細胞からすべての二重鎖遺伝子を抽出する。導入した遺伝子について増幅を行い、寒天板に泳動する。導入が成功していれば、想定した長さの帯がみえるはずだ。だが」

「まだあるんですか」

「遺伝子は入ったけれど、なにかの原因で蛋白が発現されない可能性もある。細胞から全蛋白質を抽出し、泳動して、目的の蛋白に特異的な抗体で発現を検出するんだ。ようやくこれで万全」

「何重にも確認しなきゃならないんですね」彼女は大きく息を吐いた。

「実験って、かならずしも成功するわけじゃない。だけどそういう試行錯誤をくりかえし、自己修正しながら進んでいくのが科学なんだ」

相手はうなずく。

「これからも、すくなくともとうぶんは、そうなんだろうな」

彼女は意外そうに声を高くした。「これからもずっとそうだ、じゃないんですか」

「研究者は未来について、確実、といういいかたはしないんだ」つねに複数の可能性を検討し、しかも確率を示すにとどめる。未来には不確定要素があまりに多い。完璧な予想なんてだれにもできない。

だからおれはこう考える。仮説を検証したり対照をおいたり、といった科学的手法でさえ、いまは広くつかわれ成功しているけれど、いずれすたれないとは限らない。

世界は本質的に無作為で、偶然に支配されている。合理的なもの、いちばんよいものがかならず勝つわけではない。だから予測がつかない。

彼女はまた、へえ、としかいえなかった。

「わからないところがあったらいつでもこい」そういってやると、彼女はかぼちゃの種をもらったしまりすみたいな態度で一礼し、おれの机から離れていった。

入れかわりにあらわれたのは微生物屋の友人だった。「めし」

もうそんな時間か。説明につかった図をまとめて引き出しにしまう。「今日はどこにする」

とはいっても、北蒼羽山地区での選択肢はふたつしかない。理学部と薬学部共通の厚生施設一階の大食堂か、二階の喫茶店かだ。

『あおば』」彼は喫茶店のほうの名前をあげた。おれたちはこんなやりとりをもう十年もつづけている。だが、理学部や薬学部の古参の教官たちは数十年だ。かれらよりはましだろう。

申しわけていどの中庭を左手にみつつ、生物棟前からまっすぐのびる小道を抜ける。庭の植えこみの葉はすでに赤く変わっていた。月末には初雪が降るだろう。自家用車の車輪を冬仕様にする時期が近づいている。彼は長袖の上にさらにもう一枚というかっこう、おれはまだ木綿の半袖だ。

蒼羽山の上空はよく晴れていた。二羽のとんびがうつろな声でうたいながら、かれらにしかみえない風の流れに乗って旋回していた。この街はからすよりもとんびのほうが多い。

海に近いせいなのだろうか。

東の方角に目をむける。蒼羽山のむこう、市街地を越えたさらに先にはごくかすかな青い水平線が確認できた。

友人が以前語った話を思い出す。想像して。あの海には、微生物たちが共通につかう巨大な遺伝子だまりが存在する。

海は生命発祥の場であり、すべての生き物がいずれ戻っていくところだ。分子に還元され、地球上を循環したすえに。

「あれ」飲料と食品の自動販売機がならぶ厚生施設の前に、みおぼえのある自転車がとまっていた。たしか名前がついていたはずだ。水星号だっけ。いや、衛星号か。銀星号だったかもしれない。

「あ。先輩だ」自転車の主が右手の購買部からあらわれた。若い代書屋は片手にあんぱんを持っていた。「今朝は弁当つくる時間がなかったんです」きいてもいないのにいいわけをする。

これうまいですよ生地とあんとの配分が絶妙で、市内の有名店から毎朝仕入れてるらしいですよやりますねここの購買部、とあんぱん談義をしかけてくる後輩の顔をみて、思い出した。

「法律改正の話、続報はあったのか」

「審議じたいは、まだなんですけど」代書屋は半分になったあんぱんを手に、おれたちを交互にみた。「組換え遺伝子実験指針に新しい条項が加わる、っていううわさです。またぞめんどうな認可申請が必要になるんでしょうね」

「組換え遺伝子実験指針」おれたちは同時にいい、同時に顔をみあわせた。彼の目にはあきらかな不安が浮かんでいた。おれも同じなのだろう。

いままでの経験上、条項追加だけですむはずがない。そして。

これからしなければならないのは、まさにその組換え遺伝子実験だった。

あんぱんについてまだ語りたりないもと後輩と早々に別れて、おれたちふたりはすでにいやというほどなじんだ厚生施設の二階にあがった。

『あおば』がすいているのはいつものことだった。階下の大食堂より割高で、学生はまずこない。静かなことと、注文品を自分で運ばなくていいことだけがとりえだ。

窓ぎわの卓につく。すくなくともおれが理学部にあがって以来いちども変更されていない品目表をながめ、やってきた白い前掛けの中年女性に麵料理とあたたかい珈琲を注文した。彼も同じものを頼んだ。この店の品ぞろえではどうがんばってもこんなおかしな組み合わせになる。

四人がけの卓が四つずつ二列にならぶ店内は、三人づれが壁ぞいの卓を占めているだけだった。彼らは熱心に語り、笑い、茶をすすり、菓子をつついている。無限和無限積関数をつかって、とか素数分布予想の解決に新展開が、といった会話がもれきこえる。数学科か、とすぐに知れた。

注文の品はすぐに出てきた。麵がとても細いのでゆで時間が短いし、珈琲は抽出ずみのものを保温しているからだ。

もともとたいしてうまくもない料理とうまくもない珈琲は、いつにも増して味気なく感じた。とちゅうで食べるのをあきらめ、むかいに座る友人をみた。彼も手をとめて、さきほどの不安げな表情のままみかえしてくる。

彼の想像は予想がついた。

組換え遺伝子実験の全面禁止だ。

「心配してもしかたない。実験はすすめよう、すべて前倒しで」

相手はうなずき、珈琲をひとくち飲んだ。

「おれも手伝う」食べかけの皿を押しやり、身を乗り出した。「おれだって実験の訓練はうけている。培地づくりや滅菌処理くらいなら」

彼は碗から目をあげた。「こわさないでね。機械」

滅菌処理は彼の弱点だった。操作じたいはむずかしくない。高温や高圧で微生物を殺す機器類をひそかに恐れているせいだ。研究者のくせに、ときどき迷信じみた考え方をするのはいかにも彼らしい。

「彼は中央で助教の地位がきまったそうだ。あの論文のおかげだな」ななめうしろの数学三人組だった。なんとも景気のいい話だ。

それに。組換え遺伝子実験指針などと関係のないところもうらやましい。

3 検証

「摂氏百度以上の環境にすむ微生物、ねえ」

理論屋の身でも存在くらいは知っていた。のぞいている位相差顕微鏡の視野のなかには、すでにみなれた丸く透明な白血球と、それよりはるかにちいさく黒っぽい、たえず振動する顆粒状の生き物が観察できた。

「ずいぶん変わったやつを選んだな」顕微鏡から目を離し、となりに立つ実験屋の友人をみあげる。

「超好熱性古細菌」彼は愛情をこめて名前をよぶ。

彼は数週がかりで、さまざまな微生物と遺伝子間領域除去済ヒト白血球細胞との共培養をためしていた。

微生物学研究室のもつ凍結保存試料は膨大な数にのぼる。だから、すべてを起こす、つまり解凍してみるわけにはいかない。そこでねらいをつけたのは、極限環境微生物とよばれる連中だった。分類上は大半が古細菌に属する。

実験室で汎用される大腸菌や枯草菌は、室温あるいはヒト体温とおなじ三十七度でもっとも順調に生育する。栄養を与えるための培地も、食肉や穀類から抽出した成分を寒天でかためたものだ。食物としてありふれていて、人間が食べることだってできる。うまいかどうかはまた別だが。

しかし極限環境微生物は、その名のとおり想像を絶するところに平気ですみ、増殖する。湿地の土壌や反芻動物の胃の中など酸素のまったくないところ、沸騰しそうな火山性の温泉、超高圧の深海域、南極や北極の超低温域、高濃度の塩湖からでさえ、かずかずの微生物が単離されている。

「微生物に不可能はない、から」

極限環境微生物は難培養性微生物でもある。培養するには特殊な環境を再現しなければならない。深海性微生物であれば高圧設備が不可欠だ。酸素にふれただけで死んでしまうような絶対嫌気性の微生物であれば、外気を完全に遮断し、かつ酸素を窒素で置換した空気を循環させながらすべての操作をする。培地も工夫が必要だ。大腸菌とおなじものでは育たない。超好塩性微生物のばあいは、重量比にして三割もの塩を寒天培地に追加してやってはじめて分裂増殖がみられるようになる。

だから都合がいいんだ、と、彼は微生物選抜実験中にいった。「裏切ることもないし、ね」至適環境以外では増殖できないという意味だ。

ヒト白血球はもちろん三十七度で培養するが、至適温度がほぼ同じの大腸菌などと共培養することはできない。十数時間から数十時間かけてゆっくり倍加する哺乳類細胞にくらべ、微生物は圧倒的に高い増殖率をほこる。数十分、ものによっては十分で二分裂し、二の累乗で増えていく。あっというまに培地成分を食べつくし、周囲を廃棄物で汚染し、白血球もみちづれに死滅してしまう。これでは実験にならない。

問題を解決するために彼はおもしろいこたえをひねりだした。

増殖にひじょうな高温、あるいは低温を要求するような微生物ならばどうだろう。

試行錯誤の結果えらびだしたのが、この古細菌だった。三十七度ではヒト白血球とほぼ同じ倍加速度で分裂増殖する種だ。かれらにとっては寒すぎてごくゆっくりとしか増えられないというわけだ。

「それ、もういらないから」

顕微鏡の光源を落とすと、そばでみていた友人はそういった。純粋に検鏡するためだけの皿だったようだ。

検鏡台から手のひら大の培養用硝子皿を横にすべらせてとり、立ちあがった。壁ぎわの高圧蒸気滅菌器の前にいく。腰ほどの高さの機械には、ねじで密閉できる重いふたがついているから、やはり高圧蒸気を利用する圧力鍋にみかけがちょっと似ている。彼はこいつがいつか爆発するかも、と心配するのだが、教授愛用の高圧珈琲抽出器とおなじくらい安全だ。

培養皿を機械のとなりの生物由来廃棄物滅菌用袋に入れようとしたとき、彼が叫んだ。「あ。だめ」

あやうく硝子皿をとり落としかけた。

環境汚染防止のため、不要になった培地や試薬、使用ずみ器具など、細胞や微生物が付着したおそれのあるものはすべて、百二十一度で二十分の高圧蒸気滅菌をかけてから廃棄または洗浄再使用することになっている。

「どうして」

「それ、別の方法で」

おれは液体培地をたたえた硝子皿に目を落とした。

超好熱性古細菌。

そうか、こいつらは百二十一度では死なない。

一瞬、高圧蒸気滅菌後の培地中で生きている古細菌たちを想像した。廃棄され、下水管を通り、あるいは土壌に浸透し地下水脈に入って、いずれは海にたどりつくかれらを。

遺伝子だまりに新たな配列を加える微生物たちを。

「乾熱滅菌。二百度、二時間。その缶」相手は滅菌袋のさらにとなりにある箱形の金属缶を指す。

ふたをあけると、彼がつかった皿で半分以上が埋まっていた。

「まさか。いままでずっと」視線に非難がこもっている。「超好熱性のやつも、いたのに」

おれはすっかり意気消沈した。

いいすぎたと思ったのか、彼は昔の失敗について話しはじめた。熱して溶かした寒天培地を排水口に流してつまらせた。椅子にこぼれた有機溶剤に気づかず座り、服のおしりに穴をあけ、それにも気づかず地下鉄に乗った。

彼はしだいにたのしげになる。

そしてさらにつけくわえた。一連の共培養実験で使用した超好熱性古細菌は、通常の環境ではほとんど増殖しない。また、毒性のある物質を生産するような危険なものもいなかった、と。

「それじゃ。ついでにこいつ、滅菌しとく」おれは金属缶にふたをして抱えあげた。硝子ばかりなのでかなりの重さだ。彼には持ちあげられないだろう。

乾熱滅菌器は実験室を出てすぐ、廊下の壁ぎわに設置されている。この機械も、調理器具でいえば天火と同じだ。ただし容量は巨大で、体を縮めれば大人がひとり入れてしまう。

機械正面の窓つき扉をあけて、金属缶を抱え入れた。扉を閉め、すぐ下の操作盤に温度と加熱時間を入力する。

釦を押す。待機中を示していた橙色の釦の光は赤に変わった。

これで、さしもの極限環境微生物たちも確実に死ぬ。


高い。おそろしく高い。

翌日の午後、実験屋の友人が持参した価格表をみておれはうなった。

今年度のはじめ、塩基配列読取装置室に導入された次世代型とよばれる最新装置専用試薬一式は、おれの手持ちの消耗品費ではとてもまかなえない値段だった。書籍費ならば若干余裕があったが、科目外でつかうことは許されていない。

「おまえ、買えそうか」そばに立つ友人をみあげる。

彼はただ首を振った。

「だろうな」頭のうしろで両腕を組み、椅子の背にもたれて目をあげた。研究室の天井はすすけて暗く、すみのほうには昔の地震でできたひび割れがみえた。

この大学は古い。そして汚い。建物の改装や厚生施設の食事の充実などは二のつぎだ。だからここに集まってくるのは、研究だけを追求するような学生ばかりだ。大学生活に華やかさをもとめる連中はみな中央に行った。

窓の外に目をやる。いまの蒼羽山は下のほうが重たい赤、上のほうはくすんだ褐色だ。紅葉はすでにおわろうとしていた。

おれたちの残り時間は着実に消費されている。

「あの次世代型塩基配列読取装置じゃないと、今回の実験はむり」相手に目をむける。「なんだよな」

彼は白い顔をさらに白くさせてうなずいた。先週から全館暖房が入ったというのに細かくふるえている。

おれはまた天井をみあげ、大きく息を吐いた。「共培養系のほうはうまくいっているのになあ」

おれの仮説が正しいのなら、遺伝子間領域除去済ヒト白血球細胞を超好熱性古細菌といっしょに培養していれば、水平伝播、つまりヒト遺伝子が細菌に複写されるという、通常ではありえない現象が起こるはずだ。

複写がほんとうに起こったかどうかは、古細菌から二重鎖遺伝子を抽出し、実際に塩基配列を読む、という地道な作業で確認する。もっとも、読むのは機械だ。導入されたばかりの次世代型は、従来型の読取効率を二桁から三桁も引きあげた。なんと、ヒト遺伝子全長である三十億塩基対を一度の試行、たった数時間で読みとってしまう。

標準的細菌の塩基配列全長は数百万から一千万だ。ヒト遺伝子領域は三十億の十分の一のそのまた五分の一だから六千万。あの古細菌がこれをすべて複写したときでも、次世代型にとっては配列の読みとりはたやすいことだった。

だが。

「変だと思ったんだ。装置がきたときには、みんなあんなに大騒ぎしてたのに」

先ほどふたりで塩基配列読取装置室に出むき、部屋つきの技官に確認した。導入直後の説明会で試運転した際、付属の消耗品をつかいきったあとは、だれも予約をいれていない。

巨額の予算をあてて最新型の機械を買ったのに、こんな結果になることがある。

経済の原理は研究の世界にもきびしくはたらく。開発直後で市場に出たばかりの機械は台数がすくないから、消耗品も割高となる。この次世代型のように本体が高価であれば、消耗品の値段はさらに釣りあがる。あるいは、本体価格はこれでもそうとうに抑えてあって、高めに価格設定した消耗品で回収するという販売戦略なのか。

どんなに研究したくとも、金がなければどうしようもない。

相手がつぶやく。「私費」

「それはやめておこう」苦笑を返した。「生活費を研究費に回すようになったらおしまいだ」教授からはくりかえし注意をうけていた。そうやって自滅していった研究者が何人もいるんだよ、と。

すなわち、かけんひを獲得することも研究能力のひとつというわけだ。

「借りる」彼はつぎの案を出す。「教授から」

「それは避けたいなあ」顎をなでる。のびかけのひげが痛かった。「今回の主題は、おれとおまえが独自で進めているわけだからな」

博士号取得済研究員は給与をもらって研究室の中心主題をこなすという勤務形態が一般的だ。許可を得たとはいえちがうことをやっているのだから、教授がとってきた予算をつかうのは心苦しい。

鋭い電子音が鳴り響いた。

彼は上衣をさぐり、手のひら大の調理用時間測定器をとりだした。釦をおして器械をだまらせると、つぎの実験だ、とつぶやいて研究室を出ていった。

金、金、金、か。

「つまってるみたいですね、兄貴」共用の演算機で作業していた修士の院生が声をかけてくる。兄貴、とよばれるのは悪くない。「つまるのもよし。時間はまだある」

洗面所に行って顔でも洗おう、と椅子から立ちあがり、出入口にむかう。

扉を開けると、もと後輩が立っていた。

「うかがおうとしてたところでした」若い代書屋にはめずらしく同伴者がいた。「こちら、中央の理化学機器取扱会社の営業のかたです。ふだんあんまり北にはこないんですけど、今日はたまたまこの大学を回る日で」

さらにめずらしいことに、営業は女性だった。歳はたぶんおれとそう変わらない。上背はもと後輩とおなじくらいあった。長身だが黒い上下はあつらえたように体にあっている。靴のかかとは低いにもかかわらず股下がきわめて長い。癖のない髪はおくれ毛ひとつなくうしろでまとめられている。

彼女はおれをみて目を見開き、ぎこちなく微笑し、はははははじめまして、とやはりぎこちなくあいさつしながら上衣からなにかを出そうとした。だが、ひっかかっているのかなかなか成功せず、ようやく黒い革の名刺入れがあらわれた、と思ったらとり落とした。あわてて拾おうとかがんで、よろけた。もと後輩がすばやく手をのばして腕をとる。

「しし、し失礼いたしいたしいたしました」中央からきた理化学機器営業はようやく名刺を差し出した。「わたくし、こういうものです」会社の所在地と役職名と名前だけが刷られた簡素なものだった。この若さで営業部長か。

「あいにく名刺を切らしておりまして」というより、つくっていない。名刺をつくらない研究者はめずらしくない。つくっても持ち歩かないひとさえいる。そもそも博士号取得済研究員などという不安定な身分ではつくる気もしない。

「なにかお困りのことはございませんか。弊社の扱っている商品で、研究のお助けができるかもしれません」目をあわせてはすぐにそらす動作をくりかえす。あまり営業をかけられている感じがしない。

「じつは」困っていることなら、ある。「次世代型の塩基配列読取装置をつかいたいんですが、消耗品が高すぎて」

彼女はああ、とちいさく叫んで両手を打ち合わせた。「そんなことでしたら」

名刺入れを出したのと同じ場所から手のひら大の矩形《くけい》の器械を抜き出す。短い通話をおえる。

「本社と話しました。試供品を送らせます。冷蔵便であさっての午前、こちらに届くそうです。すぐに摂氏四度で保管してくださいね」

なんとすばやい。「試供品ですか。何回くらい実験ができるんでしょう」

「正確にいいますと、試供品という規格はつくっていないので製品をひと箱まるごとです。四十八回ぶんです」彼女はいくぶん早めのいくぶん高い声でこたえた。「せっかく次世代型をご購入いただいたのに、どなたにもつかってもらえないのは問題だと思っていたんですよ。ぜひ先生から使用感をおきかせ願えれば」

彼女はここであわてたように手首の時計をみて、すみません夜までには社に戻らねばなりませんのでもう時間がそれではまた後日お会いできれば幸いです、とさらに早口でいった。廊下を歩き出したが昇降機の方向とは逆だったので声をかけると、あれっ、といってきびすをかえし、すみません、とまたあやまってから帰っていった。

「彼女、すてきでしょう」

それまでだまっていたもと後輩がようやく口をひらいた。多幸感あふれる表情だった。

「すてき、っていうかちょっと変だぞ。あれでやっていけるのか」

「そこがいいんですよ、営業って人柄ですから。でも今日はふだんよりひどかったなあ」ひとつできた、とつぶやいて手帳をとりだし、なにかを書きつけた。「先輩の顔がこわかったんじゃないですか」

「そんなわけないだろ」いやがるもと後輩から強引に手帳をうばい、いちばん新しい頁を開く。やはり短歌だった。『年齢も立場もちがう距離もあるなによりまったく異性あつかいされないかなしさ』

「絶望的だな」北の街在住のあわれな若い自営業者をながめた。

「絶望的です」それ返してくださいね、とおれから手帳をとりあげ、服の胸のあたりにしまって上から手のひらで押さえた。「でも、いいんです。ぼく、いまのままでじゅうぶんしあわせですから」

彼は短くあいさつして去っていった。

なにが幸いしたのか、あの営業の対応はひじょうによかった。来年度、もしかけんひが当ったらなにか大きなものを注文しよう。

それにはいまの実験が成功し、論文を書きあげて一流誌に受理されねばならない。

だいじなことを思い出した。

「おい。組換え遺伝子実験指針は」

廊下を走って彼を追う。だがいない。どこにもいない。

昇降機前の広い空間まできて、ひと息ついた。まあ、いい。法律変更について、いまおれが心配したところでどうなるものでもない。

約束どおりの便で、そそっかしい営業部長の会社から荷物がとどいた。

試薬箱といっしょに白い封筒が入っていた。手紙だった。うっかりお名前をききそびれましたので研究室あてで送らせていただきましたがだいじょうぶだったでしょうかつぎにうかがうときにお名刺を頂戴できれば幸いです。そして、いつでもご連絡ください、と十一桁の番号が書かれていた。

荷物の開封に立ち会った実験屋の友人は、すこしのあいだ手紙とおれの顔を交互にながめていたが、なにもいわずに試薬箱を開け、使用説明書をみながら内容物をひとつひとつ確認した。

「ある。ぜんぶ」つぶやいて箱のふたを閉め、抱えあげると今後の予定を話しはじめた。

次世代型塩基配列読取装置は予約をいれておいた。白血球と共培養した超好熱性古細菌の一部からはすでに二重鎖遺伝子を抽出し、零下二十度で保存している。この試薬で増幅し、読取装置にかける。夕方までには最初の結果が出せるだろう。

「そのあとはよろしく」

彼は理論進化学研究室を出ていった。

こちらは自分専用の演算機にもどる。公的に集められたヒト遺伝子全長の塩基配列情報と、手持ちの結果を自動で比較するための演算指令を書きおえたところだ。これからなんどか試験し、存在するであろう虫食い穴みたいな誤りを修正して、夕方に彼が読取の結果を持ってくるまでにしあげてしまうつもりだった。

開発画面をながめ、検索窓に試験用の大腸菌配列情報を貼りつける。表示された実行釦を押して結果が返ってくるのを待つ。順調だ。古細菌の塩基配列は次世代型で問題なく読みとれるだろうし、この演算指令も正確にはたらいてくれるだろう。配列情報をつきあわせ、共培養した古細菌がヒト配列を複写したとわかれば、あとは論文にするだけだ。

それですべてがうまくいく。おれたちは来年以降も研究員としてこの大学に残ることができる。

「でた」

夕方になり、自作の演算指令から虫食い穴をとりのぞきおえたころ、彼は予告どおり小型記録媒体に読取結果を入れてもどってきた。

さっそく試すことにする。記録媒体を演算機につなぐと、共培養した古細菌からの配列情報数千万塩基ぶんは機械本体に複写された。わずか数秒だった。

できたての演算指令をたちあげ、出たばかりの配列情報を貼りつけて、実行釦を押す。演算中を示す窓が出現する。表示された残り時間からして、そうとうかかりそうだった。おれたちは早めの夕食をとることにした。

生物学棟を出る。この時間でもすでに外は暗くなっていて、厚生施設前の自販機は不安定な光を駐輪場に投げかけていた。初冬をむかえると、食事のためのわずかな移動でさえおっくうに思えてくる。とくに友人は厚着をしていてもつらそうだった。

一階の大食堂はまだ混雑してはいなかった。かわりばえしないしあたたかくもない品々を適当にとり、会計をすませてから、二十はあるだろう長卓のうち窓ぎわのすみを選んでむかい合わせに席につく。

相手はめずらしくよくしゃべった。機嫌がいいとき、彼はきまって昔の話をする。教養部や学部時代の思い出話だ。

「芋煮」彼は食堂内専用の太い塗り箸を重そうに動かしている。「猫。さんま」

「猫舌検証実験か」

教養部二年めの秋のことだった。理学部の同期数人が市内の河原で野外食事会を催した。大鍋に里芋やら豚肉やらこんにゃくやらをすきかってに入れ、最後に地元産の味噌で味をととのえた。

「里芋をつかうから芋煮、っていうんだよな、きっと」南出身のおれはこの街の風習をあまり知らない。

「たぶん」いちおう返事をしてくるが、彼だってここの生まれではない。あてにならない点では同じだ。

「あれは傑作だった」給湯器からのぬるくて薄くてまずい茶をすする。あの秋、さんまはまれにみる豊漁で、ひと山いくらで投げ売りされていた。だれかがさんまを大量に持ってきたが、さすがに鍋には入れずに焼くことにした。匂いにつられて猫があらわれた。

焼きあがったさんまを一尾投げてやると、猫はものすごくゆっくりとその一尾を骨だけにした。ひどく食べにくそうだった。

「まさにほんものの猫舌、だった」ためしに生のものも与えて食事時間を測ってみた。だがどちらもさして変わらなかった。

「でも」彼は揚げたさつまいもの蜜がけを幸せそうに口にはこぶ。「実際は、ちがった」

「ああ。あのころって時間があったよなあ」

そのとき彼はこう主張した。二尾めを食べるとき、この猫はすでに満腹だったのかもしれない。正しく比較するためには、同じ猫が空腹になったころにもういちど、生のさんまを与えて時間を測る必要がある。

彼は十匹の猫について同じ実験を行い、数値を平均し、統計的に検定までかけて確認した。結果、冷たいさんまのほうが食事時間は有意に二割すくないことがわかった。

「いま思えば、あんなことよくやったな」

おれの言葉をきいて彼は笑う。おもしろくて無意味なことがだいすきだからだ。

研究室にもどってみると、機械は画面を暗くして眠りこんでいた。すでに演算をおえたらしい。軽くたたいて起こす。画面はさもいやそうにぼんやりあかるくなってくる。

「完全一致率八割七分」

おれたちは同時に叫ぶ。平机で作業する学生たちがおどろいて顔をあげる。

おもしろくて有意義なこともだいすきだ。

「でたた、でましたよ」もと後輩の声だった。

翌日、遅めの昼食をとって厚生施設を出ると、若い代書屋が自転車をとばしてきて、おれたちのそばで止まった。

「法律の変更か。やっぱり組換え遺伝子実験指針なのか」

「いいえ」彼は自転車の上で体を折り曲げ、荒い息をついていた。「それは従来どおりよかった。

おれは実験屋の友人の肩をたたき、もと後輩の頭をたたいた。なあんだ、心配して損した、と安堵の台詞を交わしあい笑いあったあと、ねんのためきいてみた。「それじゃあ別の法律が変わったのか」

「変更になったのは」もと後輩は頭をなでながら上目づかいでこちらをみた。「出すか出されるか法です」

「どんな」

「複数の著者の貢献度が同じであるばあい全員が第一著者、という部分が撤廃されることになりました。今後は、第一著者はひとりだけです」

おれはなにもいえなかった。

友人もなにもいわない。

「あの」もと後輩が無音の空気をやぶった。「どうします、これから」

「いつから施行だ」

「来月です」ずいぶん早い。

「原則として、とかなんとか、ただし書きはないのか。なにか逃げ道は」一歩踏みだし、代書屋の二の腕をつかんだ。

「いたい。やめてください」もと後輩は悲鳴をあげた。「条文どおりですよ。例外なしですって」

「すみませんね。そいつのいうとおりなんですよ」突如、第三者の声がわりこんできた。

声の主は北からあらわれた。理学部の駐車場がある方向だ。

「離してやってください。審議の結果です、そいつは悪くない」彼は顎のよぶんな肉さえなければ好男子、といってよい顔立ちをしていた。中背で、おそらく三十代後半だ。上質の生地であつらえた外套を着て、革靴の先も光っていた。

「トキトーさん」若い代書屋はやってきた男をふりかえる。

こいつが、やつか。

おれは年長の代書屋のいうとおりにした。

「第一著者が複数でもよい、という条項は前まえから問題になっていたんです」古株の代書屋は手にした革の書類入れを抱えなおし、親しい友人と会ったときのようにほほえみかけてきた。

「ふたりや三人ならば許容範囲でした。しかしふた月ほど前のことです。なんと第一著者が二十三人もいる論文がさる有名雑誌に載ってしまいましてね。さすがに論議をかもしました。そもそも第一著者という字義に反して複数の人間をあてることを許していたのがまちがいだった、という結論にたっしたわけですよ」

おれはここでようやく友人をみた。彼もおれをみていた。おれと同じことを考えている目つきだった。

「研究者のみなさん。今後の論文執筆は、よりたいへんになるでしょうが」年長の代書屋は自転車の上の若い代書屋をふりかえり、その背中を三度、軽くたたいた。「そのためにわたしたちがいるわけですから」

彼はよりよい雑誌により早く、といううたい文句をとなえた。そしてふたりの代書屋は、左右にわかれて去っていった。

おれたちは理学部前の窪地に取り残された。風が吹いた。上空でとんびが鳴いた。かれらの声は冬の海の匂いを思わせた。

「第一著者の完全単一化、か」銀髪の教授は高圧抽出器でいれた珈琲の碗をおれの前に置くと、もうひとつの碗を手に差しむかいの肘掛け椅子に座った。「いずれは成文化されるだろうと思っていたが。まさかこんなに早いとは」

彼は窓に視線を投げる。夕食前だというのに外はすでに闇一色だった。蒼羽山で営巣する大型の梟《ふくろう》の声さえきこえてきた。

「純粋な理論系でなければ、昨今の研究はみな共同作業だ。何十人も、百人以上もが名をつらねる大規模なものまであるからね」

教授はなんねんか前の『自然』誌に載ったヒト遺伝子全塩基配列決定の論文をあげた。あれはね、さいしょの頁が細かな活字の人名ですべて埋まっているんだ。ある意味壮観だったよ。

教授とおれは無言のままめいめいの碗を空けた。味はよくわからなかった。

あのあと、あいつとはなにも話し合っていなかった。彼もいまごろ、自分のところの教授に相談をもちかけているにちがいない。

わずかな泡だけが残った碗を置く。

「どうしましょうか」

そうだね、と相手はつぶやき、碗を卓に置いた。「研究室を切り回す立場としては、うちの研究員が第一著者になるべきだとしかいえない。あちらの教授も同じことをいうだろう。だから、わたしたちのあいだでは話は平行線だよ」

おれは空になったふたつの白い碗を交互にみて、それから目をあげた。

「おれたちがきめなくちゃならないのですね」

ふたりの研究貢献度はほぼ同じだ。だから偶然にまかせるのがいちばん公平なのだろう、硬貨投げとか。

そういえば、はじめたときもこの方法だったな。

教授は無言で立ちあがった。彼にとっての結論は出た。おれは礼を述べ、教授室を辞した。

扉を閉めてから財布をとりだす。ちらつく廊下の照明が銅貨を光らせた。

菓子すら買えないような少額貨幣で、おれとあいつの未来を無作為に決定してしまうのか。

微生物学実験室にむかう。子供のころに美術図鑑でみた古い絵画を思い出した。腰までを砂に埋めたふたりの男がめいめいの右手に棍棒を持ち、殴り合っていた。どちらかが死ぬまでつづく、ということは幼いおれにもひとめで理解できた。

どちらかが死ぬまで。

強く首を振った。

出される、すなわちいま所属している研究機関をくびになることは研究者としての死に等しい。あの法律が制定されて以後、論文を出すかどうかはほんとうの意味で死活問題になってしまった。

だがおれのばあいは、研究者として死をむかえても別の生きかたがある。地方のちいさな大学で講義を担当してもいいし、学部時代にとった教員免許があるからもっと若い生徒たちを教えることもできる。研究を離れて教育にうちこむくらしをするのも悪くない。

しかしあいつは、生来の研究者だ。猫とさんまで実験系を考え出してしまうような。

しかも、繊細な研究者だ。大御所に一喝されて萎縮し、論文が書けなくなってしまうような。

そして、純真な研究者だ。はるか昔に死んだ泰斗《たいと》の言をいまだに信じている。少女が持ち歩くお守りのように。幼児がにぎりしめる毛布のように。

彼は信じる。不可能はない。裏切りもない。

気がつくと微生物学実験室の前まできていた。

立ち止まり、息をすって、ゆっくり吐いた。右手をあげ、扉をふたつ、大きくたたいた。

「おい、いるのか」

扉を開き、首を差し入れる。照明こそついているが無人だった。数列ならぶ黒い実験卓の上はきれいに片づけられている。

いちばん奥の卓にひとつだけ箱が出ていた。次世代型用の試薬かな、と手にとる。だが半分開いた箱からのぞいているのは白い樹脂製の試薬瓶ではなく、針つきのつかい捨て注射器だった。学生が準備室から出して放置したのだろう。

箱から注射器をひとつとりあげ、天井の照明にかざす。医療用器具だが、ここでは用途がちがっている。二重鎖遺伝子をとりだしたいとき、細い針を通すことで細胞や菌体を物理的に破砕するためにつかう。

扉の開く音がした。

あらわれた友人は、ただでさえ白い顔をさらに白くさせ、こぼれてしまうのではないかと思うくらい目を見開いていた。

金属音がした。硬貨の音だ。

彼は口をひらき、なにかいいたげに動かしたが声にならなかった。きびすを返して部屋から消えた。腹に響くほど大きな音をたてて扉が閉まった。

すぐに追いかけようとして、やめた。ゆっくり歩いて扉のそばまでゆき、床から銅貨を拾いあげる。

また同じことを考えていたようだ。

それにしても。あいつをおびえさせるほどこわい顔をしていたのだろうか。

やはりおびえさせたらしい理化学機器取扱会社の営業部長を思いだした。そういえば、送ってもらった試供品の礼を伝えていなかった。明日は連絡してやらなければ。


なにかがぶつかる大きな音が受話器からきこえた。

「すすすすすすみません。で、でで、で電話を落としてしまいました」ひどくうわずった早口がつづく。

ひたすらあやまる営業部長をなだめて、おれは試薬の礼をいった。次世代型塩基配列読取装置はひじょうに順調に動作してくれた、おかげでとても助かっている。

すこしは落ちついたらしいがそれでも早口の彼女は、それはすばらしいつかっていただいてほんとうにありがとうございますまたなにかありましたらどうかえんりょなくご用命くださいませ弊社一同おまちしております、とおおげさに述べ、それでは失礼いたしますまたぜひお電話ください、を七度ほどくりかえしてから通話をおえた。

研究室の電話を切ると、いつ入ってきたのか、もと後輩が立っていた。

「ひょっとして、いまのは」おれがあの営業部長の名をあげると、彼はいいないいな、と五歳の子供みたいな調子でおれの二の腕あたりをつついた。「ぼく、電話番号おしえてもらってないんですよ。ずるいな先輩だけ」

「あたりまえだろ。おれはお客さまだ」

もと後輩は、いいもん、とつぶやいて上衣の下から黒手帳をとりだした。なにかを短く書きつける。「またできた」

「みせろ」彼の手から手帳をむしりとり、その頁を開いた。

『よるふけてほれた相手に手紙かくたのしさそれではねますおやすみなさい』

「手紙なんて出してるのか」

彼はおれから手帳を奪い返し、はい、とこたえた。「だって電話できないし。でも自宅住所も知らないから、会社の営業部あてですけど」

それって迷惑だろう。「何回くらい出したんだ」

代書屋は四歳の子供みたいにあどけなく首をかたむけた。「さあ。だってまいにち書いてるから」手紙っておもしろいですよ、仕事でやってる論文執筆とはぜんぜんちがいますしね、といってゆるんだ顔をする。「彼女にたのしんでほしいから、興味をもってくれそうなことを選ぶんですよ。その日あったおかしな事件とか、営業中におしえてもらった研究者小咄とか、うまくいった料理のつくりかたとか」

おれが意見をいう前に、もと後輩のほうが話題を変えた。「そうだ。例の第一著者問題、決着がつきましたか」

「まだだ」苦い口調になったのが自分でもわかった。「昼飯つきあえ。厚生施設でよかったらおごってやる」あれ以来、おれはあいつと直接顔をあわせるのを避けていた。

　代書屋は食べざかりの少年みたいにうれしそうな声をあげた。「やった。じつは、今日も弁当つくれなくて」あんぱん買おうかなでもあれちょっと高いよな、って思ってたとこでした、『あおば』じゃなくていいですよ下のほうが雰囲気がすきです、とおれの上衣をひっぱった。

　研究室を出る。廊下をすこし歩けば微生物学実験室だ。灰色のそっけない扉をたたいてみる気にはなれなかった。おれは扉を横目でみて、通りすぎた。

「あれ」前方右手、低温室の扉が半分開いている。むこうがわで動く白衣の裾がみえた。

　顔みしりの学部三年生が液体窒素運搬容器を運びこもうと苦戦していた。細胞生物学研究室所属の女子学生だ。ちょっと不思議なやつで、たとえば研究室の自分の席に金魚の水槽を置いている。つぎはめだかの飼育を計画しているらしい。理学部裏手の廃棄物品集積場でよくみかけるので、なにしてるんだ、ときいたらまだ動作する恒温槽を探している、と返ってきた。なんにつかうんだ、とさらにきくと、孵卵器がわりにする、という。

　低温室は、冷気の流出を防ぐ目的で出入口が高めにつくられている。おれが手を貸すと、液体窒素容器は持ちあがった。麦酒の箱くらいに重かった。低温維持のためむやみにぶあつい扉を閉じたあと、白衣の学生はふりかえって笑顔で礼を述べた。

「そういえば。ひよこを孵《かえ》す機械はみつかったか」

　にわとりじゃなくて、うずらです、と細胞生物学専攻の女子学生はこたえる。「なかなかいいのが落ちていなくて」

「卒論は」

「ちょうど主題がきまったところです。来年からは研究地区の生命研に通うことになりました。あっちの助教につくことになったので」

彼女は最後にもういちど礼をいって、逆方向に去っていった。

「先輩って、みためこわいわりには女性うけがいいですよね」遠ざかっていく女子学生をみおくって、もと後輩はこうつぶやいた。「知ってますか。北蒼羽山分館の司書さんも先輩のことほめてましたよ。研究者にはめったにいないわかりやすい性格のひとだ、みためこわいけど、って」

「それってほんとにほめてるのか」おれたちは廊下のつきあたりで昇降機を待つ。

そうそうこわいといえばあの低温室も、と代書屋は話を戻す。「ちょっとおっかなくないですか。学部のときはあそこに入るたび、もしこのまま閉じこめられたらどうしよう、っていつもおびえてました」

「摂氏四度でいどでこごえ死んだりしないだろう」階数表示の数字をみつめる。一、が光ったままだ。

平気なのは先輩だけですって、と相手は口をとがらす。「それと、あの液体窒素。扉が閉まった密室状態で床にぶちまけでもしたら酸欠で失神しますよ」

「扉を開けときゃあいいじゃないか」

「室内温度があがっちゃうからだめなんです」当時のことを思い出したのか、両手を体に回してすこしふるえた。

「おまえ、大学に残らなくてほんとうによかったな」光る数字はようやく変わりはじめた。若い代書屋も階数表示に視線をむける。

ようやく、五、の数字が光った。あかるい電子音が鳴り、扉が左右に開く。

扉のなかに人影があった。おれたちは横によけた。

昇降機から出てきたのはあいつだった。彼はもと後輩をみて、それからおれをみた。顔は蒼白で、無言だった。ただ口元がひどくふるえていた。かすかに歯を鳴らしながら、おれたちに背中をむけて廊下を歩いていった。


夕食後しばらくたつと、研究室の人口はすこしずつ減りはじめる。

「お先します」電気とかおねがいしますね、と出ていった今日最後の院生は、未舗装道路も走れる大型二輪で通学していた。公共交通機関組や、今夜の積雪を警戒した小型二輪組はとっくに帰ったあとだ。

演算機の画面から目を離し、まぶたのあたりを指で軽くもんだ。

共培養した古細菌とヒト配列との突き合わせ作業は、満足できる結果を出しつつある。

ヒト遺伝子配列は、培養後わずか二日で八割、四日ならばほぼ十割が、古細菌遺伝子中に複写されていた。すばらしい効率だ。これならば、遺伝子間領域は存在するだけで真核細胞の遺伝子を守っていたと主張できる。

検証の段階はおわろうとしていた。

すばらしい効率、と声に出してつぶやく。複写速度は予想したよりずっと早い。早すぎるくらいだ。

なにかが気になる。なんだろう。

超好熱性古細菌。あいつの白血球。共培養。複写。

失敗した高圧蒸気滅菌処理。

遺伝子だまり。水平伝播。

想像しなければならないのはわかっていた。だが疲れのためかうまくいかない。今日の頭脳労働はもう限界のようだ。

両腕をあげてすこしうしろに反って、壁の時計をみる。零時をまわっていた。窓の外は冷えた闇で、窓硝子のふちには白い雪が固まって凍りつきはじめていた。梟の声さえしない。いままでの作業で出した配列一致率の結果を保存し、演算機の電源を落とした。しかし帰宅前にやるべきことがあった。

話をつけねばならない。

微生物学実験室の灰色の扉は、今夜も無言でおれを拒否しているようにみえた。

扉をたたき、いるのか、と声をかけて入室する。一見して無人だった。照明はすべてついており、実験卓には微細分注器が数本と硝子皿数枚と硝子棒が置きっぱなしになっている。

室内に踏み入り、黒い実験卓と付属の丸椅子のあいだをぬって奥に進む。

彼がいないことに安堵をおぼえていた。矛盾してるな、と自嘲する。

流しのそばまでくると、廃棄物用の金属缶が目に入った。缶のなかは使用ずみの硝子容器で八割がた埋まっていた。もう滅菌をかけてやらねばならない。

ふたをした缶を廊下に運び出し、巨大な天火のような乾熱滅菌器の前に据えた。操作盤で温度と加熱時間を設定しながら、昼間の昇降機前と昨日の実験室で彼がみせた奇妙な反応を思い返した。あきらかに恐怖の表情だった。

あいつはなにをおそれていたのだろう。

滅菌の設定はおわった。機械正面の扉を開けた、そのとたん。

鼻を下から殴られたような衝撃があった。

膝をつき、両手も床につく。危険は前方だ。直感に従い、這ってさがった。頭が痛み、四肢がうまく動かない。だが半開きの扉から遠ざかるにつれ、異常は急激におさまっていった。

反対側の壁によりかかってなんども深呼吸し、しつこい頭痛を追い払った。

いったいなにがあった。

いちど深く吸ってから息をとめ、乾熱滅菌器のそばに戻った。いそいで扉を閉める。これで安心だろうか。慎重に呼吸を再開し、機械にかがんで正面の窓をのぞいてみた。

硝子容器がみえた。手にのるくらいの円柱状で、容量を示す目盛りがついた、実験室でおなじみのものだ。

透明な液体が半分ほど入っている。

また息をとめて、扉を開け放った。硝子容器をつかみだす。手にした容器を顔に近づけないよう注意しながら、機械から離れた。

ふたたび呼吸を再開する。匂いですぐにわかった。二重鎖遺伝子抽出につかわれる強い有機溶剤だ。麻酔効果もあるため劇薬指定されており、施錠して保管のうえ、定期的に残量をはかって報告することになっている。

なぜこんなものが、乾熱滅菌器のなかに。

のばした片手で硝子容器をもったまま、微生物学実験室に移動した。流しの下にあったはず、と記憶していた廃液瓶をみつけだし、容器内の溶剤を全量、注ぎこんですぐにふたをした。

空いた容器を流しに置き、蛇口をひねって大量の水をかける。少量吸っただけだからぶじですんだが、もし意識を失っていたら。

いやそれほどこわくない。あのときは腰をかがめていた。倒れて頭をぶつけても、たいしたことはなかっただろう。

翌日は休日だったが、任期切れ直前の博士号取得済研究員には関係ない。

ふだんより若干遅めに出勤し、支給の合い鍵で理論進化学研究室に入ろうとしたとき、扉にとりつけられた施錠時連絡事項入れの箱からのぞく折り畳まれた紙片に気づいた。

引き出して開いてみる。おれあてで、あいつからだった。論文の題と雑誌名と年号と頁数が延々とならんでいる。今回の実験につかった参考文献一覧だ、これから書く論文の末尾に載せろ、ということらしい。

無人の研究室は暗く冷えていて、上着を脱ぐ気にはなれなかった。

照明をつけ、自分の席に行く。回転椅子に腰をおろし、あらためて一覧表をながめた。論文執筆の前にひととおり読んでおかねば、と考えるとすこし気が重かった。もっとも、複写はすべて彼が持っているはずだから、図書館に行って探す必要はないだろう。

論文は著者名頭文字順にならんでいるわけではなく、かといって年代順でもない。出たばかりの短報のつぎに二十年前の原著論文がある、という感じでばらばらだ。積みあげた重要論文の山を上から順に書き取ったのだろう。おおかたが、超好熱性古細菌の培養や次世代型塩基配列読取装置の仕様など実験手法の内容だったが、最後にあげられていたのはちょっと毛色が変わっていた。

総説。一部の古細菌総塩基配列中に散在する可動性遺伝子間領域の水平伝播。

おもしろそうだ。

可動性遺伝子間領域には、今回の研究とは別に以前から興味を持っていて、関連の文献も集めはじめていた。この論文の出版年は比較的新しいのに、みおとしていたらしい。あまり有名でない雑誌に載っているせいだ。

さっそく複写をみせてもらおう。席を立ち、研究室を出た。

だが、微生物学の研究室も実験室も、照明が消され鍵がかかっていた。

ますますみたくなった。すぐさま昇降機にむかう。

外は雪になっていた。雪というより吹雪《ふぶき》にちかい。革の上着の襟を立てて両腕を組む。目をあまり開けられないので慎重に歩く。

路面も中庭も、駐輪場の屋根も自販機もすでに白くなりかけていた。正面扉が閉ざされた厚生施設を行きすぎる。今日、あいつはきていない。休日だったらゆっくり話しあえると思ったのに。

灰色と白のまだらの視界に、黒っぽい三階建ての建物があらわれた。もちろん図書館も施錠されているが、職員証は閉館時の電子鍵も兼ねているから問題はない。

図書館の玄関で財布をとりだし、運転免許証といっしょに入れておいた職員証を出して、自動扉の右壁にある固定電話ほどの白い機械にさしこむ。軽い電子音がして扉がひらいた。髪と肩と上着の前から雪を払い、なんども足踏みして靴からも雪の塊を落とした。

休日の朝の図書館はうす暗く、寒く、無音だった。吹き抜けの窓から入る自然光も弱い。照明は極限まで落とされていたが、背表紙の書名の判別くらいはできる。中身を読みたければ個別照明つきの閲覧席がつかえるし、該当頁を複写して持ち帰ってもよい。

受付にもちろん司書はいなかった。雑誌の開架前にも長椅子にもひとの姿はない。複写機の前をすぎ、階段で二階にあがった。暗い空気は古い紙と古いじゅうたんの匂いがした。夜間は巨大なごきぶりが出現するという単行本用開架の列を抜けて、製本ずみの学術誌を収納した電動書架の前まできた。

集密書架ともよばれる電動書架は、その名のとおりすべての書棚がすきまなく配置されている。個々の棚の側面には釦があって、押したところだけがひとひとり入れるくらいの幅に開き、同時に天井の照明がつくというしかけだ。

金属製書棚の側面には、その棚に収納された雑誌の頭文字が大きく表示され、雑誌名とその略称も併記されているから、目的の雑誌がどの棚に収納されているか、まではすぐにわかる。その先は棚を実際にみて探さねばならない。釦を押す。釦は点滅し、低くかすかな作動音とともに書棚の列はじれったいくらいゆっくりと左右にわかれていく。いちどに一箇所しか開かないから、別の棚の資料をみたいときはいま開いている棚の釦を再度押して閉じ、それからあらためて目的の棚の釦を押すことになる。

書棚が静止し、通路ができた。

似たような名前の雑誌がいくつもならんでいたが、いちばん奥のいちばん上の段で掲載誌を発見できた。しかし、踏み台を探しに行くのはめんどうだ。

つま先でのびあがり、製本された固い表紙の下の隅をつかんだ。手前に引く。きつい。まったく出てこない。さらに引く。まだ動かない。

片手で棚をつかみ、支点を確保してもういちど引く。ちょっとだけ動く。いい兆候だ。

これで最後、と、さらにもういちど引く。手がすべった。はずみで、落ちてきてほしい製本ずみ雑誌ははねあがり、背表紙部分がななめ上をむいて止まってしまった。

しまったやっちまった、とつぶやく。そのとき異変に気づいた。

書棚が動いている。

なぜ。

ぐずぐずせずに走った。だが出口は意外に遠い。開くときはあれほど遅く思えたのに、左右の棚はいま、みるまに両肘までちかよってきた。狭くなる、狭くなる、さらに狭くなる。もう限界だ。跳躍した。集密書架から転がり出た直後、背後で重い機械音がした。

書棚が閉じた。

ふりかえり、もとどおりにすきまなくならんだ電動書架の列をみあげた。誤作動か。故障なのか。

週明けには司書に報告しよう。また壊し屋、といわれてしまうけれど。


休み明けの朝はひどい冷えこみだった。

凍った自家用車の窓を湯で溶かしてから、自宅前の駐車場を出発する。氷のせいで路面が白く光る四十八号線をすすみながら、これからしなければならない図書館司書への報告と、昨日読みそびれた論文のことを考えていた。

それでも、この街の冬道にすっかり慣れた体はかってに車を走らせる。

四度見橋《よどみ》を通って教養部の横を右折し、昨夜の雪が残る地獄坂をゆっくりとのぼる。日陰になったきつい曲がり角を越え、凍結注意の表示がある橋をわたる。すっかり色がなくなった蒼羽山中腹に、やはり灰色の理学部の建物群がみえてきた。

大学の敷地に入り、自動開閉の門を抜けようとしたとき、赤く光るものが視界の左隅をかすめた。

なんだ。停車させ、窓の外をみる。

緊急灯を点滅させた救急車が生物学棟の前に停まっていた。

駐車場入口付近の区画に頭から車を押しこみ、建物内に駆けこんだ。

「なにがあったんだ」廊下でさいしょに出会った院生をつかまえてきく。

「倒れてたんです」博士課程にあがったばかりの若い男はあきらかに動転していた。「低温室に。窒素保存容器、ふたが開いていて。窒息したかも」

院生のやせた肩をつかむ。「だれが。だれが倒れた」

かすれた声が告げたのは、あいつの名前だった。

「医学部附属病院に搬送されました」

いちどしまいこんだ車の鍵をにぎりなおし、駐車場へ駆け戻った。

4　記　録

あのころおれは麻痺していたのだと思う。

雪にとざされたあいつの故郷で通夜と葬儀が行われた。おれは型どおりの黒服を着て、麻痺したままで儀式に参列した。みることはできる。きくこともできる。もちろん動作したり受けこたえをしたりもできる。弔辞を述べることさえできた。

しかし感じることだけができない。それが麻痺だ。

数日後、北の街に戻ったおれは教授に呼び出された。

いつものように高圧抽出で珈琲をいれてから、差しむかいに座って話す彼の言葉はただの音だ。おれは内容がよくわからないままにうなずきをくりかえし、最後にひとことだけいった。

「それではこれから論文を書きます」

麻痺を維持するには作業が必要だった。

論文執筆に必要な数値はすでにそろっていた。自分で担当した部分の結果をまとめてから微生物学研究室に出むき、教授に会って、あいつが今回の研究のためにつけていた実験記録帳を借り出した。

お先します、と最後の院生が帰ってしまったあと、深夜の研究室でおれはひとり実験記録の頁をめくる。

みなれた手書き文字がならぶ。彼らしい几帳面さで、遺伝子間領域除去済ヒト白血球の育ちぐあい、微生物の選抜状況、培地の調整法、使用した試薬名、参照した文献名がもれなく、しかし簡潔に記述されている。おれは彼の残した情報をもとに論文の方法欄をまとめる。麻痺したままで。

夜ふけに論文の草稿をつくっているとき、ある古い詩の冒頭部分を思い出した。

亡くなった、なんて言い回しはきらいだ。なぜ死んだ、とはっきりいわないか。

手紙、という題だった。

窓をふりかえる。長い冬のおわりを告げる強風が吹いて、窓枠と硝子窓をかすかに鳴らしている。

外の闇にむかっていってみる。

あいつは死んだ。

一瞬、歯を鳴らすような音がきこえる。

もちろん風の音だ。おれは暗い窓から目をそらし、またおれの内部を麻痺させる。

執筆は順調に進んだ。方法欄が仕上がり、実験記録帳を微生物学研究室に返却してもよい、と判断できた晩、ふと思い立った。

暗号文を解読してみよう。

すでに今夜も、研究室にはほかにだれもいない。

暗号による文章はやはり日記だった。その日の天候、食事とその感想、人づきあいでの軽いいざこざやちょっといい話、うまくいかなかった実験へのぼやきなど。

暗号文のなかでの彼は能弁だった。

日記にはおれも登場する。また殴られた、殴り返すがやっぱり効かない、などとある。日付はじょじょに新しくなり、つい最近の記録になる。次世代型の試薬が送られてきた日、彼はこう書いている。営業とはいえ女性から手紙をもらって、電話番号までおしえてもらえるなんて。みためはこわいが女受けはいい。

みためがこわい、はよけいだぞ、とつぶやく。あやうく麻痺が解けそうになり、顔をあげて天井の暗い隅をみつめる。

ふたたび記録帳に視線を戻す。麻痺はほどなく戻ってくる。出すか出されるか法変更についてきかされた日に到達する。直後から、苦悶が、不安が、まよいが書きつけられている。

さらに頁をめくる。翌日だ。

その日の記述は信じがたかった。暗号の変換をやりなおす。まちがってはいない。

「うそだろ」

つぎの日に進む。暗号文を平文に換える。ねんのためもういちど同じ操作を行う。記録帳を支えた両手は細かくふるえていた。長く息を吐く。あいつは。おれの共同研究者は。十年以上いっしょだったあの男は。

彼が死んで以来はじめて、声をあげて泣いた。


「だだだだだいじょうぶだいじょうぶだいじょうぶです。い、いい、い一時間でも二時間でも四時間でも八時間でも」

翌日の朝、研究室から電話をしてみた。いまちょっとよろしいですか、という問いに、営業部長はやはりあの痛々しくもおそるべき早口でこたえた。

ほんとにご連絡くださってありがとうございますわあ信じられない、という礼なのか失礼なのかよくわからない台詞を無限に繰り返しそうな相手をさえぎって、用件を述べた。

「増幅開始配列組の受託合成、そちらでやってらっしゃいますよね」

「もちろんです。うちは早くて安いですよ。五営業日以内に、すぐつかえるかたちでお届けします。一塩基あたりの価格は業界最安値です」

注文内容をつづけた。「配列組、といいますか、片側だけでいいんです。通常よりはちょっと長い配列になります。できるだけ早くほしいんですが」

そうなると割増料金がかかりますね、と相手はすこし冷静な口調になった。しばし無音、それからふたたび声がした。

「いまご注文くだされば、あさってには到着するかと」

金額が述べられる。即座に了承した。もともとたいして高くないから、五割増しでも支払えないことはない。

「じゃあ。いまからいう配列でおねがいします」

電話口でゆっくり、ききちがいのないように、さきほどつくった配列を一字、また一字と、吹きこむように告げた。口頭での面倒さはあるものの、急ぎの注文においては電話にまさる手段はない。

営業部長は配列を同じくらいゆっくり復唱し、まちがいないですね、と確認した。

「それではあさってまでお待ちください。午後の便で、凍結乾燥品ですから常温です。純水か超純水に溶いて濃度調整したあとは四度、または小口に分注して零下二十度で保存してください」

またいつでもお電話くださいお待ちしております、を無限に繰り返しそうだったので、失礼、とひとことといって通話を切った。

片側だけの、ふつうより長い増幅開始配列は予告どおり翌々日の夕方に着いた。

荷物を持ってさっそく微生物学実験室に移動する。作業をしていた顔みしりの学生に実験卓の片隅を借り、届いた薄い箱を開封する。小指くらいの透明な樹脂製の管を照明にかざすと、底のほうにごく微量の白い粉末が入っているのが確認できた。

「超純水、ちょっとだけもらってもいいかな」

背後の卓で実験操作中の学生をふりかえって頼む。彼は縦置型冷蔵庫から手のひら大の樹脂管を一本、とりだして戻ってきてくれた。

青いふたのついた円錐底の管は、無色透明の液体で満たされていた。ふたには油性の筆記具で超純水を示す略語と、分注した日付らしい六桁の数字が書かれている。にぎりしめるとひんやりつめたい。

もらった管のふたを開け、分注器も借りて、添付の説明書どおりに超純水を計量する。届けられたちいさな樹脂管も開けて、量りとった水を入れ、また閉めた。管のふた側の端を片手で軽く持ち、もう片方の手のひとさし指で管の尻をたたく。その動作をしばらくつづけた。管のなかの白い粉はほどなく消えてみえなくなった。

透明な液体となった管の中身をみつめて苦笑する。超純水までつかって、指示どおりの濃度に調整する意味なんてまるでないのに。研究者の本能だな。

分注器を学生に返し、増幅開始配列の入った樹脂管をにぎって立ちあがった。手でも洗おう、といったそぶりで壁ぎわの大きな流しにちかづく。学生のようすをうかがう。実験卓にかがみ、操作に夢中のようだ。おれのことなどすでに念頭にないだろう。

流しの前にたどりつく。蛇口をゆっくり開ける、大きな音が立たないていどの水量にする。にぎりしめた手を開く。あらわれたちいさな管には、さきほど液体にした増幅開始配列が入っている。もういちど背後をみる。学生はうつむいた姿勢でいまだ作業中だ。

管のふたを開ける。蛇口の下の流れにもってゆく。水道水は管の口にあたり、細かなしぶきをあげる。管の中身は水道水に混じり、排水口に吸いこまれていく。無色透明だからもちろん目にはみえないが、おれが設計した配列は大量の水といっしょに確実に外へ出ていくはずだ。これほど短い配列ならば、細胞や菌体に保護されない裸のままでもそうかんたんには壊れない。

おれは海を想像する。すべてが帰っていくところを。

この行為をなんというのだろう、と、流れる水をみつめながら思う。気休めか。言いわけか。それとも。

贖罪だろうか。

「いいでしょう。投稿しなさい」差しむかいに座った銀髪の教授は、原稿を卓の上で軽くそろえてからこちらにわたしてきた。「表現をあらためたほうがいい箇所をいくつか、赤で指示しておいた」わたしの名前は謝辞に入れるだけでいいよ、ともつけくわえる。

礼を述べて紙の束を受けとった。卓に置き、表紙をみつめた。論題と著者名と連絡先がならんでいた。

「投稿先は。そうとう上をねらえると思うが」相手は卓上の珈琲碗をとりあげ、口をつける前におれにたずねる。白い碗のむこうの両目に浮かぶ表情は、ここのところ周囲のみながむけてくるものと同じだ。気づかい。いたわり。遠慮。憐憫。あるいは、はれものにさわるような。

「『細胞』誌にします」みなのあこがれ。そして、あいつのあこがれ。

「そうだね。内容からいっても『自然』や『科学』より妥当だ」雑誌名をきいた教授はにわかに饒舌になった。「しかも発想が斬新で、論文としての完成度も高い。軽微な改稿指示はあるかもしれないが、掲載不可にはまず、ならないだろう」

そこで言葉を切って、手にした碗からひとくちすすり、おれと卓上の原稿を交互にみた。しかし口を開くことはなかった。

おれも珈琲碗をとり、さめかけた苦い液体を三口で片づけた。ごちそうさまでした、それでは失礼します。相手が立ちあがる前に型どおりのあいさつをし、草稿を抱えなおすと教授室を辞した。

部屋を出て、閉めた扉によりかかって長く息を吐く。教授がいおうとしてついにいわなかったのは、きっとこんな台詞だ。

後悔しないのか。

だれにみせるわけでもなく首を振った。

だって贖罪だから。

春とともに別刷《べつずり》もやってきた。

『細胞』誌編集部から届いた荷物を机の上にあげ、梱包を解く。あらわれたのは、雑誌から該当論文だけを抜き出して簡易製本した薄い冊子で、事前に指示したとおりなら百部あるはずだった。

時刻はすでに遅い。研究室に残っているのはおれだけになっていた。窓の外からは、春先にありがちな強風が蒼羽山の木々の枝を揺らす音がかすかにきこえてくる。

関係各位への別刷の発送がすんだら、と、机まわりに視線をめぐらす。私物の荷造りをしなきゃな。地方の教育系大学の教員公募にぎりぎりですべりこめたのは幸いだった。年度明け以後は研究から離れた生活がはじまる。だがそれがどうした、むしろいままでよりたのしいかもしれない。

別刷を一部とり、表紙をながめる。論文の表題と著者名と所属、そして掲載される予定の『細胞』誌の巻号を示す数字が刷られていた。

満足してひとつうなずく。微笑さえ浮かんでいるのが自分でもわかる。

外では風が吹く。窓枠が鳴る。歯を鳴らす音によく似ている。

「きたか」別刷を手にしたまま窓に寄り、親しく話しかけるようにささやいた。「くると思ってた。だって微生物に不可能はないもんな」

おれも信じることにしたよ。不可能はない、裏切りもない。

春の深夜の強風が窓枠を鳴らす。

「読んだぞ、おまえの暗号日記」おれの声はふるえていた。「注射器をみて誤解したんだな。癌化した白血球で殺されるんじゃないか、って」ばかだなそんなことあるわけないだろう。だって裏切りはないんだから。

彼が恐怖にかられて反撃を試みたのはたしかだ。乾熱滅菌器に溶剤をしこみ、図書館では電動書架に細工した。

だが失敗した。そうこうするうち、彼のほうが液体窒素の事故を起こしてしまった。緊張と心労のせいだったのかもしれない。

窓枠がまた鳴った。彼の返事のようにきこえた。

「みろよ、これ」外の闇にむけて別刷の表紙をかかげる。「おまえの論文、おまえが第一著者だ。おれは第二著者で連絡担当著者だぞ」

窓枠の音はいっそう大きくなる。

「でも、もう視覚なんてないかもしれないから手紙を送っておいた。短歌みたいに短いやつだ。読んだか。読んだよな。読んだから、ここにきたんだろう」おれは語りかける。死んだはずのあいつと、いや、微生物遺伝子だまりに複写された彼の全遺伝子と会話をつづける。

窓枠の音はさらに大きくなる。

幸福の神を追う

Sleeping Beauty

彼女は手足を体にひきつけて、信じられないほどちいさく丸くなって眠っていた。切れ長の目はかたく閉じられ、頬も口もまったく動かない。呼吸をしているのかどうかすらあやしいくらいだ。

眠り姫。

と、鉄格子のなかの彼女をみつめて学生は思う。常暗低温の実験室で、弱い赤色灯に照らされた伝説の王女に出会うとは。理学部生物学科って驚きでいっぱいだ。

もっとよくみたい。

格子に顔をちかづける。そのとき、彼女の微細なまつげが動いた気がした。

かんちがいだろうか。いや、こんどはたしかに頬が動いた。細工物みたいな右手があがって、目から口にかけてをひとなでした。あの切れ長の目がひらいた。顔に比して大きな黒い瞳がまっすぐ彼をみた。

あ、とだけいって彼はかたまってしまった。しかし心臓は彼を内奥から強く打っていた。

ぼくは眠り姫を起こしたんだ。

「冬眠期間中の中途覚醒だね」かたわらに立つ背の高い男がやさしげにほほえみながら低い声で説明した。大学院博士課程の一年生で、この春学部にあがったばかりの彼ら三年生の面倒をみてくれている。「ずっと眠りっぱなしじゃなくて、こんなふうにときどき、自発的に体温をあげて覚醒するんだ。で、食事や排泄をして、また体温をさげて眠りにはいる。すごいだろう、体温を調節できるんだよ、こいつらは」

学生は無言でうなずき、樹脂製の飼育箱を上面の格子部分からまた、のぞいた。鳥かごほどの飼育箱のなかで、雌のしまりすは頭をあげ、眠そうなあくびをひとつした。

翌朝、彼は動物飼育担当に志願した。

「お。うれしいねえ」面倒見のよい大学院生は白い顔にひとずきのする微笑をうかべ、書きかけの実験記録帳を閉じると席から立ちあがった。「三年生たちにはじきに係を割りふらなきゃならないんだ。そっちから希望をいってくれるとたすかるな」

彼は院生のあとについて冬眠動物研究室を出ていく。講義がはじまる前だから、部屋にはまだ彼らだけだった。

扉の手前で、学生はふと視線を上にむける。臨時休講、奨学金応募要項概略、交換留学制度案内、春の実験系学生むけ健康診断実施など各種告知がひしめく壁の上方に、広げた帳面ほどの大きさの紙が貼られていた。印刷されているのは、ここ北の街で幸福の神とよばれている人物の写真だ。細い縦縞の服を着て、腕を組み、両膝を折って座っている。髪は短く、顔は丸い。

笑っているけれど、目の焦点が合っていない。彼の横にはこんな言葉が刷りこまれている。

おらほさきてけさいん。

この地域の方言で、こっちにきて、という意味だ。

ふたりは廊下に出る。通路なのにまるで物置だ。壁ぞいに古い機械、背の高い資料棚、二十年前の製本ずみ学術誌、なぜか芋煮の道具の大鍋や学生の私物までがならんでおり、ほんらいの半分の幅になっている。棚と物品のすきまから、講義室や研究室や実験室や教官の個室につながる扉がみえかくれするという状態だ。

「それで。どうして動物担当希望なの」

きかれた学生は無言で微笑し、かすかに首をかたむける。

きいた院生は、まあいっか、とつぶやき、人工灯のまたたく廊下を後輩の先に立って歩いていった。

「動物実験室といってもね、うちのばあい低温室を流用してるだけ」ひとつだけめだって頑丈な扉の前で立ちどまり、院生は説明をはじめる。「それに、ここで飼育されてるしまりすはもともと野生個体で、厳密に系統が確立されてるわけじゃない。もと野生だから、実験用はつかねずみみたいに感染症に弱くもない。だから、通常の実験動物にくらべれば管理はずいぶん楽だと思うよ」

扉の横の赤い釦《ぼたん》を押す。すると内部では赤色灯がつく。

長い金属の取っ手を両手でつかみ、力いっぱい引くと、扉はゆっくり開く。冷蔵庫と同じ温度の空気が流れ出て、ふたりの顔をなでる。

「さ、急いで急いで」院生と学生は室内に駆けこむ。扉はすぐに内側から閉められた。

部屋には独特の臭気がこもっている。鼻の奥が痛くなるような、それでいて甘いような。しかし胸が悪くなるような。

小動物たちの体臭と排泄物のせいだ。

「臭い、だいじょうぶかな」院生が声をかけてくる。「慣れればどうってことないんだけど。それにここは冷やしてるから、ふつうの動物室よりだいぶましなはずだし」

室内は彼の住むちいさな下宿の半分くらいの広さだろうか。天井は低い。右手の壁に三段の棚があり、小動物飼育用の樹脂製箱が八個ずつならんでいる。

「あれで赤外線を感知してるの」院生は反対側の壁と天井の境目を指した。監視用撮影機にそっくりな機械がなため上から飼育箱の棚を狙っていた。「このしくみのおかげで、冬眠動物の体温測定はとても簡便に、そして非侵襲になった。以前はね、いちいち手術して動物の体に発信器を埋めこんでたんだ」

学生は無言のまま、二十四個の飼育箱のうちのただひとつをみつめていた。中段左から二番め、あそこに彼女がいる。

ぼくが起こした眠り姫だ。

「きみにやってほしいのは、固形飼料と水の補充」院生は飼育箱のひとつを指した。箱上面の格子は一部が落ちこんでいて、そのへこみ部分に餌を置くとなかの小動物が首をのばして食べられるようになっている。餌のとなりに給水瓶を刺す。

餌はかたちもおおきさも葡萄酒の栓にそっくりな、齧歯類用飼料だった。

「それと。床敷の交換もね」

院生は奥の壁ぎわを示す。おがくずのようなものが詰まった樹脂製袋がつみあがっていた。これも実験用はつかねずみと共通だ。

つづいて、世話する際の基本的注意事項を述べる。冬眠中の個体を起こさないよう音や振動は最小限にする。動物の体にはぜったいに触れない。「なにか質問は」

学生は彼女の箱の正面につけられたちいさな札を指した。

この四桁の数字は、なんですか。

「その個体が冬眠から覚める予定日」院生は微笑してこたえる。「しまりすの冬眠は体内時計による厳密な年周期に支配されているんだ。その個体はすでに二年、ここで冬眠を観察されている。いずれも一一七日間、ぴったり同じ日に眠りはじめて同じ日に起きた」

学生はあらためて数字をみつめた。あと二週間で、彼女は完全に目覚める。

彼の頬に笑みがうかんだ。


午前の講義がすんだあと、彼は北蒼羽山《きたあおばやま》分館にいった。めがねをかけた能弁な女性司書から説明をうけ、しまりすを検索語として入力してみたところ、大学図書館はさほど多くの関連蔵書を持っていないことが判明した。教養部にある中央図書館に四冊、天宮《あまみや》地区の農学分館に二冊だ。これらをこの分館に回送するよう手配してから、ここが所蔵していた二冊をその場で借りた。

北の街にあるこの古い大学は典型的蛸足大学だ。各学部は街じゅうに散らばり、図書館も分館としてそれぞれの敷地に配されている。

分館どうしの連携が緊密なのがせめてもの救いだな、と彼は思う。

借りた本を抱えて理学部方向へ小径をもどる。植えこみにまじる桜の枝ははだかで、ふくらんだつぼみだけがめだっている。土色をした二階建ての厚生施設には昼食をとりにきた学生たちの長い列ができている。同い年くらいの男たちは、数人ずつかたまって楽しげに雑談している。かれらの前を素通りして、屋根つき駐輪場と学部掲示板をすぎ、学内道路をわたってちいさな中庭を抜けると、生物学棟だ。その右手が化学棟、左手が事務棟と地学棟。理学部の建物はみな、高さこそちがえよく似た外観をしている。灰色の壁と大きな硝子《がらす》窓、地震対策のためあとからとりつけたはすかいの鉄骨だ。

五人までしか乗れない旧式の昇降機で四階にあがる。冬眠動物研究分野は、この階の西半分を占めていた。

学部生および大学院生の部屋は、昼どきなのでみごとに無人だった。

扉を開けてすぐが学部生用の平机の列だ。手前が三年生で、その奥が四年生。机に置かれた私物の量があきらかにちがうからひとめでわかる。片方は辞書のように厚い教科書、実験記録帳、複写した文献の束、現像からかえってきた写真、模型やまんが雑誌、菓子の袋や夜食用の即席めん、なぜか靴下までが積みあがっている。もう片方は寒々とみえるほどなにもない。

彼の机も寒々としていた。

借りてきた二冊の本を机に置く。じぶんの席があるのはいいことだ。教養部にいたころは講義と講義のあいだ、身の置きどころがなく時間をもてあましていた。昼休みなど、混み合う食堂で名前も知らない同級生たちと相席するのもいやだったし、そのあと目的もなく購買部や書籍部をさまようのも苦痛だった。

これからはそんな思いをしなくてすむ。

冬眠動物研究室を選んだことに深い理由はない。動物がすきだったから生物学科にきて、動物をあつかえそうな研究室に入っただけだ。冬眠現象にさして関心はなかった。

これまでは。

二冊のうち薄いほうはしまりすの一般むけ飼育書で、厚いほうが冬眠哺乳類にかんする総説をあつめた専門書だった。まず飼育書を手にとる。動物ずきとはいえ、しまりすにかんする深い知識はない。彼女のことを知りたかった。どんなことでも。たくさん。

いますぐに。表紙を開く。

「お。熱心だね」

きゅうに背中を叩かれて彼は声を出すほど驚いた。

ふりむくと、面倒見のよい院生がいつものように微笑して立っていた。記録帳を抱えている。実験室帰りなのだろう。

「おれ、これから食事にいくけど」院生は部屋の奥にあるじぶんの机に帳面を置き、またもどってきて出入口そばの流しで手を洗った。上方の壁では幸福の神が焦点のさだまらない笑みをたたえていた。おらほさきてけさいん。

「どう、いっしょに」と、三年生をふりかえる。

学生は首をふり、机の上の白い袋を指す。

「ああ、買ってあるんだ昼飯」院生は流しの横に積まれた実験用のつかい捨て紙布巾で両手をぬぐい、丸めてごみばこに投げた。じゃあつぎの機会に、といってまたさわやかにほほえみ、鼻歌をうたいながら部屋から出ていった。

院生をみおくってすぐ書籍にもどる。目次に食餌という項目をみつけた。彼女はなにを食べるんだろう。

意外なことに、動物実験室でみた齧歯類用固形飼料が推奨されていた。栄養素の配合比率が理想的なのだという。瓶の栓のようなそっけない飼料の写真をみてためいきをつく。こんなねずみの餌みたいなもの。

ほかには。頁《ページ》をめくる。

小鳥用飼料、雑穀数種を配合したもの。殻つきならばなおよい。

子供のころ飼っていた十姉妹《じゅうしまつ》や文鳥を思いだした。殻のついた粟や稗《ひえ》をあたえると、ひとつぶひとつぶ拾いあげては、ちいさなくちばしを細かく動かしながら器用にむいて食べていた。一見めんどうそうなその作業じたいが好きらしかった。

しまりすもおなじか。

さらに頁をめくる。副食という項があった。ひまわり、またはかぼちゃの種。やはり殻つきが望ましい。脂質が多いので、嗜好品として少量与えるにとどめる。

嗜好品。

彼は微笑し、ひとまず本を閉じる。立ちあがって流しに行き、蛇口をひねる。手を洗いながら幸福の神の肖像写真をみあげる。

彼がもたらす幸福ってどんなものだろう。

席にもどって、白い袋の口をひらく。焼き菓子が出てきた。半透明の包装紙にはこう印刷されていた。かぼちゃ天国。

包装紙をやぶる。製菓用油と砂糖と香料の匂いがした。矩形《くけい》の菓子の表面には緑色のかぼちゃの種が数個あしらわれていた。ひとつはがして口に入れ、奥歯でかみしめてみる。豆類よりもずっとやわらかく甘い。

いいことを思いついた。


蒼羽山をくだりきったところにちいさな食料品店があって、五限め終了後はいつも自炊派の学生たちでにぎわっている。

店の前に積まれたまるごとのかぼちゃをみて彼は首をふり、店内に入った。野菜用冷蔵棚には四分割されたかぼちゃがならんでいた。

頰に手をあてて断面をじっくりながめていると、せまい通路を歩いてきた学生ふたり組に背中を押された。かれらはぶつかったことに気づかないまま、声高に談笑しながら奥の精肉売り場へ消えていった。

彼はすこしだけ顔をしかめてまたかぼちゃをながめ、いちばんたくさん種が詰まったものをえらんでかごに入れ、支払いをすませた。

彼の下宿はこの食料品店からさらに数分歩いた斜面のとちゅうにある。幅がせまく傾斜のきつい石段をのぼり、息がきれかけたころようやく、平凡な軽量鉄骨の建物にたどりつく。二階の三部屋めを彼が借りていた。築年数と場所、広さからいえば妥当な家賃だった。

うしろ手に扉を閉めて長く息を吐く。ここはもう彼ひとりの世界だ。

住みはじめて三年めとなるみなれた部屋は、はたちの男のひとりぐらしにしてはこぎれいなほうだろう。調度品がすくないせいもある。おおきなものは低い丸卓、壁ぎわにたたまれた寝具くらいだ。なにかをたたむ作業はすきだった。心を無にする時間だ。

玄関横の台所も部屋に応じてせまいが不満はなかった。凝った料理はしない。道具も最小限しか持っていない。

流しでかぼちゃの実から種をはずす。ひとつひとつ、ていねいに流水で洗う。水気を切り、またていねいに反古紙《ほごがみ》のうえにならべて南むきの窓ぎわに置いた。硝子をとおしてななめに差しこむ陽が濡れた種を照らした。

残った実の部分は包丁でひと口大に切りわけ、水をはった鍋に入れて火にかける。沸きたってくる水面をながめながら、帰宅前にみた彼女の寝顔を思いだした。眠り姫はまったく目を覚ます気配がなかった。赤外線測定器の記録でも、体温は低いままだった。

それでも、とても愛らしい。動かなくても、丸まったままでも。

菜箸をにぎり、鍋のなかで踊るかぼちゃのひと切れに突きたてる。すでに火が通っていた。

彼はひとりほほえむ。彼女と食事をわけあうのだから。


翌日。一限めの講義がはじまる半時間前、彼はもう生物学棟にいた。

かぼちゃの種を詰めた小袋を手に、動物実験室の前に立つ。赤色灯をつけ、重い扉を引き開けてすばやく入室する。急いで扉を閉める。

彼女の箱をのぞきこむ。きのうの夕方とまったくおなじ姿勢で、長いしっぽを顔から背中にかけてぐるりと巻きつけて眠っている。腹のあたりにのせておいたおがくず片は位置を変えていない。

贈り物を食べてもらえないのはざんねんだ。しかし、寝顔をみつめているだけで、じんわりと幸福感がおしよせてくる。

読みかけの冬眠動物専門書の内容を思いだす。

冬眠は睡眠とはちがう。また、たんなる低体温でもない。

みずから体温を環境温度ちかくにまでさげ、代謝を可能なかぎり抑えることで、食料のとぼしい冬をのりきるすばらしい適応だ。昆虫やかえるなどの変温動物は受動的に体温がさがり、体を凍結させるものまでいるが、冬眠哺乳類はそうではない。体温調節機能を停止させるのではなく、設定温度を低くするわけだ。

冬眠は意外に普遍的な現象だ。全哺乳類約四千種のうち、冬眠するのは約二百種にもおよぶ。分類群も、単孔目、有袋目、翼手目、霊長目、齧歯目に食肉目と幅広い。熊をのぞけば小型種ばかりなのも特徴的だ。からだのちいさな哺乳類が冬期に体温を高いまま維持するには大量の食物を消費せねばならない。そんなむだをするくらいならいっそ低体温低代謝になってしまおう、というのが冬眠の本質だった。つまり節約だ、家電が出力を切り替えるように。

ここで彼は体をふるわせた。すっかり冷えてしまっていた。またくるよ、と飼育箱にささやきかける。

眠り姫からの返事はもちろん、ない。

それでもいい、と彼は思う。寝顔をみているだけであたたかい気持ちになれる。生きているしあわせを実感できる。

そうだ、彼女と出会うためにぼくは生まれてきた。これまで生きてきたんだ。

孤独で空虚な過去の時間が一気に埋められる感じがする。

講義のあいまの休憩時間も昼休みも、彼は動物実験室に通った。

読み進めている専門書によれば、中途覚醒はおよそ一週間から十日間隔。おととい起きたばかりだからきょう目覚めるとは思えないけれど、それでも行かずにいられない。

夕方。彼は院生の指示どおり、すべての飼育箱の餌と水を補充し、床敷を換えた。たいていの箱では餌も水も減っておらず、おがくずもきれいなままだった。しかし中途覚醒する個体がときおりいるので、定期的な世話は必要だ。

眠り姫が魅力的なのは、たまにしか目覚めないからかも。めったに起きないから、よりいとおしいのかも。

目覚めるのを待つ、じゃなくて、待ちどおしい、と思えばいいのでは。彼はそう考えることにした。

つづく数日も似たようなものだった。朝はやく理学部に到着し、まず低温室をのぞいて彼女の寝顔をみる。もちろんかぼちゃの種は持参している。ひとときのしあわせを満喫したあと、講義に出る。休み時間は、おしゃべりに興じる同級生たちをしりめにまた低温室にもどり、みじかい逢瀬をたのしむ。夕方から夜にかけては、動物の世話という名目で体が耐えられるかぎり長い時間をすごす。もちろん、眠っている彼女とはいかなる交流もない。

それでも満足だった。みているだけでよかった。

彼女の丸めた背中には、首から尻にかけて縦縞が走っている。五本あり、木漏れ日のなかで保護色の役割をはたすのだという。腹部にひきつけられている手足の指は、原哺乳類の形質を残しているため五本ずつ。前肢の第一指は肉球になっており、木の枝や木の実をしっかりつかむことができる。野生の状態では両手だけで冬眠用の巣穴を地面に掘る。人間の腕がすっぽりはいるほど深いらしい。このちいさくもろくみえる生き物がそんな重労働の土木工事をするなんて信じられなかった。

こごえる寸前で低温室を出る。真冬の戸外ですごしたときのように頬はつめたくなっているし指もこわばっている。しかし胸のなかはあたたかい。彼は満足して理学部をあとにする。さあ帰ろう。帰って、農学分館から回送されてきた齧歯類飼育専門書を読もう。彼女についてもっと知ろう。

一週間がすぎた。

その朝いつものように低温室をおとずれると、なんと眠り姫は目覚めていた。

ついにきた。中途覚醒だ。

彼女は立ちあがり、首をのばして、かちかち音をたてて給水瓶から一心に水を飲んでいた。侵入者に気づいて瓶から口をはなし、よく光る黒い両目で彼をみた。その視線は彼の心の奥底までとどき、彼のいっさいの動きを止めた。

彼女がまた水を飲みはじめたところでようやく金縛りがとけた。飼育箱にかがみこみ、やさしくささやく。おはよう眠り姫、やっと起きたね。

返事はない。だがそれでいい。

言葉は通じないが、声の抑揚で感情を伝えることはできる。飼育書にはたいていそう書かれていたし、彼も幼いころから動物あいてに実践してきた。効果のほどは知っている。ほら、いまの彼女だってこわがっていない。箱の隅に逃げたりしていない。だいじょうぶ。

待ち望んだ機会がようやくおとずれた。かぼちゃの種はきょうも持っている。給水瓶の横からひとつぶ、差し入れてみた。

水を飲む動作が止まった。薄桃色の鼻と長いほおひげが動いた。

そのあとは一瞬のできごとだった。彼の指からかぼちゃの種は消えた。彼女は箱の壁ぎわですわりこみ、抱えた種をなんどか手で回して、とがった端に門歯でかみついた。表面のかたい殻はみるまにはがれて床敷のうえに落ちた。緑豆によく似た中身を頰袋の片側に詰めこんでから、後肢で立って彼をじっとみた。

みつめられて、彼は溶けて床に流れだしそうなきぶんになった。急いで小袋をさぐり、もうひとつ種をつまみだして格子のすきまに差しこむ。

彼女が寄ってきた。五本の縦縞が走る栗色の背中が彼の手の真下にあった。

触れたい。

誘惑はあまりに強かった。種をわたした直後、自由になった指を格子のあいだにすばやく入れて、なめらかな毛でおおわれたからだに触ろうとした。

指先にやけどのような痛みを感じて、彼は思わず叫んだ。あわてて手をひっこめ、天井の赤色灯にかざす。ぽっちり丸い、黒い粒が指の腹から出ていた。血だ。

飼育箱をのぞく。彼女はいちばん隅まで後退し、姿勢を低くして長い尾を立て、左右にゆっくりふっていた。せいいっぱいの威嚇なのだとひとめで理解できた。

あからさまな拒絶に彼は落胆したが、思えば、彼女は巨大な相手にいきなり触られそうになったのだから当然だ。まあ、いい。時間をかけてすこしずつなかよくなっていこう。本格的に冬眠から覚めたら、ゆっくりと。

さらに数日がすぎる。ふたたび冬眠周期に入った眠り姫のもとへ、学生は足しげく通う。もうけっして触らない、ときめていた。眠りをさまたげたくないし嫌われたくない。みているだけでじゅうぶんじゃないか。

無口で熱心なやつ、との評価が院生や教官のあいだで確立する。同級生たちはとくに彼にかまいつけない。無視にちかい無関心だ。かれらにはやることがたくさんある。講義に出たり卒論の課題を模索したり、時間給の仕事で小銭をかせいだりその金を女の子のためにつかったり。もちろん人間の女の子にだ。

彼は日付を数えて待つ。眠り姫が目覚めるまであと四日。三日、二日。

「あした、四七六番をつかうよ」

その日の朝。低温室の前で面倒見のいい院生にいわれたとき、彼はとっさに意味が理解できなかった。四七六番とはこの研究室での彼女の呼称で、つかう、とは実験につかうことだともちろん知っていた。しかしこの台詞のおそろしさが浸透するまですこし時間がかかった。

「四七六番はあす、起きてくるはずだからね。冬眠から覚めるときどんな遺伝子が発現しているのか、とくに脳でどうなっているのかは、この研究室が追い求めてる主要な問題だから」

まず頸椎脱臼法で安楽死させる。それから脳をとりだし、組織をすりつぶして翻訳用一本鎖遺伝子を抽出、網羅的発現解析にかける。

説明はとちゅうできこえなくなった。彼の頭のなかではただひとつの言葉がくりかえされていた。安楽死。

そんなことさせない。

低温室の扉の取っ手をつかみ、せいいっぱい引く。開け放したままかけこんで、中段左から二番めの箱を抱えあげた。院生をしりめに廊下にとびだす。

「あ。四七六番」

と、院生は叫ぶが、なにが起きたのかまだわかっていない。貴重な冬眠動物が盗まれたと認識するころには、彼が目をかけていた三年生は廊下を走り、昇降機に乗って、一階への釦を押していた。

昇降機の扉が閉まる。


どこへ逃げるというあてはなかった。ただ、彼女を守らねばならないという衝動だけが彼を動かしていた。

学生は飼育箱を抱えて生物学棟正面から出た。工学部方面と教養部を結ぶ道路が目の前を走っている。もうじき一限めがはじまる、理学部と薬学部の学生たちや事務職員たちが通勤通学してくる。大型旅客車両が一台、蒼羽山の坂をのぼってきて、理学部前の停留所についた。扉がひらき、乗客をつぎつぎに吐きだす。

反対側からべつの旅客車両がやってきた。真新しい理学部付属博物館のすぐ横に止まり、やはり客を降ろしている。車両の横腹には幸福の神の肖像が大きく描かれていた。

おらほさきてけさいん。

焦点のあわないほほえみに導かれるように、彼はひとの流れにさからって停留所に駆けよる。扉が閉まる寸前、ほぼ無人となった車両にすべりこんだ。眠り姫といっしょに。

院生は冷静さをとりもどし、どうすべきかを考えた。教官に知らせておおごとにはしたくない。いまならまだ、じぶんと彼だけの問題ですむ。

つかまえよう。じぶんだけで。

学生のつぎの行動を予測してみた。自宅に帰るだろうと結論し、研究室の学生名簿で住所を確認した。

なんだ、こんなちかくに。

苦笑した。自家用車はつかわず徒歩でむかうことにする。

理学部を出て薬学部の敷地を抜け、蒼羽山の坂をくだる。ここにも遅い春がようやくやってきて、落葉樹にまじる桜がいま満開となっている。顔にふりかかる花びらを払いつつ院生は考える。実験動物の使用にまだなじめないのだろう。いかにも、動物ずきで繊細な若者が衝動的にとりそうな行動だ。根が素直な性分だから、いいきかせれば理解してくれるはず。

頭のなかで説得の文句をあれこれならべかえながら、急な山道を降りていく。

十分ほどで学生の下宿に到着した。貧弱な扉は鍵がかかっていて、叩いても呼び鈴を押しても返事がない。窓からのぞいてみる。室内は無人だった。

院生は失望したが、どうせすぐに戻るだろう、と部屋の前で待つことにした。しかし、なるべく早く学生を、というより四七六番を確保したい。実験はあすだ、変更はできない。それに、もし逃げられたりしたら。

悪い想像がわきあがる。実験動物。逃走。緊急事態。対策。まんいちのばあい。確保。失敗。その結末。

これは、たいへんなことになるかも。

携帯電話をとりだし、冬眠動物研究分野教授室の番号を押した。


教授の対応は早かった。

院生から報告を受けて十五分後には、生物学科緊急連絡網で各研究室に協力をあおぎ、実験動物を盗んで逃走した学部三年生男子を追う手配を完了させた。

学生の特徴が伝えられた。中背やせ型、色白、くせ毛でそばかすがあり目が大きい。いかにも蛸足大学学生ふう、あかぬけないかっこう。あまりしゃべらない。しまりすを一頭入れた樹脂製飼育箱を所持。

生物学科じゅうの学生、院生、教官が捜索に動員された。しかし派手な行動はつつしむこと、との厳命も同時になされた。

くれぐれも外部に知られないように。

教官たちは必死だった。事情を理解できる大学院生も同様だ。学部生たちはなにがなんだかわからなかったが、上の者たちがひどく深刻そうなのでだまって仕事にあたることにした。しかし内心は、逃亡者の追跡という刺激的な遊びに参加しているきぶんだった。

山狩りみたいだ。

ああ、山狩り。

かれらはひそかにつぶやき、笑みをもらす。そしてすべての講義を臨時休講においこんでくれた見知らぬ三年生にこっそり声援を送る。

学生は飼育箱を膝のうえに抱いて、大型旅客車両の最後部席に座っていた。

いま車内には彼と、なかほどの優先席に数人の老人がいるだけだ。車両は右に左に揺れながら、蛇行する急な坂道をくだっていく。揺れるたび、彼は飼育箱を強く抱えなおす。

上面の格子を見透かすと、彼女はふだんと変わらない、丸まった愛らしいかっこうで眠りつづけていた。

覆いになるものを持ってきてやればよかったな。しかし、あの状況ではむりだった。逃げるだけでせいいっぱいだった。

そうだ、ぼくは彼女と逃げるんだ。どこまでも。ふたりきりになれるところまで。

これ、かけおちだよ。

車両の窓はすこしだけ開いていて、春の蒼羽山の透明な空気が入ってくる。道路沿いに点々と植えられた桜は満開で、はやくも花の一部を風に散らしはじめているが、彼の目には入らない。

車両はふたりをのせて、揺れながらゆっくり坂をくだる。車体の側面では幸福の神が笑っている。神の頰には花びらがいちまいはりついている。

問題の学生は理学部前停留所から大型旅客車両に乗った、という目撃情報が複数、冬眠動物研究分野教授室に寄せられた。いまこの部屋には教官たちがあつまり、臨時の捜索本部と化していた。

「ということは」小太りの助教は眉をよせ、二重顎に手をあてた。「蒼羽山をおりて似詩《にし》公園の横をすぎ、廣瀬《ひろせ》通りを抜ける路線ですね。終点は」と、視線を投げた先は壁に貼られたばかりの巨大な地図だった。

終点は、北の街の中心である超大型駅。さらに北方や中央とつながる交通の要所だ。

教授、准教授、助教は顔をみあわせる。「まずいことになった」

彼がどこにむかうのか特定できない。

「人海戦術でいきましょう。駅を中心に、市内をくまなく探すのです」若白髪の准教授がほかのふたりを交互にみる。「他学科、いや他学部にも協力をあおがねば」

「それは。ちょっとまって」助教があわてて両手をあげた。

しかし准教授はそんな彼を目で制した。「われわれの保身などもはや小さなことだ。これは生物学科だけの問題ではない、大学全体の死活問題だ」

教授は無言でうなずき、口ひげをふるわせていちどだけ咳をすると、卓上の内線電話を手にとった。

追われているという自覚はあった、なにせ貴重な実験動物を連れ去ったのだから。

だが追跡がどれほどの規模になっているのか彼は知らない。動物を実験室から持ち出すことが、どんな結果をもたらすのかも。彼は専門書を読みおえていなかった。

飼育箱から目をあげて、車内を、そして窓の外をながめる。数少ない乗客である老人たちは優先席に座ったままそろって前後に揺れていて、だれも降りる気配はない。通勤通学時間をすぎたばかりの街はいたってしずかだ。春の太陽がかわいた路面を、芽吹き直前の街路樹を、愛玩犬や幼児をつれて散歩する主婦の頭を照らす。

どこへ行こう。窓枠にひじをついて考える。どこへだって行ける、この路線の終点は超大型駅だ。実家のある中央にもどることもできるし、だれも知りあいのいない北の果てまで逃げることもできる。

車両は花見の名所である似詩公園の横を抜ける。彼の目の高さにも桜の枝があって、満開の花がつぎつぎとおりすぎる。わずかに開いた窓から花びらがいちまい、車内にすべりこんできて、はかったように飼育箱のうえにおちた。薄桃色の花びらは彼女の鼻先の色によくにている。

とてもすてきだ。

右折して廣瀬通りにはいる。車体がおおきくかしいで、彼は飼育箱を強く抱きしめた。両側の窓からみえるのは桜から巨大ないちょうの並木に変わった。いまだ葉のない枝が路面と車両にまだらの影をおとす。

終点はもうすぐだ。さあ、どこにむかうかきめなくては。

また窓の外をみた。風景はすっかり市街地だ。硝子の多い背の高い建物と、派手な看板を出した飲食店と、早足に歩く地味なよそおいの男女と。それから。

彼の目の前を幸福の神の姿がよぎる。縦縞の服をきて焦点のさだまらない笑みをみせている。神はささやく。おらほさきてけさいん。

宣伝用の巨大印刷物だった。地下鉄駅の出入口の壁に貼られている。

「つぎは地下鉄廣瀬通駅前」録音された音声が車内に流れる。終点のひとつ手前だ。

彼は降車釦を押していた。


「あらわれませんね」

「あらわれないな」

と、話し合っているのは冬眠動物研究室の修士課程一年生と二年生のふたり組だ。

かれらは超巨大駅構内、隻眼《せきがん》の領主像前に立っていた。この位置からは切符売り場と改札をひとめでみわたすことができる。鉄道を利用する客はかならずここを通るから、領主像は待ち合わせの目印によくつかわれる。

「ええと。名前なんていいましたっけ彼」

「すまん。おれも忘れた」とにかくめだたない学生だった。顔はかろうじて知っているがろくに話したこともない。

「なんのつもりでしょうね、実験動物盗むなんて」

修士一年生は両手をこすりあわせる。遅い春をむかえたとはいえ、北の街は気温が低い。朝、自宅の電話が鳴って、助教からこの張り番を命じられた。彼の下宿は駅から近い。すぐ行け、といわれたので手袋を忘れてきた。襟巻きも。きてみたら、やはり駅の裏手にすむ一年上のなかのよい先輩がいた。同じように駆りだされた、という。

「さあ。知らん」

そうこたえて、修士二年生は隻眼の領主像をみあげる。だが嘘だ。学部三年のとき、担当の院生がいったことをいまもよく覚えていた。いいか、実験動物にはけっして名前をつけるな。つけたらさいご、その動物はつかえなくなる。

それと。実験動物飼育専門書の終わりの部分はよく読んでおけよ、初心者への注意事項がまとめてあるから。そのなかでも、とくにだいじなのは。

彼の回想は単純な電子音の組み合わせからなる旋律で中断された。

「おいなんで着信音『おらほさきてけさいん』なんだよ」

「いいじゃないですか。ぼくすきなんですよあの宣伝」やりますよね観光局うまいと思いますよ、といって修士一年生は携帯をとりだした。

後輩が電話を受けているあいだ、二年生のほうは領主像の眼帯をみつめて小声でうたう。おらほさきてけさいん、おらほさきてけさいん。

話題づくりのため、幸福の神の台詞に旋律をつけるよう名のある作曲家に依頼した、ときいた。予算をつぎこんだだけあって、短くするどく記憶に残るものができた。この旋律は地方放送局の電波にのり、街のあちこちで耳にすることができる。いやというほど。

「はい。わかりました、すぐむかいます」一年生は電話を切って顔をあげた。「助教からです。飼育箱を抱えた学生が地下鉄廣瀬通駅に入るところを工学部機械系の学部生がみかけた、って。追いかけたんだけど、ちょうどきたやつに乗って逃げられちゃったみたい」

「なんだあ、工学部機械系って」

「いつのまにか全学あげてのさわぎになってるみたいですよ」

すっかり有名人だな。

「で。どっち方面だその地下鉄」この街の地下鉄路線は南北方向に一本だけだ。

「和泉中央《いずみちゅうおう》行き」

北か。「追うぞ。きっと終点だ」とちゅうにめぼしい駅はない。これで袋小路だ。

ふたりは地下鉄の改札にむかって走りだす。

そのころ蛸足大学の各学部学生のあいだには、くだんの三年生を捕獲した者は無条件で卒業させてもらえる、との噂が各種通信機器をとおして流れはじめていた。あの長くきびしくひたすら地味で、忍耐を要求される卒業論文執筆と、それにともなう脳をしぼられるような口頭試験を免除される、ときいてすべての学部生が浮き立ったのはいうまでもない。かれらの追跡衝動には油が注がれた。

地下鉄のなかでも、彼は飼育箱を膝のうえにしっかり抱えて、七人がけの長い席のなかほどに座っていた。まだ午前中の車内はほどほどにすいている。彼のとなりには同い年くらいの若い男が両脚をだらしなく開いて腰かけている。眠っているようだ。通路をはさんでむかいがわは、まんなかに年配の女性がひとり座っているだけで、やはり眠っているらしく白い頭をかすかにゆらしている。

周囲のけだるい雰囲気に彼も眠気を誘われるが、ここで寝てしまうわけにはいかない。つぎにどこへ行くかきめなくては。

終点は和泉中央だったな、と考えながらぼんやり中吊り広告をながめる。そこからは大型旅客車両の路線があちこちに出ている。すきなものに乗ればいい。

広告のうち一枚に視線をとめた。おらほさきてけさいん。

焦点の合わない目が笑っている。

幸福の神の画像が印刷された広告はこうもうたっていた。芋煮じゃなくても、遠久新川《おくにっかわ》。

車内放送がつぎの駅名をつげる。「お乗り換えのご案内です。遠久新川方面、おもしろ山方面へお出かけのかたは、こちらでお降りください」

彼は飼育箱を抱えて席を立った。となりの若い男はまだ居眠りをしていた。むかいの老女も。観光局の努力にもかかわらず、ここで乗り換える客はとてもすくない。別系統の路線が出ているという意識すら市民には希薄だ。


「いませんね」

「いないな」

和泉中央駅そばの大型旅客車両発着所で、冬眠動物研究室の修士課程一年生と二年生はつめたくなった手をこすりつつ、主婦中心の利用客たちに交じって歩きまわっている。巨大なたまごのかたちをした発着所の敷地からは市内や郊外へむけて何本もの路線が出ているが、どの乗り場にもくだんの学生の姿はなかった。

遅かったか、と修士二年生は思う。

ふたたびあの旋律がきこえた。ちかくの店舗が地元放送局の番組を流しているらしい。さすがにしつこいぞ。修士二年生はすこしいらだつ。

「あ。いいこと思いついた」修士一年生が携帯をとりだした。慣れた手つきで番号を押す。すでになんどもかけたことがあるようだ。

回線がつながった。「ひとさがしをおねがいしたいんです。はたちの男性」外見的特徴、およびしまりすの入った飼育箱を所持していることをいう。「情報提供者には蛸足大学理学部生物学科冬眠動物研究分野から金一封が贈られる、とつけくわえてください」

「どこにかけたんだ。警察か」後輩が電話を切ると、修士二年生はすかさずたずねた。「大学の名前は出さないほうがいいみたいだぞ。それにどうすんだ金一封って」

「お金はたぶん、教授がなんとかしてくれますよ。だって一大事なんでしょ、動物に逃げられたら」修士一年生は屈託のない笑みをみせる。

観光局の宣伝がおわり、番組が再開された。

「たずねびとのお知らせです」

進行役の若い女性がしゃべりだす。彼女の高い声は発着所ぜんたいにひびきわたった。

「はたちの男性、なんとしまりすをつれているそうです。情報をくださったかたには蛸足大学からお礼が出るんですって。まずは局までお電話くださいね」

車両に乗ろうとした買い物客たちが足を止め、顔をあげる。

「ね」ついこのあいだまで学部生だった修士一年生は得意げな笑顔を先輩にむけた。

修士二年生は青くなった。


遠久新川方面行きの列車は単線の各駅停車で四両編成だった。昼まえの車内は採算がとれるのか心配になるほどすいていた。

発車の合図が鳴りひびくなか、彼はいちばんうしろの車両に乗りこみ、四人がけの箱型席をまるまるひとつ占領した。またも飼育箱を膝のうえで抱えるのは、きゅうな振動にそなえるためと。

彼女のより近くにいるため。

列車は動きだす。しだいに市街地をはなれていく。車窓の風景から建物が減り、山がちになる。

窓の外をながめながら、入学したてのころ何年か上の先輩がいっていたことを思いだす。この街はね。中心部こそりっぱな都会だけど、ちょっと足をのばすだけで深い自然にひたれる。そんなところがいいんだ。

遠久新川はその深い自然の入口だ。山歩きはもちろん、芋煮とよばれる秋特有の野外調理行事にもよく利用される。

明日、冬眠からの目覚めをむかえる彼女がすごす場所としては最適だ。

飼育箱をみおろし、格子に手をあててささやきかける。もうすぐふたりきりだよ。

しまりすは丸まったまま眠りつづけている。

「ええ、お客さま」

彼は驚いて顔をあげた。

座席の肘掛けのすぐそばに、紺の制服をきた初老の車掌が立っていた。学生の顔と飼育箱を交互にながめて咳払いし、白い手袋をはめた右手で箱の中身を指す。

「それは、しまりすですね」

ただうなずく。かけおちの相手です、とはいえない。

車掌はまた彼の顔をみつめた。

一瞬、不安がよぎる。なにか。問題でも。

初老の車掌はまた咳払いした。

「動物は手回り品あつかいです。乗車駅で運賃を払いましたか」

あ。彼はあわてて上衣をさぐり、財布をとりだすと車掌のいう金額を支払った。


昼をすぎるころから、教授室の電話は鳴りっぱなしとなった。

「いったいどうなってるんだ」若白髪の准教授が受話器を置く。すかさず呼出音が鳴る。「なぜ、目撃情報がこんなに。しかも市民から」はい理学部生物学科冬眠動物研究室、といって受け、話をききながら手元の紙片に筆記具を走らせる。

おかしい。学内の人間だけで捜索しているはずなのに。

口ひげの教授は壁の巨大地図に電話の内容から起こしたおぼえがきの付箋《ふせん》をまた一枚、貼りつけた。さきほどから寄せられた情報はこうして視覚的に整理されていた。

あの三年生らしき若い男が目撃された地点は、みごとにばらばらだ。廣瀬川河畔の遊戯場。その上の四度見《よどみ》橋、または牛声《うしごえ》橋。蒼羽城址にある隻眼の領主騎馬像前。繁華街の待ち合わせ場所として有名な水時計前。山羊山《やぎやま》動物公園、そのとなりの山羊山遊園地。来待通《きまちどおり》『あげじ』や壱番丁《いちばんちょう》『ゆきわたり』。

教授は生まれた町に伝わる古い妖怪譚を思いだす。夜道をあるくひとの前にふしぎな小僧があらわれてじゃまをする。そのひとが腹を立てて突き飛ばすと、ひとりがふたりに、ふたりが四人に、四人が八人に、と倍々に増えていく。しまいにはそこらじゅうが小僧だらけになり、この状態が夜明けまでつづく。一番鶏が鳴いてようやく、無数の小僧たちは消える。

そんなばかな。教授は地図の前で強く頭を振る。

「たたたたたいへんです」弁当屋『いせよし』へ昼食の買いだしにいっていた小太りの助教が、扉を蹴破る勢いで駆けこんできた。「放送されてます。街じゅうに。番組内で、たずねびととして」

なんだって。

「いったい、なぜ」

「わかりません。たぶん学生のだれかが知らせたんでしょう」助教は三人ぶんの食事が入った樹脂製袋を卓に置き、息を切らしながら額の汗をぬぐった。「局に放送中止願いの電話をかけましたが、もう遅い。すでになんども流されてるようです」

三人の教官は無言でたがいの顔をみつめあった。

卓の上では助教の買ってきた『いせよし』特製味噌味果物てんぷら弁当がじょじょにさめていく。

遠久新川駅の古い駅舎を午後の日差しが染めていた。駅舎は古いうえに風情のない箱形で、壁の塗装もはげている。

学生はちいさな無人駅に降り立ち、つめたい春の風に身震いした。市街地よりもさらに寒い。駅を囲むようにそびえる山々の頂上はいまだに白かった。外気から彼女を守ろうと飼育箱をいっそう強く抱きしめる。

下車したのは彼だけだった。観光局の熱心な広報活動も功を奏さず、秋の芋煮の時期以外にここをおとずれる者はまれだ。雪が残っているから山歩きの客さえいない。

列車が去ってしまった単線の線路と、そのむこうのいまだ冬枯れの山をしばしながめてから、だれもいない改札を抜けた。飼育箱を抱える腕に古い蜘蛛の巣がはりついた。駅舎の窓硝子はくすんで隅が割れていた。

駅前はほんのわずか道路の幅がふくらんでいるだけで、広場ともいえなかった。駅のむかいに何十年もむかしから営業していそうな食堂が一軒あったが、正面の雨戸は閉め切られていた。ちかづいて壁に貼られた品書きを読んでみる。風雪にさらされて変色し、はがれかかった紙には手書きの文字でこう書かれていた。名物山菜そば。名物山菜らあめん。

どっちも上にのってるものはおなじなんだろうな。

きゅうに空腹を感じた。思えばきょうはまだなにも食べていない。

再度周囲をみわたすと、店舗のとなりに自動販売機が二台立っていた。片方が缶入り飲料で片方が軽食だ。たすかった。小銭をいれてあたたかい珈琲とたいやきを買う。

食堂前で雨ざらしになっている椅子と卓まで移動し、足元に飼育箱を置いて、ささやかな食事をはじめる。珈琲は缶入り特有の金属の味がしたし、たいやきは冷凍ものをあたためただけでひどく油っぽかったが、彼は満足だった。

ようやく彼女とふたりきりだ。ここはふたりだけの世界だ。

すでに陽が傾きはじめた山の上の空をみあげ、飼育箱をみおろす。しまりすはまだ丸まって眠っている。

餡のまったくはいっていないたいやきのしっぽを飲みこみ、あっというまにさめてしまった珈琲をすべて干してから、両手を払って立ちあがった。さて、今夜の宿をさがさなくちゃ。たしか、山遊び客のための宿泊施設があったはず。

だが宿泊施設とは、想像していたような旅館や民宿ではなかった。遠久新川野営用地、と記された木製看板の先には球技場のはんぶんくらいの平らな地面と、屋根がけされた粗末な炊事場があるばかりだ。

夕闇のせまる山中で飼育箱を抱え、彼はかんぜんにとほうにくれた。

自家用車があったら車中泊するんだろうな、とか、地学科の連中だったらこんな環境でもたくましく眠るんだろうな、などと考えながら敷地のなかを歩き回る。

炊事場のとなりがごみ集積場になっていて、生ごみはさすがになかったが空き缶や空き瓶のたぐいが回収されずに積みあげられていた。瓶と缶の山の奥で布のかたまりを発見し、引きだしてみると、古い寝袋だった。前の夏にきた客が捨てていったものだろう。しめっていてかび臭いが、ないよりはましだ。

表面の落ち葉と泥を払い、炊事場までひきずっていった。石づくりの流しと流しのあいだにひろげてみる。それなりの寝床ができあがった。

そこまでの作業をおえるとすでに周囲はうす暗かった。枕元にあたる部分に飼育箱を置き、その前に脚を組んですわりこむ。格子ごしになかをのぞいてみる。彼女はやはりおなじかっこうで眠りつづけていた。

ようやくふたりきりだ、と彼はまた思う。微笑がわきあがるがすぐに消える。ふたりだけになった、だがどうすればいいのだろう。そもそもこれまでに愛する異性と一対一になった経験などない。

夕暮れの風が彼と飼育箱のあいだを抜け、彼の膝に去年の落ち葉を吹き寄せる。寒い、とつぶやいて両手で体を抱く。

背後の森から下生えを踏むかすかな音がした。

驚いてふりむいた。まさかこんなところまで追跡が。

だが彼がみたのは、灌木の暗い影の下で緑色に光る一対の目だった。犬猫か、それともいたちか。しっ、と鋭くいいはなち、石を投げて彼女の敵であるけものを追い払った。

ぼくが守ってあげなきゃ。

座っているにはあまりに寒いので寝袋にもぐりこむ。ひじをつき、両手で頬をささえて格子のなかをみつめる。縦縞のある丸まった姿はすでに闇にしずんでよくみえなかった。

なにかうたってやりたいな。

しかし思いうかんだのは長く情熱的な愛の唄ではなく、とてもみじかい旋律だった。

彼はその一節のみをなんどもうたう。おらほさきてけさいん、おらほさきてけさいん。「まだみつからないのか」若白髪の准教授の声はうわずって、疲れがにじんでいる。「もう夜になってしまう」

そんなのわかってる、と口ひげの教授は思う。そして壁の地図をみあげる。

市内中心部は付箋だらけになっていた。放送されたおかげで目撃情報は激増した、しかしすべてが役にたたなかった。日暮れとなったこの時間、放送局経由の電話はめっきり減ってしまった。

学生はかき消えた。実験動物をつれて。

「おおごとだ。ああ、おおごとだ」小太りの助教は両腕を振り回しながら教授室を右往左往している。体重があるせいで足音がむやみにひびく。教授のささくれた神経にもひびく。「どうする。このさわぎが政府にばれたら。どうなる。この大学への次年度予算削減か。いや、それじゃすまないかも」

教授の疲れはてて海綿のようになった脳裏に、同様の事故を起こした大学や研究機関の末路が思い浮かんでは消えていく。病原体を持った猿を逃がしてしまった感染症研究所。遺伝子組換えを行った微生物を滅菌処理せず下水に流した某大学農学部。そしてあそこも、それからあそこも。新聞沙汰にはならなかったが、研究室の責任者たちは、みな。

ああああ。教授の頭はますます混乱し疲弊する。みな遠くへ、遠くへいってしまった。

「だまれ。そんなことはわかっている」准教授がそんな教授の気持ちを代弁してくれた。ああ、それにしても、と教授はまた地図をみる。彼はいったいどこへ消えてしまったのだろう。あの付箋の海のなかか。それとも。

教授の視線は市街地地図から、より小縮尺の広域地図へ移る。そちらには付箋がまったく貼られていない。

「そうだ。院生」准教授は受話器を取りあげた。「あの学年の担当者。彼ならなにか知っているかもしれない」緊張感のない電子音をさせながら、電話の釦を押していく。

その電子音のならびは、なにかの旋律にきこえた、教授には。

よほど疲れているのだな。おらほさきてけさいん、ときこえるなんて。そう思いながらひきつづき広域地図をながめる。

「ああ、きみか」准教授が声をあげる。くだんの院生の携帯につながったようだ。「うん、そうだ。ああもうこっちはたいへんなことに。そう、そう。なにか知ってるか」

遠くへ。もっと遠くへ。観光局がうたっているように。

教授は広域地図をみつめたまま、電話中の准教授によびかけた。「郊外も探すよう、いってくれるか」遠くへ。おらほさきてけさいん。ああそうだ、地下鉄はとちゅうで乗り換えができたはず。つかったことはほとんどないが。「明日でいいから。もう遅い」遠くへ。おらほさきてけさいん。

もっと遠くへ。

「え。郊外」助教が意外そうな声をあげる。

だが准教授は真顔でうなずき、電話口にその旨を伝えた。

まだみつからないのか。もう夜だというのに。

面倒見のよい院生は理学部へ戻り、駐車場で自家用車の扉に鍵を刺した。なかに乗りこみ、運転席に背中をあずけて長く息を吐く。

長い一日だった、このため息のように。

あの三年生をじぶんひとりでみつけようと試みた。しかしあのあと、下宿前で待っていても彼はいっこうにあらわれなかった。しかたなく市街地に出て、学生が立ち寄りそうな場所をまわってみた。上善寺通《じょうぜんじどお》り添いの市立図書館。映画館。単価の安い喫茶店。あてずっぽうに近かった、彼が大学の外でどのように時間をすごしているかなんてぜんぜん知らない。交友関係も。実家がどこなのかも。

もっとなかよくなっておけば、といまさらのように後悔する。

彼はわかっているのだろうか、じぶんのしたことがどれほど重大な結果をまねくか。

寒々とした彼の机を思い返す。書籍があった。たしか、専門書も。さいごまで読んだだろうか。注意事項の載った、もっとも重要な、さいごの部分を。

実験動物はけっして外部に出してはならない。

口頭で注意しておけばよかった。院生は深く後悔しながら街を探しまわった。認識が甘かった。いわなくてもわかるだろうと思っていた。それにまさか、そんな大胆なことを、あの彼が。

あのおとなしい男が。

そうこうするうち、地元放送局がたずねびととして彼を探していると知った。状況を理解していない学部生のしわざなのだろう。

まずい。とてもまずい。さらにまずい。

冬眠動物研究室で飼育しているしまりすたちはみな、海をへだてた半島にすむ亜種を実験目的で移入したものだ。うっかり野外に放せば、在来亜種と交雑して種の安定性が破壊されるかもしれない。生物学研究者が、野生動物や自然環境に関心をもつ市民団体が、そして政府の生態管理局がもっともおそれていることだ。

もしもこの脱走事件が政府に知れたら。

院生は身震いし、車を動かすために鍵を回す。と、音響装置から地元放送が流れだした。ちょうど番組と番組とのあいだ、宣伝の時間帯だ。

あの旋律が暗い車内に満ちる。おらほさきてけさいん、おらほさきてけさいん。

彼はどこに隠れているのだろう。もう夜なのに。そうだ、動物がすきだったな。きっと自然もすきなのだろう。となれば、山羊山か。あるいは。

おらほさきてけさいん。

もっと遠くへ。

そのとき、携帯が鳴る。

「はい。ぼくです。いいえ、こちらも探していますがみつからなくて。ええ、ええ。え。郊外」

彼は共時性の存在をはじめて信じた。


あの旋律がくりかえし流れている。

彼は彼女にいう。きみのためなら、ぼくはなんだってできるんだ。研究室からきみをつれだすことも、実験をしたがる教官や院生たちから、天敵のけものたちからきみを守りぬくことも。だからおねがいぼくのそばにきて。そのちいさな手でぼくの心に触れてほしい。

彼女はすでに目覚めていて、彼が贈ったかぼちゃの種をひとつぶ抱えて彼のほうをみている。女の子が話をききながら首をかしげるのとそっくりなしぐさをする。すると彼はまた溶けて床に流れだしそうなきぶんになる。

そばにきて、ぼくの心に触れて。きみのためならなんだってできるから。

彼女はまだ首をかしげている。


まぶしいな、と感じて目をあけると、炊事場の屋根をかすめた朝日が彼の顔を狙ったように照らしていた。

飼育箱をみやる。きょうは彼女が冬眠から覚める日だ。

だが格子のむこうには、あの愛らしい縦縞模様の姿はなかった。

彼は飼育箱に手を伸ばしかけたままかたまって、しばらく動くことができなかった。

ひどく動揺しながらも、飼育箱のふたに指の幅二本ぶんほどのすきまができているのを発見した。寝袋から這いでて立ちあがり、まずは炊事場のまわりを、そして野営用地じゅうを歩いて探しまわった。しかし彼女はいない。どこにもいない。

ほろほろほろほろ、ぴいい。鳥のような鳴き声がした。

顔をあげる。敷地をかこむ落葉樹のはだかの枝に、長い尻尾がみえかくれした。

彼はよびかける。こっちにきて。

だが通じなかった。それに尻尾は一本ではなかった。ふたつの尻尾はすぐに縦縞の小動物たちとなり、ほろほろほろほろ、ぴい、と鳴きかわしながらたがいに鼻をすりよせた。かれらだけのことばで話し合っているのはあきらかだった。

彼はまた叫ぶ。おらほさきてけさいん。

これも通じなかった。二匹のしまりすはほろほろほろ、と鳴き、すばやくかろやかに木の幹を駆けおりて深い森のなかに消えた。

それでも彼はもういちどよびかけようと右手をあげ、口を開いた。

だが声を出すことはできなかった。

「いたぞ。きっとあいつだ」

突然の叫び声、それから騒々しい足音がひびいた。ふりかえると、駅の方角から大集団がおしよせていた。蛸足大学の学生とおぼしき若い男女、そして老若とりまぜた市民たち。冬眠動物研究室の面々もみえる。みな興奮し、手をふりあげ、口々になにかわめいている。

「山狩りだ。こりゃほんものの山狩りだ」学生のひとりが高い声でいう。

「しまりすは」さいしょに駆けつけて彼の腕をとったのはあの面倒見のいい院生だった。「四七六番は、どうした」

彼はさびしげな微笑をうかべて首をふり、森のほうを指した。

もう二度と、帰ってはこない。

「なんだってええ」院生は青くなった。

「逃がしてしまったのか」卓のむこうに座った教授は両肘をつき、両手を組んで顎をうめた。口ひげがかすかにふるえていた。

「最悪の事態だな」教授の卓の右側に立った准教授が低い声でいう。「地元の放送局に情報がもれ、街じゅうの人間が知るところとなった。政府に知れるのも時間の問題だ」

「もうしわけありませんでした。わたしの監督不行届です」学生とならんで立っている面倒見のいい院生は神妙に頭をさげる。「ほら、おまえも」後輩をちらとみて背中を叩き、おなじように頭をさげさせた。

「ほんと、逃げたって最悪だよ」卓の左側の助教はいまいましげにつぶやいた。「いっそ、いたちにでも食われちまえばよかったのに」

頭をさげていた学生はきゅうに体をおこした。院生が止めにはいるすきもなかった。彼は二歩で助教のそばに跳び、拳をにぎって相手の頬を殴った。血が一滴床に飛んだ。

「停学でしょうか」

「退学かもな」

と、話し合っているのは冬眠動物研究室の修士課程一年生と二年生のふたり組だ。

かれらは厚生施設一階大食堂の窓ぎわ、細長い卓にならんであたたかい麵をすすっていた。

山菜らあめん、という新しい品書きだ。だが汁も麵もふだん食堂で出されているものとまったくいっしょ、ただし具としてあきれるほど豊富に山菜がのっていた。

らあめんとの組み合わせは最悪だ、これつくったのだれだいったい責任とれよ、と考え、修士二年生は箸を動かすのをやめた。

となりの修士一年生もおなじことを思ったのか箸をとめ、携帯をとりだして小声でうたいはじめた。おらほさきてけさいん。おらほさきてけさいん。

「それ、呪文みたいだよな」修士二年生は箸を山菜につきたて、後輩のほうをみた。

「え」相手は携帯の画面から顔をあげた。そうかな、でもいわれてみればたしかに呪文っぽいかも、とつぶやく。「こっちの地方のいいまわしなんですよね。なんでしたっけ意味」

「なんだ。知らんでうたってたのか」二年生は窓の外に目をやった。蒼羽山の桜は散りはじめていた。上空ではとんびが二羽、たがいに鳴きかわしながら円を描いて舞っている。「その台詞の意味は、な」

おねがいぼくのそばにきて。

へ

む

Au revoir, mais je ne t'oublie pas.

少女は約束をはたしてくれるつもりらしい。

「あしたの朝、病院が開く時間に、ここに集合」

彼女はそれだけいって、医学部附属病院の昼なお暗い時間外通用口に入っていった。ちいさな背中は、入口付近で立ち話をする入院患者たちにまぎれてすぐにみえなくなる。

少女をみおくる少年の表情にいっけん変化はない。しかし心のうちはちがった。十日ほど前、少女は少年にこういったからだ。

夏休みになったら。秘密の場所につれてってあげる。

同い歳なのに妙に大人びた目をした少女はそれ以上なにもおしえてくれなかった。少年もなにもきかなかった。こんなとき問いただしてもむだ、というのはこのひと月でもう理解していたし、そもそも彼は訥弁《とつべん》だ。

ただ少年は、くす、と笑う。緑色の大きな画帳を抱え直すと、時間外通用口に背をむけて自宅のある喜待通《きまちどおり》方面へ帰っていく。夏の午後はけだるい蟬の声で満たされている。

一学期は今日でおわる。

少年はちょうど十一歳になったところだが、これまでにおよそともだちとよべるものをつくれたためしがなかった。

とにかく社交性がない。休み時間も教室に残ったまま、たいてい帳面に絵を描いてすごしている。鳥や花、昆虫などを細密に描いたり、それらから特徴的なかたちを抜き出して抽象画に仕上げたり、ということをひとりでえんえんとやっている。

彼の絵にはふたつの特徴がある。子供ばなれした腕前と、そして画題にけっしてひとを選ばないことだ。

ひとりで絵を描いていると級友が、そう、学級委員をやっているような正義感あふれる、そして少々おせっかいな部類の子供が、外でいっしょに球技をやらないか、と声をかけてくる。しかし少年はいつも微笑して首を振る。だから学級委員もしだいに彼をほうっておくようになる。

成績もよくない。社会科や国語、算数には徹底的に関心が持てないらしく、授業中もやはりずっと帳面に絵を描いている。たまにあてられると真っ赤になって口ごもるだけだ。担任教師は彼を授業に参加させることをとっくにあきらめていた。理科はきらいではない、いやむしろすきなようで、実験の時間などは準備から片づけまで実にたのしそうに、しかし無言でとりくんでいるのだが試験になるとかならず惨敗した。

体育の時間は地面を這う蟻をみている。音楽の時間は窓の外の雀をながめている。そして教室に戻ってくるとそれらの絵を描く。ひとりきりで、終始無言で。

いかにもいじめの標的にされそうだが、そうはならなかった。彼にはめだったとりえがあった。平均以上の容姿にめぐまれていたことと、そしてこの図抜けた絵のうまさだ。

まわりの子供たちは少年を一種の畏怖の目でみていた。非の打ちどころのない優等生よりは、欠点もあるが突出した異能をもつ者のほうが尊敬をあつめるものだ。こうして少年は周囲から距離を置かれた。

彼のほうも自分から歩みよろうとはしない。

少年の両親はおおらかな性格で、子供の自主性を重んじる、いいかえれば放任主義だったのだが、息子が学期末に持ち帰ってくる通信簿に、

協調性に欠けているようです。


という担任からの所見が毎回のように書かれているのでさすがに心配になり、あるとき母親が小児専門の心療内科につれていった。外来に出ていた初老の女性医師は少年と半時間ほど面談し、それから母親にいった。だいじょうぶ、病気ではありません。ただ、興味のないことに集中できないだけですよ。成長とともに自然に解消するでしょう。

母親は安心し、病院の顚末を父親に話すと彼もまた安心した。自然に解消する時期というのがいつなのかはわからないが、気長に待つことにきめた。

学校では無言で絵を描き、家に帰ってもやはり無言で絵を描いている。だがけっして人間を描くことはない。

そんな彼のしずかな生活が、ひと月前、変化した。

転校生がきた。

夏がはじまる前の長い雨期に入るころだった。細長い手足をした平凡な顔立ちの少女は、平凡な名前を平凡な声でいって自己紹介した。担任は彼女を少年のとなりの席に座らせた。少女に父がいないと知っていたからだ。この担任にとっては、まとめてみはっておくべき児童だった。

ふたつの机をくっつけて、少年の教科書をふたりでみられるようにした。彼の帳面が少女の目にとまった。見開きの頁《ぺーじ》いっぱいに、てんとう虫が三十倍くらいにひきのばされてひげの角度まで正確に描かれていた。

少女はまず絵をじっとみた。しゃべらなかったし動かなかった。そして顔をあげ、だまったまま少年をみつめた。それから、彼のほうにすこし体を寄せ、外からの雨の音にまぎれそうでまぎれない声でいった。

「なにこれ。すごい、うまい」

少年は笑う。彼はこの赤と黒の派手な装いをした丸い虫がだいすきだった。

彼とてほめられるのはうれしい。礼をいおうとしたが、相手の名前をおぼえていないことに気づいた。問い直すと、彼女は笑ってひそやかに返した。「永遠の転校生」

永遠の転校生。

口のなかでくりかえす。彼は北の街を出たことがない。

息子が夕方や休日にひんぱんに出かけるようになったので、理由をきくと、同級生と遊ぶんだ、というものだから両親はひじょうに喜んだ。相手が女の子で、しかも片親、というのにはちょっと首をかしげたが、たいした問題ではないと忘れ去ることにした。

母親は息子のためにじゃがいもをゆでてつぶし、たまねぎと挽肉を混ぜて小判形にして揚げた。料理を夕食の卓にならべ、父親と麦酒《びーる》の瓶を開け乾杯した。たのしそうに顔を赤くしている両親をみていると少年もたのしくなった。そしてじゃがいもの揚げ物を食べた。

一学期はおわった。

少年が持ち帰ってきた通信簿の成績評価は、図画のみが五でほかはすべて一、担任所見欄にはあいかわらず、

協調性がありません。

と書かれていたが、両親は気にしなかった。少年も気にしていない。

明日から夏休みだ。

回復途上の患者たちが盛大に吸っているたばこの青い煙幕を突き抜けて、まぶしい戸外からうす暗い時間外通用口に駆けこむ。入ってすぐの広間では、ふたつしかない長椅子のひとつに少女が座って待っていた。

「遅い」

少年はただ微笑を返す。

複数の時計がいっせいに九時をうちはじめる。病院とは思えぬにぎやかさだ。通用口広間のうすぐらい空間の一角には時計店があって、病院の受付開始時刻とともに店をあける。硝子《がらす》窓の奥では、煮しめたような顔色の職人が客からあずかった腕時計の電池交換をはじめている。丸やら四角やら六角形やらの時計が狭い店内の壁いっぱいにかけられている。みな二本の針を直角にして、せいいっぱい音を出して時刻をつげている。

「いくよ」

少女は読みさしの本にしおりをはさんで閉じ、左腕に抱えて立ちあがる。

どこにいくの、なんて彼はきかずに、本の表紙を一瞥する。『百歩七嘘派の盛衰　歴史に忘れられた哲学者集団』。

むずかしそうだ、と思う。そしてすぐに忘れてしまう。

ふたりは時計店の前をすぎ、通用口広間を出て暗く狭い廊下を進む。等間隔でならぶ検査室の灰色の扉を右手に、飲料だけでなく食品まで売っている巨大な自動販売機の列を左手にみながら歩いていくと、とつじょ前方が開けて、外来棟と入院病棟とをつなぐ大廊下に出る。

少年は足をとめ、大廊下をみわたす。生まれたときからこの界隈で暮らしているから、大学附属病院にはもちろん、なんどもきたことがある。だがそれも、改装がなされてあかるい外来棟までだ。だから、こんなに陰気で道路のように広い廊下があることに驚いていた。

ひろいね。くらいね。

「ここ、古いから」少年の感想に少女はこたえる。「大学医学部になる前は医専、とかいう名前だったんだって。百年くらいむかしかな。そのころからの建物を直したり建て増ししたりしながらだんだん大きくなってきたみたい。だから蟻の巣みたいにわけわかんないつくりになってるの」

大人たちが子供たちとすれちがう。白衣を着た医師や看護師や臨床検査技師は、みなまっすぐ前をむいて歩き、かれらにまったく注意を払わない。診察や検査のために広大な院内を移動する外来患者たちも、受付でもらった地図をみているか額に皺をつくって自分の心配をしているかで、やはりふたりを気にとめはしなかった。杖を片手に病棟から出てきた入院患者が、あ　あきょうから夏休みなのねえ、と目を細めることがあるくらいだ。

「こっち」

片腕に本を抱えた少女は空いた手で少年を招く。廊下を横断すると花屋を併設した売店がある。花と照明のおかげか、古い大病院のなかでもこの一角だけはあかるい雰囲気で、売店にならぶ商品もおしゃれだ。かわいらしい包装の香茶や菓子、文房具、ぬいぐるみや雑貨類もならぶ。となりの花屋から、さぼてんなどのこぶりの鉢植えも出張している。

少女が短く説明する。「ここ、中《ちゅう》売店ね」

ということは大売店と小売店もどこかにあるんだな。少年はぼんやり思う。

「こんど、こっち」

売店のとなりの白い壁に、半円形の通路が口を開けていた。天井からは樹脂製の札がさがっていて、みっつの扇形がちいさな円を囲んでいる意匠とともに、こんな文言が書かれている。

ここより放射線管理区域。

少年は不安をおぼえた。こんなところに子供だけで入っていいのか、という意味のことをもごもごと少女に質問する。

彼女のこたえは、「いいんだよ」。まっすぐな髪を振って決然と前をむき、半円の通路のなかに早足で入っていく。左腕に『百歩七嘘派の盛衰』を抱えたまま。

ついていくしかない。附属病院の内部については、転校生である彼女のほうがはるかにくわしいのだから。

撮影室はこちら、という貼り紙や、さきほど通路入口でみたのと同じ意匠を横目でながめつつ、通路の奥に進む。この複雑な施設のなかで、もし少女からはぐれでもしたら、と考えるとちょっと怖い。もちろん、通りかかった白衣の職員に道をきけばすむことなのだが。

検査室の白い扉をいくつもゆきすぎたあと、彼女は立ち止まった。「ここ、おりるから」右手をのばす。

少女が指した方向に階段があった。奇妙なことに二階にのぼるほうがなく、地下に通じるほうだけだ。さらに奇妙なことに、公共の建物内にもかかわらず、この階段の先にあるものを表示する札がみあたらなかった。

少年は少女とならんで階段の降り口に立った。院内のほかの階段となんら変わらないようだ。照明も手すりも、段の角のすべりどめもついていた。だが踊り場のさらに奥から吹きあげてくる風は、夏とは思えない冷たさを含んでいた。木綿の半袖からのぞく腕に鳥肌が立つ。

「いこ」少女は声をかける。少年はうなずく。また少女が先に立ち、左手で木製の手すりを触りながら階段をおりはじめる。

最初の踊り場を折り返し、さらにおりていく。その先の階段はいままでとはちがう。照明が暗くなり、階段表面の塗装は古びて、手すりもくすんだ色になる。患者さんたちはこない場所なんだな、と少年は考える。

ふたたび踊り場となり、また方向を変えて階段がつづく。塗装のなくなった段に、ふたりの靴がしめった足音を立てる。音は壁やら遠い天井やらに反響する。足音なのにひとの声のようにきこえる。しかし、なんといっているのかはわからない。

階段はおわった。

「こんど、こっち」

右手に通路がつづいていた。大人ふたりがかろうじてすれちがえる幅で、高さも大人が手をのばして上にとどくくらいだ。さらに暗いが、闇ではない。入るよ、と少女にうながされ、少年は通路に足をふみいれた。

左右の壁も天井も、そしてもちろん床も、打ちっぱなしの人造石灰岩だった。天井にはほどほどの間隔に電灯がついているので足元はあぶなくない。しかし少年は濃厚な闇の気配を感じた。

ここは地面の下だから。

「どう」少女はようやく歩調を落とし、少年のとなりにきた。

こんなのはじめて、と少年は身ぶるいしていう。足音だけでなく自分の声までいつもとちがって響く。

彼女はちょっと笑い、右手をのばして壁を軽くたたいた。「ここね。病院や医学部の職員がほかの建物に行くためのたんなる通路。雨や雪の日も楽できるように、地下につくられたんだって」

あれ。秘密の場所、じゃなかったの。

「みんな知ってるわけじゃないよ。職員でも新任のひとたちは知らないし、患者さんたちももちろん知らない。きみだって、生まれたときからずうっと病院の近くに住んでるくせに知らなかったでしょ」

少年はうなずく。

ふたりはならんで歩きつづける。足音は前後にこだまして、だれか、あるいはなにかの声みたいになる。たんなる通路というわりにはどこまでものびて、いっこうにおわる気配がない。

彼はまた不安になる。こんなところに子供だけできていいのか、とまた質問する。

「いいの」少女は片手を左右に振った。「あぶなくなんかないし。それに、ここをつかう大人たちは仕事のことしか考えてないから、子供が歩いてたって気にしない。だいたい、きょうみたいに天気のいい日はみんな地下にもぐったりしないし。だから注意なんかされないよ」

そうなんだ。少年は前をみすえた。

ふたりはさらに歩きつづける。それでも通路はおわらない。足音はほんとうの声みたいになってきた。ききなしさえできそうだ。

こんなふうに。へむ。へむ。へむ。へむ。へむ。へむ。へむ。

へむ。

目の前の光景に、思わず少年は立ちどまる。そして少女によびかける。

これ、なに。

少女は足をとめ、ふりかえってうれしそうにうなずく。「ともだちだよ」


似たような階段をまたのぼり、踊り場をふたつすぎたあと、ちがう建物の内部に出た。やはり古そうだがあきらかに病棟ではなかった。患者の気配がない、薬品の匂いがしない。

少年はまわりをみわたす。いま彼が立っている廊下の片側は壁で、掲示板いっぱいに無数の告知が画鋲でとめられていた。もう片側は、天井までとどきそうな硝子が張られていて、そのむこうに広間があって長椅子がいくつかならんでいる。くだけた服装の若い男女が数人座っている。ひとりなどは背もたれに後頭部をあずけて完全に熟睡している。ひどく疲れた顔をしていた。椅子の座面には厚い教科書や帳面や筆記具が無造作に散っていた。少年はかれらをながめ、首をかしげた。

ここ、どこ。

「基礎棟」少女はまたしても短くこたえる。「おかあさんのところにいくの。いっしょに、くる」疑問形だが実際は命令だ。

少年は少女の母に会ってみたいと思っていた。おもしろいことをしているらしいから。

ふたりは硝子にそって廊下を進み、昇降機の前にたどりついた。大人が四人も入ればいっぱいの狭い内部に乗りこむ。この機械もまた古く殺風景で、たんに上下移動するための手段にすぎないようだ。少女は慣れた手つきで扉横に縦にならんだ丸い釦《ぼたん》のひとつを押した。九、と書かれたその釦は白い光を発した。

昇降機は重たげな機械音を発して動きはじめた。

上昇する箱のなかで、少年はさきほどみたものについて考える。あれってなんなの、と相手にきいてみる。

さあ、と彼女は首をかたむけ、『百歩七嘘派の盛衰』を抱え直す。「でもね、むかしからあそこにいたの。むかしからのともだち」

とりあえず彼はうなずく。彼女はこの街になんどか住んだことがある、ときいていた。いずれも短期だ。だって永遠の転校生だから。

あかるい電子音がして動きがとまった。扉が左右にひらいた。

昇降機をおりる。右手は窓、左手には緑色の床の廊下がのびていて、両側の壁には扉がいくつもならんでいた。

少女はいちばんちかい扉の前に立った。扉のすぐ横にある白い札には、いかめしい活字でこう書かれていた。

解剖学研究室。

少年はその字面から、むずかしいことをする陰気な場所ではないかと想像する。

少女は扉を数度たたいて開けた。失礼します、と声をかけて入る。少年もつづく。

室内は彼の予想よりもずっとあかるかった。

正面には大きく窓が切られていて、夏の陽光をとりいれている。床は赤いじゅうたん敷きだ。真ん中に大きな四角い木製卓と丸椅子がいくつか。左の壁ぎわには、ちょうど消火器が入るくらいの木の箱が数十も積まれていた。木箱の山のむこうにちいさな扉があった。

右手の奥にも別の扉がみえた。壁にそって視線をもどす。複写機、雑誌や書籍のつまった本棚、茶器をおさめた食器棚、小型の家庭用冷蔵庫、そして。

うわ、と叫んで少年は一歩さがる。

少女は笑い出す。「やっぱり、おどろいた」

彼はきまり悪そうに微笑を返し、それから自分を驚かせたものをしげしげとながめた。

「これね、ほんものなんだよ。理科室にある模型とはぜんぜんちがうでしょ」少女は自分の持ち物をみせるみたいに誇らしげな顔で、扉を開くと陰になる位置に立っている人間の全身骨格標本をみあげた。「四十歳くらいの女のひとの骨なんだって。ちいさくてきれいでしょう」

骨だけになった女性は少年の膝ほどまでの台に立っていた。それでも頭骨のてっぺんと天井とはずいぶんはなれているから、たしかに大人としてはずいぶん小柄だ。関節があちこち太い針金でとめられてはいたが、最初の驚愕をのりこえてみると、きれいだといわれる理由が彼にもわかってきた。

すべての骨はまっしろで、よけいなものはついていない。窓からの自然光をあびて立つ骨格は、みがいた石でできているようにみえた。

少年はしばらくのあいだ、絵を描くときくらい熱心に骨をみつめていたが、ふとさきほどの少女の言葉を思い出した。

四十歳くらい。

疑問は口から出た。このひと、どうして死んじゃったの。

「病気だよ」大人の女性の声がした。

骨がしゃべった。

だが、まちがいだとすぐにわかった。右手の扉がいつのまにか開いて、生きた女のひとが歩いてきたからだ。

「骨には異常の出ない症状だったからね。本人のたっての希望で死後は献体され、ここにきた。三十年くらい前だって」

女性は骨格標本のとなりに立ち、少年と同じように頭骨から足の先の骨までゆっくりながめた。

彼女は麻地らしい袖なしの上衣を着ていた。まっすぐな黒い髪をうしろでひとつにまとめて、白く広い額を出している。装飾品はなく、ただ唇だけがあざやかな赤だ。めがねのつるも同じ色だった。年齢はよくわからない。彼にとっては二十歳も四十歳もさほど変わらないようにみえる。

女性は少年に目をむけ、いらっしゃい、といってほほえんだ。「話はよくきいてるよ。すごく絵がうまいんだって」

彼は頬を赤くする。

「もしかして。骨、描いてみたいの」

問われてうなずく。

少女の母もうなずいて、左側の壁に積みあげられた消火器くらいの木箱をひとつとりあげ、卓の上に置くとふたりに手招きした。

子供たちが身を乗り出すと、彼女は箱の隅にひもでさがっているちいさな鉄の鍵をつかってふたを開けた。

なかに入っていたのは消火器ではなく、人骨だった。

「骨箱《こつばこ》、っていうんだ」少女の母は箱から長い骨や丸い骨をひとつひとつとりだして、卓の上にならべはじめた。「人体は左右対称だから、縦の線で割ったどちらかの半身ぶんだけ。頭はこのとおり」

かかげられた頭蓋骨はきれいに二分割されて弧のかたちをした断面をみせていた。

少年は骨を注視する。さきほどの全身骨格とはちがう点がある。色がずっと黒っぽい。表面がつるつるだ。まるでひとの手が、なんどもなんどもなでていったみたいに。

「骨学《こつがく》実習ってのがあって、医学部の学生は解剖学の一環としてやらなきゃならないんだ」彼女は骨をならべる手をとめて左の壁を指す。「学期のはじめに、学生はめいめいひと箱ずつを割りあてられる。ひとつひとつの骨を実際に手にとり、ながめ、絵を描きながら、名前をおぼえる。どのくぼみがどの筋肉に接続し、どの穴がどの神経を通しているかを学ぶ」

絵を描きながら。少年は卓上の黒ずんだ骨をみつめてくりかえす。

「さわっていいよ」

少女の母にうながされて、少年は右手をのばし、指先で長い骨のひとつにふれる。みためどおりのつるつるした肌触りだ。ゆっくり指をすべらせると、かすかなへこみやでっぱりがわかる。とりあげて鼻にちかづけてみるが、なんの匂いもしない。

「ずうっとむかしに死んだひとの骨なんだよ」

どのくらい、むかし。

「これは、五十年か六十年。もっと古いのもある」少女の母は壁に積まれた箱に視線をめぐらしてから、また少年をみた。「ほかに質問は」

かいぼうがく、けんきゅうしつ、は。骨の勉強をするところですか。

「骨だけじゃなくて、やわらかい部分もふくめた人体ぜんぶ」少女の母は丸椅子に座った。「それと勉強っていうより、研究、ね。学ぶだけじゃなくて、学んだことから新しいなにかを考えだすの。それがあたしたち研究者の仕事」

けんきゅうしゃ。彼が首をかしげると、彼女はより一般的な語彙《ごい》でいいなおしてくれた。

「博士、だよ」

はかせ。

少年もその言葉は知っていた。子供たち、とくに男の子には意外なほど人気のある職業だ。野球選手や俳優にはかなわないが、希望順位の十番めまでにはかならず入る。しかしほかの派手な職種とちがい、これまで実際に目にする機会はなかった。

だがいま、少年の前に本物がいる。

彼はたどたどしく、はかせってなんなの、とたずねる。

「博士号を持ってるひとのこと。研究するための免許ね」彼女はふたりの子供をうながして丸椅子につかせ、食器棚のほうに歩いていった。「でも、博士号なんて足の裏にひっついた飯粒だよ。とらなくちゃ気持ち悪いけど、とったところで食えやしない」

よくわからなかった。

少女の母は棚から硝子の杯をふたつ出し、卓の上に置いた。体をかがめ、食器棚のとなりのちいさな冷蔵庫を開ける。大きな硝子の瓶をとりだし、茶色い透明な液体をふたつの杯にそそいだ。こんな地味なのしかなくてごめんね、といいわけしつつ少年に、そして少女にも杯を押しやる。

冷えた杯を両手で持って顔にちかづけた。匂いでわかった。麦茶だ。たしかに地味だが彼の好物だった。甘くてきれいな色をしていて長い名前のついた飲料でなくてもいっこうにかまわない。

「でもね、医師免許は食えるよ。おかげさまで母子《おやこ》ふたり、どうにかこうにか生きてる」

医師免許。食える。

「研究ってのは基本、金にならなくてさ。つかうばっかりで。じゅうぶん給料が出ればいいけど、そうじゃないときもある。そんなとき医師免許があると便利なんだよ。月に何回か夜勤するだけで、ひとり娘とつつましく暮らすくらいは稼げる」

「ね。変でしょ」すでに杯をあけた少女がとなりから口を出す。「おかあさんね、医者なんだけどあんまり患者さんをみないんだ。いつも研究してるの」

母は娘にいう。「おかげでおもしろい暮らししてるじゃない。短期の研究員職をわたりあるくから、転職するたびあちこち回れてさ」

少女は空の杯を前に押しやる。「おかげでこっちは永遠の転校生」

彼女の母は、はいはいごめんね、といって子供たちが飲みおえた麦茶の杯を流しにかたづけた。

「ほんとはひとつ貸し出してあげたいところなんだけどね、学生実習もおわったことだし」戻ってきた少女の母は卓上の骨箱に視線を戻した。「でも、原則持ち出し禁止なんだ。むかし、学生がね。家で自習するためにこいつを抱えて地下鉄に乗ったの。で、車内で落っことして、ふたが開いて、人骨が床に散って、乗客大混乱。教授は交通局からこっぴどく叱られた」

「よんだかい」取っ手を回す音がして、こんどは左側の扉が開く。

積みあがった骨箱のむこうからあらわれたのは初老の男のひとだった。半白の頭、同じく半白できれいに刈りこまれた顎ひげに、ちいさな細い目をしていて、真夏だというのに仕立てのよい茶色の格子縞の上下をきちんと着ている。彼はうんうん、とうなずきながら卓のそばにきて、少女をみて笑い、そして少年をまじまじながめた。「知らん顔だね」

「同じ組で、となりの席なの」少女がいう。「すごい絵がうまいんだ」

少女の母は、ああ先生、とあとをひきとった。「この子、骨学実習をやりたいみたいなんです。ここでしばらく骨箱をつかわせていいですか」

解剖学研究室の教授はちいさな細い目のまわりに皺をたくさんつくる。「いいよ。ただし、さわがないこと。できるかな」

少年は初老の男をみあげてうなずく。さわがないのはとくいだ。


夏休みのあいだ、昼食は少女といっしょに医学部厚生施設の食堂でとることにしてもいいか、と少年は母親にきいてみた。あっさり許可された。昼間は仕事で忙しい彼女は、夏休み中に息子の食事を心配せずにすむことを歓迎した。

母親は毎朝、財布から大きな硬貨を一枚とりだし、少年の手ににぎらせる。浮世ばなれしたところのある息子に自分で金銭を管理することをおぼえてもらおう、という意図が彼女にあるのかどうかまではわからない。

少年は画帳と宿題一式と筆記具を帆布《はんぷ》のかばんにつめて、いってきます、という。こういうところはじつにちゃんとしている。母親は息子のほうが先に帰ってきたときのために合鍵を手渡す。そしていってらっしゃい、という。彼女ももうじき会社に行かなければならない。父はすでに職場についたころだ。

少年は夏の戸外に走り出る。

喜待通は広くみえる。登校という朝の恒例行事がないからだ。夜明けのつめたさのなごりを残した空気を頬にうけつつ、少年は附属病院をめざして走る。肩からさげた帆布かばんが彼の腰を規則的にたたく。道沿いの店舗がつぎつぎ視界をとおりすぎる。牛たん料理の老舗《しにせ》『まるたん』の正面扉はまだ閉ざされているが、母親が朝引きの鶏肉を買いに行く『とりせい』はもう店を開けて硝子棚に淡い橙《だいだい》色の胸肉をならべている。麺よりもなぜか揚げ物のほうが評判の高いふしぎなそば屋『あげじ』からはあたたかい油といためたたまねぎの匂いがして、持ち帰り用の小判形じゃがいも揚げを求める常連客が数人、すでに列をつくっている。しかし少年はそれらにまったく気をとられずに駆ける。彼は前と空だけをみている。

目の前が開けて、四十八号線があらわれる。この広い道路がなぜ地元住民に喜《き》多四番丁通《たよんばんちょうどおり》とよばれているのか、少年は知らない。社会科の時間に教師の話をよくきいていれば、むかしの地名なのだとわかったはずだが。

少年は律儀に歩道橋で交通量の多い四十八号線をわたる。

幅広の道路を越えるともう医学部だ。しかし少年は正面からは入らない。医学部附属病院、とむずかしげな文字がならぶ石の正門を横目でみながら、生け垣にかこまれた敷地の外を回って通用門にむかう。

通用門は医学部敷地のいちばん東側にある。正門とはうってかわって白くそっけない人造石灰岩だ。通りぬけると、やはりそっけない砂利道がつづく。道の両端には職員のものらしい自動車や、ときには救急車が数台停まっている。紺《こん》色の帽子をかぶった守衛がいつも座っている小箱みたいな詰所の前をすぎ、採血も朝食も回診もすんだからあとはずっとひまな入院患者たちが集まりはじめた時間外通用口にたどりつく。

青くたちこめるたばこの煙をつきぬけて建物内にとびこむ。あかるい屋外にくらべ、古い病院の内部は切り替わったように暗くみえる。広間の長椅子では少女が待っている。今日読んでいる本は『鎖につながれた暴走する靴職人の評伝』だ。少年は、むずかしそうだな、と思うがまたすぐに忘れる。

つれだって大廊下に出る。中売店の横から放射線管理区域に入る。階段をおりる。踊り場をなんどか折り返して、ひんやりしずかな地下通路に出る。

なんにちか通ううち、少年は地下通路の全容をじょじょに把握するようになった。

たとえば。

ある日病棟側からおりて、すこし進むと右手と左手にそれぞれ分岐があることに気づいた。右手側に入ってみると、その先は講義室や臨床分野の研究室がある二号館と三号館になっていた。つぎの日、左手のほうに行くと、医学分館とよばれる大学図書館があるとわかった。

どちらにも曲がらずまっすぐ進むとこんどは左手に、事務部もある医学部一号館へ行ける枝わかれがある。これもまたやりすごしてさらに歩けば四号館。基礎棟というのは通称だ。

「基礎研究をするところだから基礎棟、なんだって」

少女は通路を進みながら説明する。

きそけんきゅう。なに。

彼女は首をかしげる。「解剖とか、かな」そしてまた頭を軽く振って前をみて、母のいる基礎棟方向に歩いていく。

このほかにもいくつか枝道があり、あるものは地表につながって医学部厚生施設横やその裏手の喜多六番丁通そばに出た。またあるものは、この道路の下をくぐって隣の区画にある歯学部の敷地へ、さらにその奥にある抗酸菌研究所や医療短大にまでつづいていた。

やっぱり、蟻の巣なみの迷路だ。

ほかの大学にもこういう地下道があるのか、と少年は少女にたずねる。

「よそではみたことないよ」

でもね、といって彼女は歩きながら、ほかの街でみたさまざまな地下通路について話してくれた。

「地下鉄、あれはあちこちにあるよね」

この街にもあるし。

「だけどあるところではね、地下鉄を出るとその先がもうひとつの街、ってくらいに地下道がはりめぐらされてるんだ。ここよりずっと南にあって夏は暑いし、冬も風が強くて意外と寒いから、みんないつも地下にもぐってるの。うっかり地上に出ると道にまよっちゃうんだってさ」

変なの。

「そうそう、すごく短い地下通路もあったな。この街みたいな城下町で、まあもっとちいさいところなんだけど、城跡に高校が建ってるの」

城跡に、高校。変なの。

「その高校に行くには、生徒たちはかならずその地下通路に入らないといけない。通路の壁にはちかんにちゅうい、って貼り紙がしてあるけど、その高校って女の子がほとんどいないからちかんは出ない。でもかわりに、たぬきが出るの」

たぬき。

「いちどみたよ。黒っぽくて目だけが光ってた」

そういう相手を、少年は尊敬と軽い羨望のいりまじったまなざしでみる。

ふたりは地下通路を進む。足音がこだまする。へむ。へむ。へむ。へむ。へむ。へむ。へむ。

かれらのともだちは、すでにそこにいる。

ふたりは歓声をあげる。

地下通路から出て基礎棟の解剖学研究室をおとずれると、少年はまず持参した帆布かばんから画帳と筆記具をとりだす。

左側の壁から、自分に割り当てられている十九番の骨箱を持ってきて木製卓の上に置く。ちいさな鍵でふたを開け、慎重な手つきでひとつひとつ骨をとりだしてならべていく。この作業には時間をかける。欠けやすい部分もあるからていねいにね、と少女の母にいわれたことをきちんと守っている。

少女は卓の反対側で『鎖につながれた暴走する靴職人の評伝』のつづきをよみはじめる。

少年は画帳を開き、芯のやわらかい鉛筆で骨の絵を描きだす。

研究室の高い窓からは真夏の日差しが入りこみ、それぞれ無言で集中しているふたりの子供を照らしている。

左側の扉がひらき、教授が顔を出す。彼は子供たちをながめてうんうん、と満足そうにうなずく。そして少年のとなりの丸椅子に座り、手をのばして描画対象の骨を指し、しずかに語りはじめる。

「これね。この親指とひとさし指でつくった輪っかみたいな骨ね。環椎《かんつい》、っていうの。首に七つある骨のなかでいちばん上にあって、頭を支えているんだ。伝説の巨人が世界を支えていたみたいにね」

少年は彼の話をきいてかきかずか、口の端にかすかな微笑を浮かべて紙面に骨のかたちを描いていく。

子供たちは教授職ってずいぶんひまなんだ、と考えているが、そうではない。

ふつう、教授というのは講義と会議と出張に追われて研究室にはいない。いるばあいには、研究費申請書類や各種講義資料の準備や学生の課題採点など机上の仕事に縛りつけられている。いまだって、投稿論文の査読というめんどうで責任が重いくせに報酬がない作業の真っ最中だった。論旨の支離滅裂さと実験の不備の多さに音をあげ、これならば子供たちとしゃべっていたほうが何倍か建設的だぞ、と思って自室を出てきたところだった。つまり逃避だ。

逃避か。彼は長年の趣味である純粋数学について考える。とくに幾何《きか》がすきだ。退職後は自宅でゆっくり未解決問題にとりくむのが夢だった。美しく斬新な証明を編み出し、数学科の教授にどしどし送りつけてやろう。

自由になるまでもうすこしだな、と彼は思う。あと数年。

壁の掛け時計が十二時をうつ。

「太古からのびる木の影が九時十七分をさすとき」教授はお気に入りの詩をくちずさむ。「世界で最後の男はその黒い指で自分の小脳をつかみだす。熟練した解剖学者のやるように」

彼は時計の音をきくたびにかならず詩を暗唱する。

少年は画帳をたたみ、骨をみな箱にしまって、鍵をかけてもとの位置に戻した。冷蔵庫のとなりのちいさな流しで手を洗う。

「それじゃ、お昼にいってきます」少女も本を閉じて立ちあがり、教授にいう。ふたりは研究室を出る。食堂のある厚生施設は、基礎棟のすぐとなりだ。

教授はうんうん、とうなずいて子供たちをみおくる。彼自身の昼食は仕出し弁当業者『いせよし』が直接部屋まで届けてくれる。この店の弁当は毎回独創的な料理が入っていることで有名だ。

彼は弁当のふたを開ける。今日の主菜は味噌をはさんだ果物のてんぷらだった。

人生は驚きに満ちているほうがいい、と教授はてんぷらをみてつぶやく。

昼食をすますと、少年と少女は地下にもぐる。へむたちと遊ぶためだ。へむたちがいちばんすきな遊びはらくがきだ。もみじの葉っぱくらいの手には短い指が四本しかないが、その指で地下通路のすみにたまるほこりをあつめてきて、天井からしみだす水とあわせて絵の具のかわりにする。通路の壁はかれらの巨大な画板となる。だがかれらの灰色の体は四歳児くらいしかないから、壁の高い部分に描くときにはその柔軟な手足をつかって這いのぼる。なんにんかで協力しながら数日かけて大作をつくりあげることもある。できあがった絵はでたらめなしみの連続にもみえるし、かれらが知らないはずの海辺の風景にも、またおおむかしの巨大生物の姿にもみえる。

少年と少女もらくがき遊びに参加する。指先が真っ黒になるが、左右方向には制限のない画板にむかうのはたのしい。

ふたりが傍観するしかない種類の遊びもある。ひとつは、大人ころばし、と少女が命名しているものだ。

かれらが遊んでいると、ときおりひとが通る。そもそも各建物の連絡通路なのだから当然だ。制服姿の事務官や白衣の病院職員は、いつもまっすぐ前をみて、子供たちには注意をはらわない。

今日もまた、大きな書類封筒をかかえたいつもの事務職員が通路を歩いてくる。勤務時間中はけっして笑わない、と誓っているかのような中年の男で、髪につやがなく、猫背で、腰の位置が低く、ひざの曲がった短い足の進みははやく乱れがない。

彼が近づいてくると、少年と少女は通路の端によける。へむたちもいっせいに壁か、あるいは天井までのぼって待避する。子供たちとおおぜいのへむたちがみつめるなかを、事務官はすこし首を前に出した姿勢のままでまっすぐ歩く。

彼の進行方向には、丸い背中をさらに丸め、ごくわずかしか毛のない頭と短いしっぽもひっこめたへむがひとりうずくまっている。

笑わない事務職員はこのへむにつまずいて転ぶ。

まわりでみているへむたちは声をあげて笑う。へむへむへむへむへむ。

しかし中年の事務職員は眉すら動かさずに起きあがり、封筒を抱え直すとまた前だけみて歩き去っていく。

なにごともなかったように。今日もまた。

くびすじしずく、とよんでいる遊びもある。あつめた水を少量、片手ににぎりこんだへむが天井にさかさになってくっつく。その姿勢で待ち、一心に歩く犠牲者が通りかかると、首筋めがけて水滴を落とす。相手がひゃあ、といったら勝ちだ。

へむたちはいっせいに笑う。へむへむへむへむへむ。

しかし大人はみな、天井をみあげもしない。

あるとき少年は通路の壁にへむの絵を描いてみた。灰色のちいさな体、すくない頭髪、曲がった背、短いしっぽ、四本ずつしかない指。われながら写実的にしあがった、と満足し、少女をよぶ。

絵をみた少女は目を見開いた。

「ぜんぜんちがう」

もっとこう、といって彼の作品を修正しようとしたが、うまくいかなかった。彼女は絵が下手だ。

通路のほこりは絵の具の材料でもあるが、へむたちの食べ物でもある。ほこりをあつめてきて水でこね、かれらのこぶしくらいの大きさにちぎり、四本しかなく短いが器用な指でかたちをつくる。単純な球形や卵形のこともあるが、小鳥や花や星や動物たちやそのほか複雑な意匠であることのほうが多い。かれらがこういったかたちをなぜ知っているのかはわからない。完成すると、かれらはちいさな手のひらのうえでしばらく愛《め》で、それから食べる。

「とくに掃除もしないのにここがけっこうきれいなのは、こういうわけなんだよ」

食事するへむたちをながめながら、少女が説明する。

かれらはしばしば、ほこりでつくった食べ物のうちでとくにできのよいものをふたりに差し出してくる。

そのたびに少年は両手を振る。ぼくら、ごはん食べてきちゃったから。

するとへむはとても残念そうな顔をする。このとき少年は申し出を断ったことを後悔するのだが、それも一瞬だ。へむはすぐうれしげに微笑し、贈り物であったはずのほこりの菓子を自分で食べてしまうからだ。

へむたちの寝床は天井を走るせまい溝だ。ねむくなると時間を問わずに両手両足をつかって壁にのぼり、溝にもぐりこむ。かれらの体は柔軟だから、少年のこぶしがかろうじて入るくらいの幅しかないすきまにぴったりおさまってしまう。その状態でしばらく眠り、目が覚めると、瓶から栓が抜けるときのような小気味よい音をたてて抜け落ち、そのまま床に着地する。

へむたちは、へむ、としかいわない。だが子供たちは詳細な意思疎通を求めてはいない。鳴き声の抑揚や表情でかれらの感情はわかるし、かれらのほうは子供たちのいうことを理解しているらしかった。それでじゅうぶんだった。へむへむへむへむへむへむ。

へむ。


「あれ。また失敗」

白衣の技官が通りすぎたあと、少女は残念そうにつぶやいた。

天井に両足をくっつけてさかさにぶらさがったへむは、去っていく技官をみていない。少年や少女をみているわけでもない。中空のどこかをみているようだ。

そして鳴く。へむへむへむ。だがその声には以前のようなあっけらかんとしたあかるさはなかった。

夏休みに入って二週間ほどたったころだった。くびすじしずく、の命中率がさがってきたことにふたりは気づいた。大人ころばしのほうはいまだにうまくいっていた。さほど技術を要しないせいだろう。

ここのところ、へむたちは以前ほど遊びに熱中しなくなった。かわりに天井や壁にひっついて三々五々かたまり、へむへむへむへむ、と秋の虫みたいに小声で鳴き交わしながら、ためいきをつくことが多くなった。

ためいき。なんと似合わない。

「ねえ、どうしたの。なにかあったの」

少女がいくらきいても、かれらはやはりためいきをついて、大きなうるんだ目でみあげるだけだ。そして首を振る。へむへむへむへむ。へむへむ。

少年と少女は顔をみあわせる。

どうしようもないまま、数日がたった。

元気のないへむたちといっしょに、壁にらくがきをして遊んでいたふたりのところを、ある事務職員が通りかかった。彼女はまだ若く、太っていて陽気で、若さに応じて好奇心も旺盛で、おまけにちょっとおせっかいだった。彼女は子供たちをみつけると目をむき、こんなところでなにしてるの、と叱った。しかし小言をいっているさいちゅうに、ここには危ないものはなにひとつないし、日射病の心配もないから外で遊ぶよりよほど安全だ、と思いあたってそこで説教をやめた。だが彼女はよく肉のついた膝を曲げ、ふたりにむかってかがむとこういった。

「ここ、もうすぐ閉鎖になっちゃうから、遊ぶのももうしばらくのあいだだけね」

「へいさ、って」ふたりは語尾をあげる。

若い事務官は、ああごめん、といって苦笑し、この難解な語彙の一般的意味をまず説明してから、こういった。

「つまりね。この通路の出入口をぜんぶ閉じて、埋めちゃうってことだよ」

「なにそれ。なんで。どうして」

「学長がきめたの」

がくちょう。

「この大学でいちばんえらいひとだよ」若い大人は子供たちの疑問を察してくれた。「学長はね、大学を新しくしたいんだって。古いものはみんな、なくしちゃうんだってさ」

それじゃあね、工事のひとが入るようになったらもうきちゃだめだよ、といい置いて、彼女は一号館の方向に歩き去った。

少年と少女は壁や天井に待避していたへむたちをみる。かれらは鳴く。へむへむへむへむへむへむへむ。へむへむへむへむ。へむ。

少女はたずねる。「あんたたちの心配ごとって、これなの。あんたたち、住むとこなくなっちゃうんじゃないの」

すぐに返事がある。へむ。

ふたりは視線を交わす。

解剖学研究室に帰ってさっそく教授にきいた。少女の母にもきいた。大人たちはそろってこんなことをいった。

「そうらしいね。これから雨の日は困るなあ」

「まったく不便になっちゃうよ」

ふたりは医学部一号館の事務部にもいってみた。むずかしい顔をした制服姿の大人たちがいる部屋に入るのはあきらめたが、廊下をなんども往復するうち学内連絡用掲示板に気づいた。ちいさな活字で印字された貼り紙には、こうあった。

医学部地下通路は近日閉鎖されます。

すぐ下に工事予定日が書かれていた。たしかにあの太った事務の女性がいったとおり、夏休みの最終日にすべての出入口を封鎖する、という告知内容だった。

書類の最後には学長の署名があった。

ふたりは書面をなんどもなんどもながめて、最後は声に出して読んだ。工事予定日を再確認した。夏休み最終日。

少女は少年をふりかえる。「あと十日だよ」

たった十日。

ひと月という夏休み期間は比較的短いほうなのだ、と少年が知ったのは、彼女におしえられたからだった。北の街より南の地域では、夏休みとは通常四十日もあるのだそうだ。きみたち損してるよね、と彼女はいう。

生まれ育った街しか知らない彼は、永遠の転校生の言葉を驚きとともに受けとめた。

ぼくたちの夏休みって、短い。

ふたりは外来棟一階に移動した。正面玄関を入ってすぐ、会計窓口前にならぶ青い長椅子のひとつに座る。午後の窓口には診療や検査を終えた外来患者たちが長い列をいくつもつくっていた。かれらのつきそいや、入院患者や見舞客が長椅子のあちこちを占めているから、子供がふたり座っていたところで目立ちはしない。

とはいえ、かれらは若干声を低めて会話する。

どうする。へむたち。どうしようか。

「ひどいよ。埋めちゃう理由が、古いから、だなんて」少女がつぶやく。

少年は相手の口調がひどくさびしげであることにとまどう。なにもいわずに、永遠の転校生をみつめる。研究医の母とともに旅回りのように引っ越しをくりかえす運命にある少女を。長つづきする友人関係をつくれず、本と交流する少女を。

そして彼は思いつく。引っ越しさせるって、どう。

「どこに」

ええと。たとえば。地下鉄の構内とか。

「いいね」少女はあかるく応じる。「さっそく提案してみよう」

へむたちはふるえた。へむたちは鳴いた。へむたちはわずかしかない髪をひっぱり、両手を組み合わせ、たがいに体をすりよせながら大きな声で叫んだ。へむ。へむへむへむ、へむへむ、へむへむへむへむへむへむ。

予想をこえた激しい反応に子供たちはとまどう。なんだろう。地下鉄がきらいなのかな。このほこりしか食べられないんじゃないの。

とにかく。へむたちを守るには、地下通路ごと守らねばならないようだ。

つまり、地下通路の工事をやめさせるにはどうすればいいのか。

そうだ学長だよ。

翌朝。いつものように時間外通用口広間の長椅子で待っていた少女に、少年は額の汗もぬぐわずにいった。直接、学長におねがいすればいいんだよ。地下通路を埋めないでください、って。

少女はよみかけの『二十世紀の前衛美術運動その六 青色夢幻派』を閉じ、すっかり能弁になった相手をみつめる。「それいいね」

しかし彼女は、でも、とつづける。「学長ってどこにいるのかなあ」

広間の横にある時計店の時計がそろって九時を打ちはじめる。

店の硝子窓のむこうでは、今朝も煮しめた顔色の職人が腕時計の電池交換をしている。売り物である壁の掛け時計たちは古い病院の静寂をものともせずに騒ぎ立てている。

そのとなりの壁に、北の街全域を含む大きな地図が貼られている。通用口から入ってくる外来客のためだ。

彼は地図に歩み寄り、凝視する。『青色夢幻派』をかかえた少女もそばにやってくる。

「この大学ね」彼女は空いたほうの手で地図を指しながら説明する。「一箇所にまとまってるんじゃなくて、いくつかにわかれて街じゅうに散らばってるんだって。ほらここが医学部と歯学部。そのちょっと北に農学部と付属の農園。南にいって川のそばの平地には教養部と文系学部、西にいって蒼羽山《あおばやま》にのぼると理系学部」

ばらばらなんだ。学長がどこにいるのかますますわかんなくなっちゃった。

「こういうの蛸足大学、っていうんだ」少女は説明をつづける。「蛸の足みたいに四方八方にわかれてるから」

塩水を飲みながら蟹と勝負する八本脚の生き物について少年は考える。もちろんつねに蟹が負ける。蟹は蛸の好物だ。少年はどちらもすきだ、みているとたのしい。画題にしてもいいし、食べるのもいい。

少年の視線は下にむかう。ある場所でとまる。彼はその一点を凝視し、最後にひとさし指をのばす。

ここは。

少女は姿勢を前傾させ、目を細くする。軽い近視がはじまっているからだ。彼が示した文字をよみあげる。

「研究地区および大学本部」

本部、きっとここだ。かれらは手をにぎりあって上下に振り、周囲にきこえないようできるだけ声を低くして笑った。

　まず、これまでためていた昼食のお釣りの合計金額をたしかめた。街の南端に位置する研究地区までの往復運賃にはじゅうぶんで、さらにおやつを買えるくらいはありそうだ。

ふたりは大学病院前の停留所から大型旅客車両に乗り、美波町通《みなみまちどおり》でおりた。両側にむやみと古書店の多い道をひと区画ぶん歩くと、白っぽい人造石灰岩の正門があらわれた。

研究地区の入口だ。

門のむこうには小道が走る広い芝生と、針葉樹が中心の庭木と、庭木の下の野外用椅子と、こぼれ落ちそうなほど蔦《つた》をはわせた赤煉瓦壁の建物がいくつかみえる。

ふたりは正門右手にあるちいさな箱みたいな詰所に寄り、灰色の制服を着た守衛に話しかけた。

「学長。たしかにここにいらっしゃるけど」やさしげな桃色に唇を塗った守衛は、かれらの母親たちよりすこし年上のようだ。子供たちの質問にあきらかにとまどっている。「でもきみたち、お約束はあるの」

「やくそく」ふたりのほうもとまどって視線を交わす。

「学長はとても忙しいひとだからね」守衛は子供たちにむかってかがむ。「前もって約束をしておかないと、お会いすることはできないんだよ」

少年はきく。約束って、どうやってすればいいですか。

子供にはむりかなあ、と相手は上をみてひとりごとのようにつぶやき、それからふたりに視線を戻した。「だれか大人のひとに頼みなさい。できれば、学長と仲のいいひとね」

はいそうします、といって、ふたりはしかたなくもときた道を戻りはじめた。

高くなった太陽がうなだれた頭のうしろを焼き、足元の白い路面に穴みたいに真っ黒な短い影をつくる。しばらく雨が降らないので空気は乾燥し、街はひどくほこりっぽい。

「あたしにはむり」少女の母は赤くぬった唇に苦笑をうかべ、首を振った。「なにせただの短期研究員だし。面識もないし」

研究室の大きな卓でめいめい麦茶の杯をかかえている子供たちを交互にみる。「それにしてもあんたたち。地下通路、よっぽどすきなんだね」

ふたりは弱い笑みをかわす。へむのことは話していない。どうせ理解してもらえないからだ。

ちいさな扉がひらき、教授があらわれる。今日も彼は半白の顎ひげをととのえ、仕立てのよい格子縞の上下を着ている。

「わたしにも麦茶ください」そういって卓の一角に腰をすえた。

少女の母は硝子の杯をもうひとつ出す。

子供たちは教授の登場を歓迎し、少女の母にしたのとおなじ質問をした。

「学長」彼はおうむがえしする。そしてなみなみつがれた麦茶の杯を引き寄せ、研究室の白い天井をみあげる。すこしのあいだ、その姿勢のまま動かない。

少年と少女は彼をみつめて待つ。

「そうだね」しばしの沈黙のあと、教授はついにいう。「面会の約束なら、わたしがとってあげよう」

彼は杯をとりあげ、数度にわけて中身をぜんぶ干した。

「でも、その前に」彼はちいさな細い目でふたりを交互にみた。「おもしろいものをみせようか」

ついておいで、と声をかけて、彼は立ちあがる。子供たちも椅子から立つ。

一同は基礎棟の一階から地下通路に入っていった。

教授が先に立ち、ふたりの子供がそのあとにつづく。かれらのさらにうしろには、不安げな表情を浮かべたへむたちの一団がついてくる。もちろん教授は気づいていない。

三人ぶんの足音が増幅され、通路内にひびく。へむ。へむ。へむ。へむへむへむへむへむ。

こっちだよ、とうながされてたどりついたのは、一号館方向と医学分館方向の分岐点となる場所だった。

「これがあるの、知ってたかな」教授は分岐点の壁をみあげる。

子供たちも顔をあげる。

かれらのふだんの目線よりすこし高い位置に、座布団くらいの大きさの額が一枚、飾られていた。毛筆で柿の実の絵と、それから詩のようなものが書かれている。あまりに流麗な草書体のため判読に苦労しているのを察したのか、教授はうんうん、とうなずいて、内容を読みあげた。

ふるきものにやどる

ふるきたましい

わすれるなかれ

たんたんころりん

なにこれ。

たずねると、教授は説明してくれた。「たんたんころりん、というのはね。この地方の伝承で、柿の古木の精がひとに化身したものだよ。墨染めの衣《ころも》をきた僧侶のかっこうをして、杖をつき、この詩のような唄をうたいながら街をさまようんだ。たもとからときどき熟れた柿の実をこぼすから、それとわかる」

へえ、といってふたりは額のなかをまじまじとみる。

少年は絵の右隅にある四角い押印に目をとめる。これなに、といって少女の袖をひく。

「ああそれ。描いたひとのはんこ」さすがの彼女も落款《らっかん》という言葉は知らなかった。

少女は顔を近づけ、目をすがめてよくながめる。そして教授をみあげる。

「これ描いたの、ひょっとして」

「そう、いまの学長だよ」教授は細い目をさらに細くする。はるか遠くをみるように。「むかし、学友会書画部にいっしょに所属していてね。わたしはともかく、彼は学生ばなれした腕前だった。卒業するとき、わたしがこの作品をもらいうけて、ここに飾ったんだ。この場所にふさわしい感じがしたから」

学長は教授のともだちなんだな、と少年は思う。


いつも絵を描いていた。いつもともだちがいた。

彼にとって、北の街での学生時代は短かった。たった四年。だがその間、ともだちをつくり恋人をつくり、書画部の活動とそれからもちろん専門である建築学にあけくれた。忙しかった、眠る時間さえもったいなかった。卒論を書きあげ、中央の大学院に進学がきまって書画部を引退することになったとき、自分の作品のうちでもっともよくできたものを医学部の友人にゆずった。その友人のほうは医師免許取得まであと二年、この古い大学で学生をつづけるからだ。その絵がどうなったのか彼自身は知らない。

中央の大学院ではさらに忙しかった。ともだちや恋人をつくるひまはなかった。彼はひたすら図面を描き、学会発表し、修士論文と博士論文を書き、専門誌に原著論文を投稿した。博士号をとったあとは研究員、助教、准教授、と順調にのぼりつめ、古巣の北の街の大学に教授として招聘された。教授になってからはますます忙しくなった。旧交をあたためる時間もとれなかった。むちゅうで何年かすごすうち、学内選挙でいつのまにか学長に選ばれていた。

学長になってからは極限まで多忙になった。最後に自宅で夕食をとったのはいつだったか。たしか、ひと月は前のはずだ。すきだからこそ一生の仕事にしたはずの研究でさえ、ここのところまったく手をつけていない。

まして絵を描くことなんて。

彼はときおり思い出す。手にした絵筆の軸の感触を、そのかすかな重みを、水にといた絵の具の匂いを。真っ白な紙を前にして画題を考えるときの緊張と興奮を。筆を動かしているあいだの没入感と、すべてが仕上がって落款を押すときの充実感を。

しかし、いまでは。

なんて駆け足なんだろう、と彼は思う。多くのものを忘れ去った。多くのものをおきざりにした。親しいともだちは、学部時代の北の街にしか存在しない。

通りすぎた時間のなかにしか。

電話が鳴る。

目が覚めた。

学長室の幅広い書き物机から顔をあげ、壁の時計をみる。会議をおえてここに戻ってから五分とたっていない。つぎの会議まではあと十分だ。

卓上の白い電話は鳴りつづけている。内線を示す赤い表示が光っている。

彼は手をのばし、受話器をとる。「はい」そして名乗る。

相手も名乗った。なつかしい名前だった。

二度めの研究地区訪問はうってかわって円滑だった。

小箱のような詰所には同じ守衛がいて、ふたりをみると顔をほころばせた。解剖学研究室の教授の名前をきくと、卓上の灰色の電話をとって四桁の内線番号を押した。受話器を置き、窓から半分体を出して、右腕を差しのばして道をおしえた。

「芝生を抜けてこの小道をまっすぐ行って、あの腰がくにゃっと曲がった松の木の左側。背の高い建物がみえるでしょ。赤煉瓦のやつじゃなくて、総硝子張りの新しいほう。あの青いの、ね。あそこのいちばん上、十一階」

少年と少女は守衛の女性に礼をいい、そろって頭をさげる。おしえられたとおりに進み、学長室にたどりつく。

学長はふたりが想像していたよりずっと上品で、声がちいさく、すこし元気がないようにみえた。

細身の長軀《ちょうく》に夏用の上下そろいの服を着た学長はふたりを室内に招き入れ、長椅子に座らせて、自分は卓をはさんだ肘掛け椅子に腰をおろした。学校の机の三倍はありそうな書き物机や天井まである巨大な窓硝子に子供たちがみとれていると、部屋の奥から女性がひとりあらわれて、卓に硝子の杯をふたつと白い陶器の珈琲碗を置き、一礼して去っていった。

学長はふたりの子供にむかって身を乗り出し、両肘を両膝につけて骨ばった手を前で組んだ。そして彼の理想とする大学像について語りはじめた。

この大学は変わらねばならない。先進的でなければならない。開かれた大学でなければならない。優秀な研究者と選抜された学生たちによる、実利を重んじた研究がなされなければならない。だから、機能的で新しい設備を導入し、環境をととのえねばならない。もちろん、硬直化した旧弊な制度も、新しく柔軟なものに変える。もっと自由な研究ができるように。

この大学は古い。老朽化したものは思いきって一新する。

彼はここでいちど言葉を切り、長いためいきをつく。そして話を再開する。

理想の実現のため、自分の任期中に大学を全面改革する計画を立てた。予算も確保した。やるときめたことは、期限内にかならず実行するつもりだ。学長に推挙されて以来、本来ならば研究にあてるべき時間をすべてこの改革に費やしている。それだけの価値があると信じている。

少年と少女は彼の話をだまってきく。

なにをいっているのかわからない。

「なにか質問は」学長は最後にいう。

少年はとなりの少女と目をあわせ、それからまた学長をみる。あの。いまは、書画は描かないんですか。

彼はかすかに眉をあげる。窓をふりかえり、研究地区の風景をみおろす。百年を超す煉瓦壁の建物がみえた。視線を戻さないままつぶやく。「もうやってないよ」

むかしのことだから。

ふたりの子供は長椅子から立ち、しつれいしました、とそろって頭をさげ、学長室をあとにした。

帰りの便は行きと路線がちがっていて、病院の正面ではなくすこし手前の交通局旅客車両だまりで止まる。終点だ。

空調のきいた車内から出たふたりを路上の熱気が襲う。もう日はかたむきかけているのに、気温はちっともさがっていない。

あっつい、と少年がいう。

「こんなの暑いうちに入らないよ」少女が応酬する。「ずっと南の街ではね、真夏の日差しで道路がとけるし、室内でひとが蒸し焼きになって死んじゃうこともあるんだよ。せみだって、ここのちいさくて緑色でかなしそうに鳴くやつじゃなくて、小鳥くらいでっかくて真っ黒で警報器みたいにうるさいんだから」

少年は永遠の転校生をながめる。やはり尊敬と羨望の感情を抱く。

ふたりは交通局前からのびる細い路地をぬけて喜待通に入った。おなかすいたね、といいあって、だいぶとぼしくなった手持ちの硬貨の数を確認した。それから『あげじ』に行って正面の小窓をたたき、白い前掛けの中年女性からじゃがいもの小判揚げをふたつ買った。小銭はきれいになくなった。

喜待通ぞいにはあずまやと遊具が数種設置されているだけのちいさな公園がある。そこでふたりは二台しかないぶらんこにそれぞれ座った。

かれらの姿をめざとくみつけた鳩が、首を前後に振りつつ寄ってきたが、ふたりはひどく空腹だから鳩たちとおやつをわけあう気にはなれない。

「どうしようか」

揚げ物を食べおえて、ごみばこがないので包み紙を丸めて服の奥に押しこんだところで、少女がぶらんこをすこし揺すった。

少年は揚げ油のついた指をなめる。

ぶらんこの左右の鎖をにぎり、板の上に立ちあがる。膝と腰をつかって振幅を大きくする。みるまに勢いがつく。頂点にたっした瞬間には地面がはるか下になる。戻るときには後頭部で風を切る。そしてまた、午後の夏空にむかって上昇する。このとき彼は鳥になれる。落ちそうでこわくもあるから手のひらが汗ばんでくるが、なぜかそれもたのしい。

少女も同じやりかたでぶらんこを漕ぎはじめる。

ふたりはそれからしばらく、高さを競いあいながら思うさま漕いだ。

息をきらし、額と背中と手のひらにいっぱい汗をかいて、靴の裏と地面との摩擦をつかってぶらんこを止めた。足はほこりまみれになった。

彼はとなりのぶらんこのほうをむく。

できたよ。新しい作戦。

「なにそれ」少女の顔を夕陽が照らしている。

少年は嬉々として長い話をする。

準備は夏休み最終日の前日からはじめた。ふたりはあらたにためた小遣いを持ち寄り、厚生施設の購買部で瓶づめの水と焼菓子を買いこんだ。

「こんなにたくさん、いったいどうするの」色黒でやせて小柄な会計担当の店員が商品の値段を合計しながらいう。「おともだちと集まりでもするつもり」

そうです。これからみんなで、いっしょに宿題をかたづける会、をするんです。

「ああそうか。もう夏休みがおわるんだね」青い前掛けの店員はすべての荷物をふたつの大きな袋にわけてつめてくれた。「重いよ、落とすんじゃないよ」

ふたりは基礎棟に行って、みとがめられないように地下通路への階段をおりた。外来棟とは逆方向、ひとがこないほうの枝道に入り、荷物をきっちり十等分して包み直した。それから午前中いっぱいをかけて地下通路をめぐり、枝道の奥に隠してまわった。こうしておけばひとつふたつ発見されてもだいじょうぶだ。

飲食物の隠蔽作業がすむと地上に戻り、医学分館に行って、受付の女性に複写機をつかわせてください、と声をかけた。名前と学年と学校名を学外来館者記名帳に書き入れてから、昇降機横にある機械で、前夜に少女がつくってきた書類を十数部、複写した。すべて四つ折りにし、用意してきた白い封筒に入れて、表にはこう書いた。

大学のみなさんへ、子供たちより。

夕方、医学部の事務官たちが帰宅したころをみはからって、かれらは事務部に複数ある郵便受けのすべてに白い封筒を落としこんだ。

ふたりはおたがいをみてうなずく。あとは帰って、ゆっくり睡眠をとっておくことだ。

翌日の早朝、ふたりはやはりこっそり地下通路におりた。数時間がすぎたころ、かれらの名をよぶ声が遠くから響いてきた。

「きたね」膝をかかえた少女がささやく。

きたね。となりに同じ姿勢で座る少年も小声で応じる。

「ここを埋めさせたりしないから」少女は周りに集まっているへむたちに声をかける。「あんたたちの住む場所は守る。ぜったい」

へむへむ。いちばん手前のへむがこたえる。

「ここは明日から閉鎖なんだよ。あぶないよ」大人の声がかすかにきこえてくる。「きみたち、隠れてないで出てきなさあい」

「いや」ふたりは同時に小声でいう。

かれらが地下通路のどこかに潜んでいるかぎり、大人たちはけっして閉鎖に踏みきることはできない。

いうなれば立てこもりだ。かれらは自分たち自身を人質として通路を守ることにしたのだった。

移動しよう、と少年は少女に低い声でいう。ふたりは立ちあがって足音を殺しながら大人たちから遠ざかる。

しっぽをつかませない。

自信はあった。地下通路はかれらの遊び場だ。どんな枝道も袋小路も、曲がり角の角度や保守のための予備通路も熟知している。だが大人はいつも通る道しか知らない。しかもかれらは大声でよびかけながら足音をたてて騒々しく移動する。子供たちはしずかに、慎重に居場所を変えていけばいい。

あとはどれだけねばれるかだ。

少女が持ち出してきた母親の予備の腕時計は、日付も表示されるすぐれものだった。潜伏する期間は長ければ長いほど効果的だ。もちろん無限に通路にこもってはいられない。かれらの目標はすくなくとも今日一日逃げきって、大学による通路閉鎖日の予告をだいなしにすることだった。もう数日追加して、かれらがどれほど本気であるかを示すことができればさらにいい。食料と水は三日ぶん用意した。節約すれば倍はもつだろう。

大人たちに行動でうったえ、考えを変えさせる。

昼になった。ひとつめの食料貯蔵場所に移動して通路の隅にすわりこみ、菓子の包装を爪で開ける。

「大学ってね、子供にたいしては意外と強く出られないんだよ」少女は焼菓子の屑《くず》をこぼさないよう注意してふたつに割り、片方を口に押しこんだ。ごはんのかわりにお菓子を食べるって最高、といって目を閉じる。「きっと、親たちや近所のひとたちから文句をつけられるのがいやなんだ」

少年はだまったまま、永遠の転校生の話にうなずく。

食事をおえ、破れた包装紙や空き瓶を配管設備の裏に始末してからしばらくたつと、大人たちのようすに変化があらわれた。

かれらはあつまってなにごとかざわざわと話し合い、一時消えてしずかになり、しばしのちにまた騒ぎながら通路に戻ってきた。大人の重たい、無遠慮な足音に混じって、つきささるようにかん高い動物の鳴き声が響いてくる。

ふたりは曲がり角にはりつき、耳をすます。

「犬だ」少女は神妙にささやく。「ひょっとして、警察犬をつれてきたのかな」

でも、ずいぶんかわいい声だよ。たぶん、だれかの飼い犬だ。

訓練されていない愛玩犬なんかに人間をみつけだせるわけがない。

立てこもりはつづく。大人は探す。子供は隠れる。へむたちは逃げるかれらと行動をともにする。

「だいじょうぶ」少女はへむたちをふりかえる。「心配しないで」

少年は少女を、そしてへむたちをみる。絵を描くときのように熱心に。もう二度とみられないと思っているかのように。

夕方になり、空腹が襲ってきた。

歩き、隠れつづける緊張がふたりの飢餓感を増大させた。ひとのいない通路を巧妙に選びながらつぎの食料備蓄地点にたどりつく。

だが、水と菓子は隠し場所から消えていた。

かれらはつぎに近い備蓄地点に移動した。しかしここもからっぽだった。つぎも。そのつぎも。そのまたつぎも。

すべての食料と水が消え失せていることを確認しおえたときには、大人たちが通路から撤退していることにも気がついていた。

子供たちは壁にもたれて座りこむ。購買部の店員さんだ。きっとあのひとが、不審なほど大量の買い物をした子供のことをおぼえていて、職員たちにおしえたにちがいない。そして職員のひとりが、うちのだめ犬でも食べ物を探し出すことくらいはできる、と考えついた。

そばにはへむたちがむらがり、身をよせあっている。

「きっといまごろ、大人たちは通路の出入口をかためてるよ」少女が天井をみあげる。電灯が不安定にまたたき、しみだす水がひとの顔にみえるしみをつくっていた。光の明滅に合わせて顔は笑い、ときに泣いた。

お腹をすかして出てくるのを待ってるんだね、と少年はつぶやく。でも、そうはさせない。

ふたりは膝をかかえた姿勢でよりそい、体をくっつける。まわりのへむたちもかたまって座る。へむへむへむへむ、というささやきが低くいつまでもつづく。

へむの声にまじって、はじめての秋の虫がかぼそく高く鳴いた。

渇きと飢えの夜は長い。

大人の声が少年の耳を打ち、目を覚まさせた。なにも食べていないのと変な姿勢で眠ったせいでだるい体をむりやり起こし、まだ眠そうにしている少女の腕をつかんで走り出す。へむたちもわらわらとついてきた。逃げるかれらの足音は通路じゅうに響いた。へむへむへむ、へむへむへむへむへむ。

「みつけたぞ」背後から複数の太い声がすがってくる。「待ちなさい。これ以上わたしたちを困らせないで」

少年は少女の手を引いて逃げる。地下通路を駆ける、追っ手の声のしない方向へ。

「だめ」少女が力なくうったえる。「もう走れない」

そんなこといわないで。彼はふりかえって相手をはげます。

「逃げて」彼女は声を絞り出した。「きみだけでも」

少女はにぎられたほうの腕を強く振り、少年の手を払った。

彼はへむたちと走った。背後からはつかまえた少女を叱る大人たちの声が響いてきたが、すぐにちいさくなっていった。

地下通路は彼に逃げ道を与えるかのようにどこまでもつづく。天井の人工照明が一瞬彼を照らし、すぐまたうしろに飛び去っていく。

歯学部方面への急な角を曲がる。そのとき、少年は衝突して、反動でうしろに倒れ、床に尻をついた。背後のへむたちがはげしく騒いだ。へむ。へむへむ、へむへむ。

「きみか」事務制服を着た大柄な男のひとが目の前にいた。「さあ、きなさい。親御《おやご》さんたちが心配してる。腹もへっただろう」

男はすばやくかがんで太い腕をのばした。少年は立つひまもなく肩を強くつかまれた。

彼は叫んだ。彼はもがいた。自由なほうの片腕と脚を振り回した。だが大きな男はよしよしあばれるな、と声をかけながら、書類の束でも運ぶように少年の体を抱え、通路の出口へ歩いていく。

少年は抵抗する。いやだ。はなして。ぼくはここにいたい。へむたちにむかって片手をいっぱいにのばす。

先頭のへむが彼の手をにぎった。

そのへむの手を別のへむがにぎる。そのへむのうしろにも、さらにうしろにも、へむたちは手をにぎりあい、はるか先までつながった。しかし、あるのかないのかわからないかれらの体重では男の歩調をゆるめることはできない。少年とへむたちは鎖みたいに一列になったままひきずられていく。

階段にたどりついた。医学部と歯学部の境界にある喜多六番丁通への出口だ。

「さあ出るぞ」男はいう。「出て、お母さんたちにあやまるんだ。それから風呂入って、めし食って、いっぱい寝なさい」彼は少年の体を引きあげる。

やめて。少年は叫ぶ。

頭上からまぶしい夏の光が差しこみ、弱い人工の照明に慣れた目を焼く。いちどきつくまぶたを閉じて、それから開く。へむのちいさな灰色の手が自分の手をしっかりにぎっているのがみえる。

少年はさらに上に引かれた。全身が太陽にさらされた。もちろん、先頭のへむも。

つぎの瞬間、へむの体は溶けた。まずにぎった手が、そして腕が、わずかな毛の生えた頭と顔が消えていった。胴部も脚も、短いしっぽもみるまになくなった。

へむ。少年はひとこえ叫んで、空《から》になった手を通路の奥にさしのべた。

ほかのへむたちはへむへむへむへむ、と鳴きながら通路のなかに逃げこんでいった。

頰に涙が流れた。

事務制服の男はよしよし、といいながら少年をひきずって外に出た。だがこの男も、ほかの大人たちも、この子供がなぜ泣いているのかを知ることはけっしてないだろう。

中央行きの特急はあと五分で発車します。

少年と少女はおおぜいの客がゆきかう改札前でむかい合っていた。すでに湿度をうしなった夏のおわりの空気は、ふたりの足元をひとめぐりして駅の出入口へ抜けていく。少女のそばに立つ母親はめずらしく化粧し、こぶりの旅行かばんを肩にかけ、ふたりをだまってみつめている。

少女も少年をみつめたままなにもいわない。

少年は抱えていた緑色の画帳を差し出した。

ちいさな手からちいさな手へ、画帳が渡される。

「ありがとう」彼女の声はかすれていた。

少年はうなずいて、はっきりした声でいった。「さよなら」

そして背中をむけ、改札とは反対の方向に歩いて去っていった。

「さあ、急ぐよ」ここではじめて少女の母が声をかける。少女は無言で目尻をこすり、もらったばかりの画帳を抱え直して母のあとについていく。

母と娘は特急の予約した座席におちつく。列車は動き出す。窓側に座った少女は外をながめる。列車はしだいに加速しながら駅を離れ、背後に北の街の風景を置き去りにしていく。あれが駅舎。そのそばには大型店舗。遠くに横たわる青い稜線は蒼羽山。光っているのは街をつらぬいて蛇行する川。手前には、硝子張りと赤煉瓦の建物群がかすかにみえる。そうだ、あそこは研究地区だ。

車内放送がきこえる。北の街を出てつぎの町に入ったことを告げている。

少女は窓から目をそらした。

「ごめんね」となりに座る母がつぶやくようにいった。「でも、もう転校はこれで最後だから」

少女はうなずく。母がついに中央の医学部で正式な地位を得たのはよろこばしいことだ。だけど。

胸にぴったりつけるようにして抱えこんでいた画帳をひらく。そこにはえんぴつによる彼の絵があった。頁をめくる。最初のほうは、植物や虫や鳥やけものばかりだった。みな細密で、光源と影が意識され、遠近感があって、おのおのの特徴をよくとらえていた。たとえば大きな蝶などはさわろうとすれば紙面から逃げ出すのではないかと思えるくらいだった。

「ほお。やっぱりうまいねえ」のぞきこんだ少女の母が感想をもらす。すこし進むと、あの骨学実習の記録となった。少年はあえて簡素な線と点描による陰影のみで骨を描いていた。正確だね、このまま図録にできるよ、と少女の母はまたほめた。半分になった頭骨をとくにていねいに描いて、骨の絵はおわっていた。つぎの頁をみて少女は息を飲んだ。

自分の姿が描かれていた。

「うわあ。似てる」母は彼女の頭に手を置き、髪をなでた。「よっぽどよくみてたんだね」少女はなにもいわずにただうなずいて、しばらくその絵をみつめていた。

ややあって、つぎの頁をめくった。白紙だった。そのつぎも白かった。そのまたつぎも。けっきょく、そのあとはなにも描かれていなかった。少女はひとつ息を吐いて、真っ白な最後の頁をめくった。そしてまた目をみはった。

裏見返し部分いっぱいをつかって、少年は閉鎖された地下通路の平面図を描いていた。

画帳を閉じた少女は母の肩に頭をつけた。母親は娘の背中に手を回した。

「会えるよ」母はつぶやく。「忘れさえしなければ、いつかまた会える」

列車は中央にむかう。

かれらがへむと会うことはもうできない。

しかしふたりは再会することができる。

「変わってないね」すっかり背が高くなったもと少年に、もと少女はいう。

「きみも」近視が進んで母のようにめがねをかけ、髪をまとめて美しい額を出しているもと少女に、彼も返す。

北の街の寒い春、蛸足大学の教養部の一室で、医学部一年次むけの説明会が開かれているところだった。ふたりの新入生はひとめで互いを認めあった。

「医者になるの」

もと少女の質問に、もと少年はちょっとちがう、とこたえる。「研究医になるんだ。人間についてもっと知りたい、考えたいから」

いっしょだ、といって彼女はほほえむ。「でも医学部では研究志望なんて超少数派だよ」

ふたりは声を出して笑う。十一歳のときみたいに。

「そうだ」彼女はまたきく。「ともだち、できたの」

もと少年は微笑を返す。「きみがともだち」

教養部にならぶみっつの古い建物は、新入生たちであふれている。

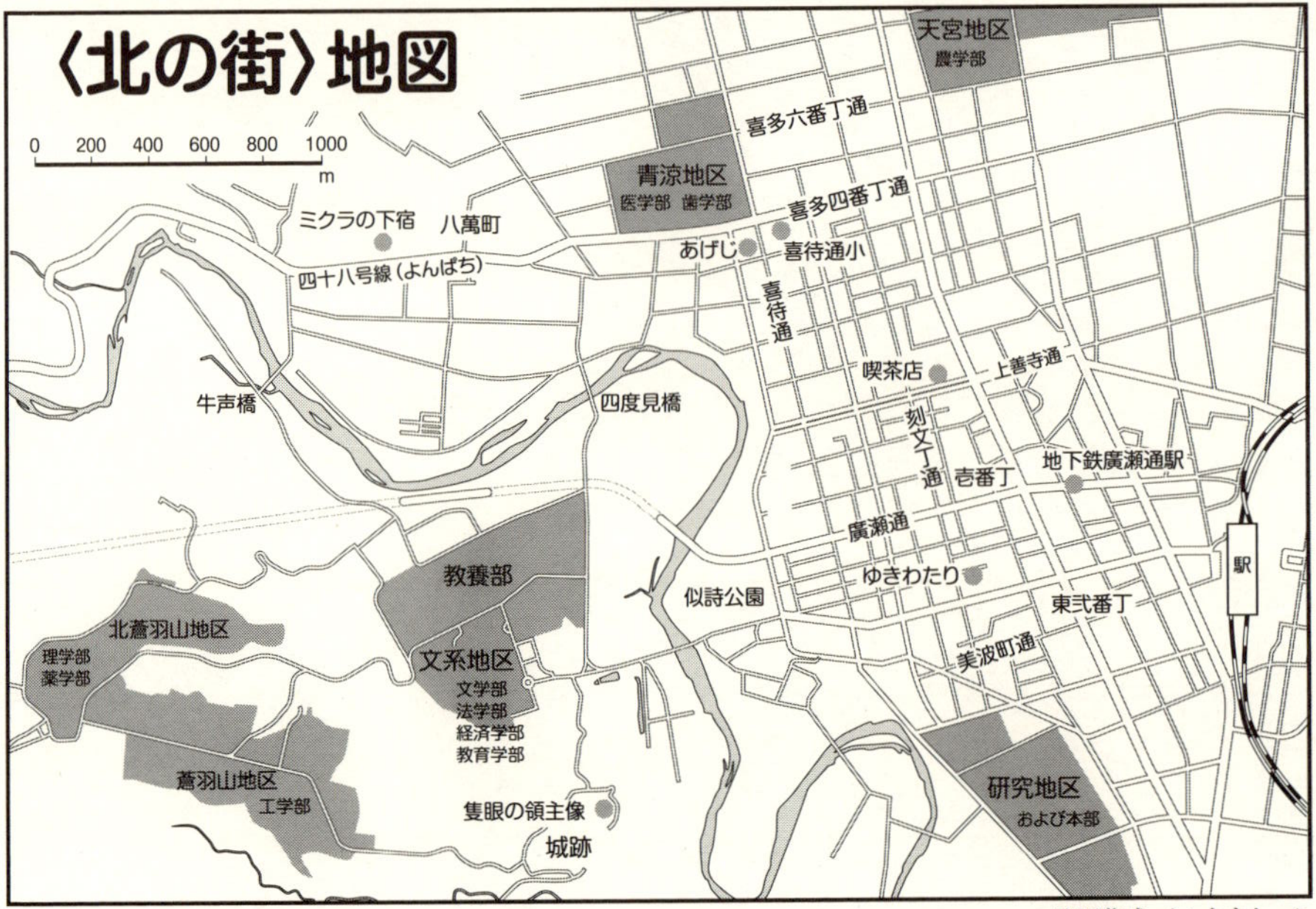

地図作成＝らいとすたっふ

大学と街とそして研究者たちのおかしな日常

三村美衣

本書は、北の街の大学に集う研究者たちの驚くべき発見と、ちょっと不思議でほろ苦い日常を描いた連作短編集である。第一回創元ＳＦ短編賞受賞作「あがり」にはじまり、この文庫版で初収録となる「幸福の神を追う」など、全六編が収められている。

学校というのはどこか社会と隔絶していて、その中でだけ通じる文化や言葉がある。松崎有理はそうした大学の持つ豊かさや閉塞感といった独特の雰囲気を見事に活写している。第一回創元ＳＦ短編賞の選者の一人である山田正紀は、「舞台となる生物学研究室のリアリティも抜群だった。瀬名秀明さん以来という指摘があり、私は嫉妬さえ覚えたほどである」と選評に記している。単行本版を読んだ現役の研究者も「そのままです」と太鼓判を押したそうだ。ところが、森見登美彦『太陽の塔』で京大生の暮らしぶりが傍目《はため》にはファンタジーにしか見えないように、研究者の日常もまたリアルに描けば描くほど、外の世界とのズレが滲み出てくるから面白い。

饒舌だが軽やかで、ちょっととぼけた語り口は、そのズレをほんのりと悲しみの混じった笑いにかえる。尊敬する作家はアイザック・アシモフと村上春樹だそうで、なるほど、アシモフ譲りの科学解説や論理的思考と、村上春樹の日常を語るセンスがないまぜとなってこの独特の作風が生まれたのかと思うと合点がいく。バスやエレベーターやゼミといった、人名以外のカタカナの日本語置き換えもちょっとスペック説明っぽくて、この作品にはしっくり合っている。

研究を志す者にとっては、大学は通過地点や一時しのぎの避難所などではなく、一生の大半を過ごす場所となる。だからなのかなんなのか、どうもこの小説の語り手たちには、若者ならではのまぶしさがない。地味臭い研究に明け暮れ、コミュニケーションも苦手で恋人もなく、家庭にも（きっと）恵まれない貧乏な研究者というレッテルを自らに貼り付けている。

そしてそんな彼らに追い打ちをかける存在が、最近施行された「出すか出されるか法」である。正式名称は長ったらしいので割愛するが、内容は三年の間に一定の水準に達する論文提出ができない研究者は解雇される、というものだ。十八歳で大学に入って以来、この場所が世界の全てに近いのに、いきなり、論文を出すか、大学を出されるかという二者択一を迫られる。途方にくれますよね、そりゃ。そんな苦境に陥った研究者を救うのは、科学と研究成果をおいて他にない。彼らの独創的な思考と几帳面な実験が導き出す発見が、人類の明るい未来につながるかどうかは定かではないが、少なくとも、本人につかの間の夢をもたらしてくれる。

各編のアイデアは、物語の中であまりにさり気なく提出されるが、自然淘汰のあがり現象、若返り、幸運と不幸の予測、遺伝子間領域による種の分化など、SF的興味をかきたてられる大ネタ揃い。読み心地はどれも素敵な青春小説なのだが、実は一点突破のアイデアSFでもある。それにしても、生物進化の謎が解明されたり、わけのわからない生命体が発見されたり、この大学には世界が転覆するような秘密がどれだけ隠されていることやら……。

本書収録作品は、全て同じ街、同じ大学を舞台にしているために、あちこちで、他のエピソードの登場人物の足跡を発見することができるし、語り手のモノローグや学内の食堂で耳にする噂話にも、相互の関係や時系列を読み解く鍵が潜んでいる。

一番わかりやすいのはミクラだ。「代書屋ミクラの幸運」で論文の代書を依頼されたのが二十四歳の一月だが、「不可能もなく裏切りもなく」では二十五歳になっている。そしてこの作品の中で語り手が食堂で耳にする数学科の噂話は、「ぼくの手のなかでしずかに」での研究室のことだと推測できる。そして「ぼくの手のなかでしずかに」の書店にいる老紳士は「へむ」解剖学研究室の教授と同一人物、また「不可能もなく裏切りもなく」には、学部三年生のアトリがチラリと登場するが、「あがり」でアトリは四年生だ。こういった情報を重ねていくと、本書に収められた六本の短編のうち、「代書屋ミクラの幸運」が「あがり」の二年前、「ぼくの手の中でしずかに」と「不可能もなく裏切りもなく」が一年前であることがわかる。そして「あがり」で登場する保健管理室の女医の描写を記憶して、注意深く他の短編を読んでいくと、本書の最大の謎ともいうべき大ネタの結末がわかる仕掛けになっている。

さて、著者は文庫本初登場となるので、プロフィールをご紹介しておこう。

松崎有理は、一九七二年茨城県生まれ。地元の高校を卒業後、東北大学理学部に進学。ばりばりの理系女子で（この経歴は、研究室の冷蔵庫に故郷から送られてきた納豆を常備している「あがり」の語り手を彷彿とさせる）、大学卒業後は、学内をはじめとする各所の医学系研究所に勤務、その後、ソフトウェア製作会社にてテクニカルライティングとデザインを担当。公式HPにあがっている自己紹介の言葉をそのまま借りると「流しの実験屋としてピペット片手に各地の研究所をさすらったあと、体力の限界を感じてデザインと文筆の世界に入」ったとなる。

そうして二〇〇八年、はじめて書いた長編『イデアル』を第二〇回日本ファンタジーノベル大賞に投稿、最終候補作となったが、惜しくも受賞を逃した。さらに二〇一〇年にやはりはじめて書いた短編「あがり」を第一回創元SF短編賞に応募。これが応募総数六百十二通の頂点に選ばれ、アンソロジー『年刊日本SF傑作選　量子回廊』（創元SF文庫）に収録されてデビューの運びとなった。その後連作化し、二〇一一年九月には書きおろし「へむ」を加えた単行本『あがり』を上梓。その後ミクラを主人公とした本書のスピンオフを、オリジナルアンソロジー『NOVA6　書き下ろし日本SFコレクション』（河出文庫）と、雑誌〈ジャーロ〉で発表し、このほど『代書屋ミクラ』（光文社）として一冊にまとめられた。またミクラが代書するような超科学論文《ユーリー小松崎の架空論文》をデジタル雑誌の〈月刊アレ！〉に連載した（全十回）。

現在は、《蛇足軒奇譚》をデジタル雑誌〈小説屋sari-sari〉に連載中。また、近日刊行に向けて、前述のファンタジーノベル大賞の最終候補作を改稿中だという。これは、数学の研究成果が一般に公開されていない世界を舞台に、十四歳の主人公が定理を再発見していく架空歴史ものとのことで刊行が待たれる。

不器用で愛すべき研究者たちが暮らす北の街。この街には、再び訪ねたくなるような、居心地の良さがある。他にも長編の準備を進めているそうだが、この《北の街》シリーズもぜひ書き継いでもらいたい。

これまで東北大学といえば瀬名秀明『パラサイト・イヴ』で、街のイメージは伊坂幸太郎で作られていた。数年前に所用で仙台を訪れたときに、まず神様をしまったコインロッカーを探しに行ったように、たぶん次は、壱番丁《いちばんちょう》二丁目界隈で『ゆきわたり』を訪ねて歩きまわることになるのだろう。

初出一覧

「あがり」（第一回創元SF短編賞受賞作）　創元SF文庫『量子回廊』二〇一〇年七月
「ぼくの手のなかでしずかに」　創元SF文庫『原色の想像力』二〇一〇年十二月
「代書屋ミクラの幸運」　東京創元社〈ミステリーズ！〉vol.45　二〇一一年二月
「不可能もなく裏切りもなく」　東京創元社〈Webミステリーズ！〉二〇一一年五月
「幸福の神を追う」　集英社〈小説すばる〉二〇一一年七月号
「おらほさきてけさいん」を改稿のうえ改題
「へむ」　単行本版『あがり』への書き下ろし　二〇一一年九月

単行本
『あがり』　東京創元社　二〇一一年九月刊
文庫化にあたって「幸福の神を追う」を追加収録した。

著者紹介　1972年茨城県生まれ。東北大学理学部卒。2010年「あがり」で第1回創元SF短編賞を受賞、同作を表題作とした短編集で書籍デビュー。著書に『シュレーディンガーの少女』『イヴの末裔たちの明日』などがある。

あがり

2013年10月31日　初版
2014年 1 月10日　再版
新装版　2025年 5 月 9 日　初版

著　者　松《まつ》　崎《ざき》　有《ゆう》　理《り》

発行所　（株）東京創元社
代表者　渋谷健太郎

162-0814 東京都新宿区新小川町1-5
電　話　03・3268・8231-営業部
03・3268・8201-代　表
URL　https://www.tsogen.co.jp
組　版　フォレスト
暁印刷・本間製本

ISBN978-4-488-74504-2　C0193

第1回創元SF短編賞佳作

Unknown Dog of nobody and other stories◆Haneko Takayama

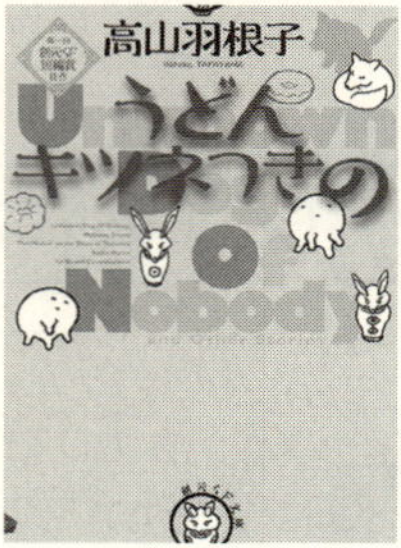

うどん キツネつきの

高山羽根子

カバーイラスト＝本気鈴

◆

パチンコ店の屋上で拾った奇妙な犬を育てる
三人姉妹の日常を繊細かつユーモラスに描いて
第1回創元SF短編佳作となった表題作をはじめ5編を収録。
新時代の感性が描く、シュールで愛しい五つの物語。
第36回日本SF大賞候補作。

収録作品＝うどん　キツネつきの，
シキ零レイ零　ミドリ荘，母のいる島，おやすみラジオ，
巨きなものの還る場所
エッセイ　「了」という名の檻褸の少女
解説＝大野万紀

創元SF文庫の日本SF